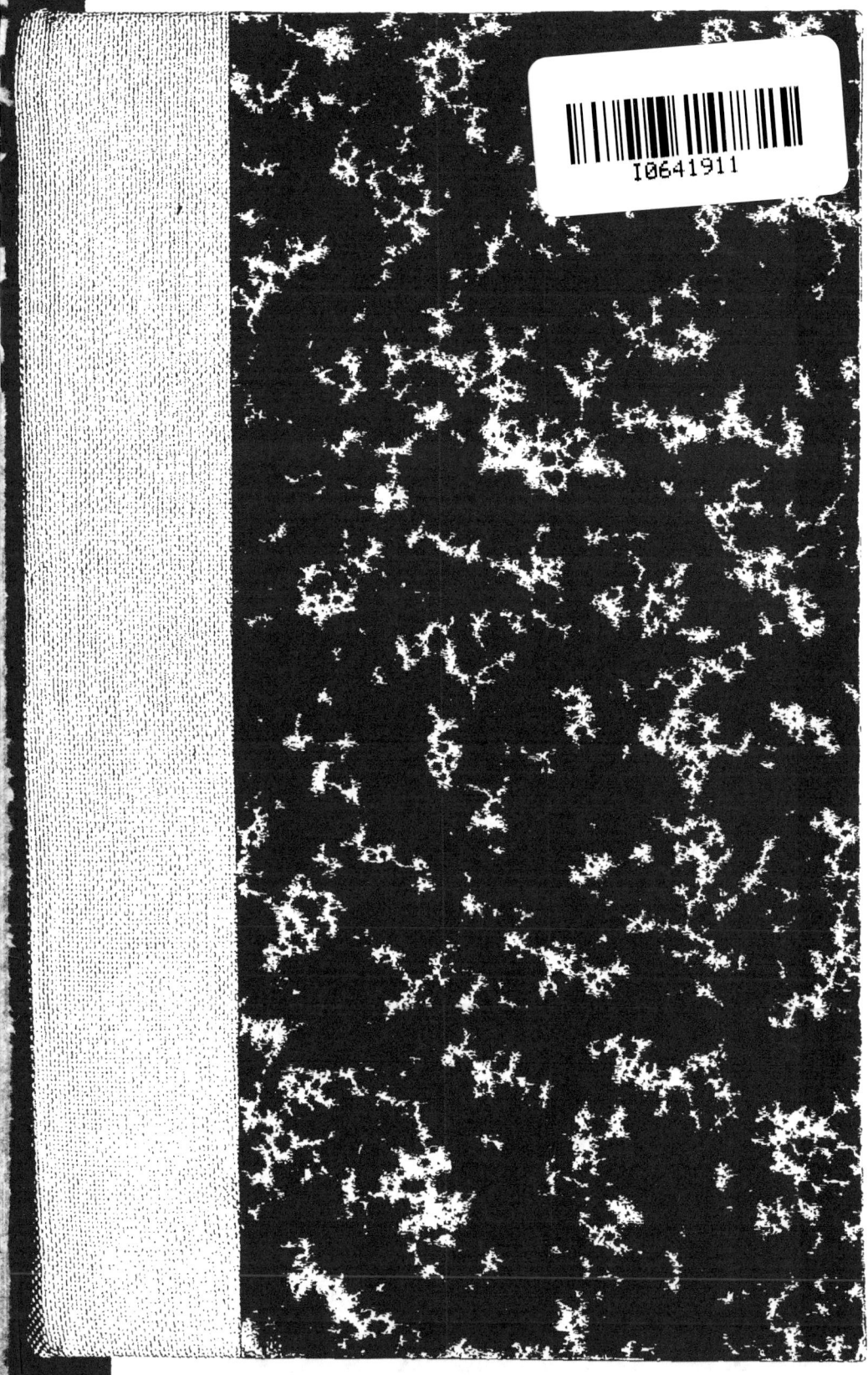

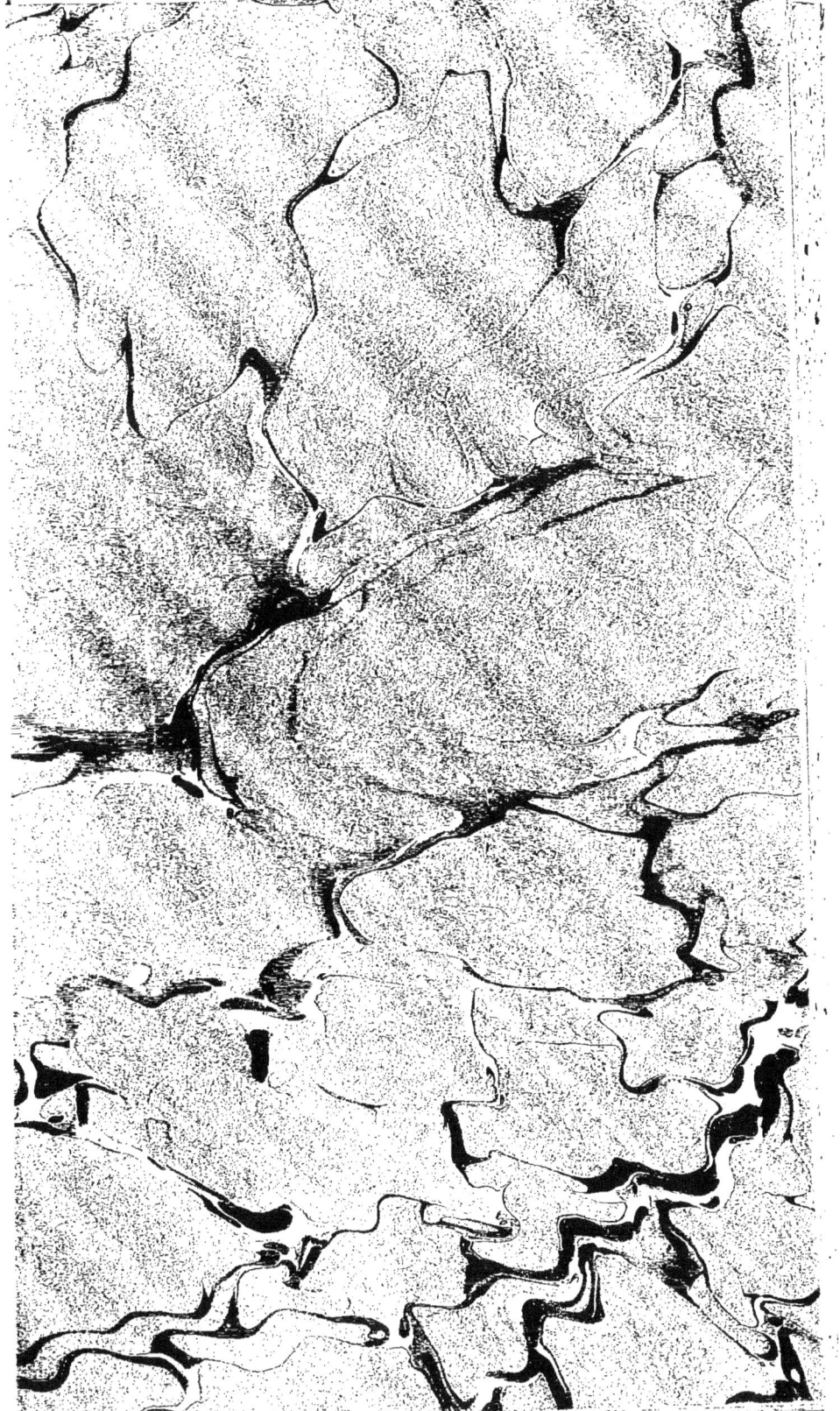

GUSTAVE AMBO

UN VOYAGE DE NOCES

C. MARPON & E. FLAMMARION, ÉDITEURS

26, RUE RACINE, PRÈS L'ODÉON

UN
VOYAGE DE NOCES

IMPRIMERIE C. MARPON ET E. FLAMMARION
RUE RACINE, 26, A PARIS.

UN VOYAGE

DE NOCES

PAR

GUSTAVE AMBO

PARIS

C. MARPON ET E. FLAMMARION

ÉDITEURS

26, RUE RACINE, PRÈS L'ODÉON

—

CHAPITRE I

EN CABINET PARTICULIER

Rencontre d'un Parisien et d'un Marseillais devant une affiche de théâtre. — Des petits saints polygames. — Marescou et son coquin de physique. — Le restaurateur Durand et le poète Homère. — Ça manque de femmes ! — Amour et café Tortoni. — Une maîtresse pour deux.

Le rideau venait de se baisser sur le deuxième acte de *la Mascotte* ; et, tandis que l'orchestre enlevait, avec le bruit assourdissant de ses instruments de cuivre, les dernières mesures du finale, la foule, comme affolée d'air et de mouvement après une heure d'immobilité dans la petite salle des Bouffes surchauffée par le gaz des lustres et des appliques, s'échelonnait impatiente et compacte dans les escaliers trop étroits.

Arrêtée au bas des marches par l'employé du théâtre, posté au seuil du vestibule, et vous remettant, de force, des contremarques dans la main, elle s'écoulait lentement au milieu des imprécations sourdes de messieurs agacés de ne pouvoir se frayer un passage à travers la cohue, et de femmes dont les traînes trop longues étaient piétinées par les maladroits ou les impatients.

Aussitôt échappés à la bagarre, les uns gagnaient la rue, à pas précipités, les autres se répandaient dans le passage Choiseul, s'amusant à regarder les photographies d'actrices exposées aux vitrines des papetiers, ou bien fredonnant, à l'oreille de la dame qui leur donnait le bras, les motifs qu'ils avaient retenus.

Deux jeunes gens, l'un, élancé, d'une mise élégante, avec l'œil un peu gouailleur du Parisien, et la barbe blonde en éventail, l'autre, de taille moyenne, trapu, les cheveux bruns, coupés ras, le teint haut en couleur, le corps un peu balourd malgré ses mines de matamore et ses moustaches en brosse, étaient plantés devant une des affiches de la porte, qu'ils lisaient côte à côte.

Tout à coup, presque simultanément, ils se trouvèrent face à face.

— Marescou!

— Té! Cadillan!

Il y avait près d'un an que les deux amis ne s'étaient vus ; aussi quel échange de chaudes poignées de main !

Après s'être demandé mutuellement des nouvelles de leur santé, ils s'interrogèrent sur leur position sociale.

Tous deux, issus de familles riches, vivaient de leurs rentes, et, bien qu'approchant chacun de la trentaine, et maîtres de leur fortune depuis assez de temps pour avoir eu tout le loisir nécessaire de commettre les folies les plus extravagantes, ils furent heureux de se déclarer, en toute vérité, qu'ils n'avaient encore aucunement entamé leur capital.

De vrais petits saints alors ?

Mon Dieu, non ! Ils avaient adoré les femmes, tout comme d'autres, et le nombre de leurs maîtresses passées, — et même présentes, — en témoignait hautement. Les chevaux qu'ils montaient étaient de race, et leur intérieur fort confortablement meublé ; Marescou, un nemrod émérite, louait des chasses superbes qui ne rapportaient rien naturellement, et lui coûtaient fort cher.

Cadillan, lui, raffolait du bibelot et consacrait le plus clair de ses revenus à satisfaire son artistique passion, mais tous deux abhorraient le cercle et le baccara, la Bourse et l'agio, et s'ils ne faisaient pas d'économies, du moins ne s'exposaient-ils pas à se ruiner bêtement.

Un tintement de sonnette électrique annonça la fin de l'entr'acte.

— Je te quitte, dit Cadillan, mais auparavant une question capitale : Es-tu marié?

—Non, pas encore, répondit Marescou avec son accent marseillais, et toi?

— Je suis toujours garçon, mais, à te parler franchement, amoureux comme un fou.

— Té, c'est comme moi, mais je suis payé de retour! fit-il d'un ton convaincu et fat, où se révélait tout le méridional.

— J'en voudrais bien pouvoir dire autant! soupira Cadillan.

— C'est qu'aussi j'ai un coquin de physique, qui m'a fait surnommer le bourreau des cœurs! s'exclama Marescou, la tête haute, le mollet tendu, campé de trois quarts, dans l'attitude crâne et pleine d'assurance de l'homme à bonnes fortunes.

Dans le vestibule, ils se séparèrent, se donnant rendez-vous, après le spectacle, rue de Monsigny, devant la sortie.

Lorsqu'ils se furent rejoints, ils se prirent bras-
dessus bras-dessous, cordialement, tout au plaisir de se retrouver après un si long intervalle
dans leurs relations. Où iraient-ils bien? N'importe où, pourvu qu'ils pussent causer à cœur
ouvert; et ils poussèrent droit devant eux, un
peu à l'aventure.

L'œil joyeux, le nez au vent, ayant la démarche triomphante de l'amant heureux, et lançant
dans l'air, par bouffées majestueuses, la fumée de
sa cigarette, Marescou entraînait Cadillan que,
de temps en temps, il considérait avec une
affectueuse pitié.

Ce pauvre cher était en effet bien à plaindre!
Il aimait éperdûment et sans espoir; c'était affreux
cela, et il compatissait, de toute son âme, aux
tortures du soupirant dédaigné! Cependant, que
diable, pourquoi se décourager? Peut-être, fini-
rait-il tôt ou tard par toucher le cœur de la
cruelle.

— Mais je ne me décourage pas! affirmait
Cadillan, à tous moments.

— N'empêche que tu es triste, abattu, lugubre, ne le nie pas! Mais prends donc exemple sur
moi, sacrebleu! Je suis heureux, toujours content de moi, un vrai Roger Bontemps! Il est vrai

que je suis aimé, tandis que toi, povero!.... Ah!
que veux-tu, il n'est pas donné à tout le monde
d'être le chéri des dames !

Ils étaient arrivés sur la place de la Madeleine,
devant le café Durand.

— Si nous soupions un brin pour fêter notre
rencontre? proposa Cadillan.

Marescou accepta l'offre, sur-le-champ, et suivi
de son ami, il s'élança vers l'escalier conduisant
aux cabinets particuliers.

Dans le couloir, un garçon, la serviette sous
le bras, s'entretenait avec la dame de comptoir,
qui lui répondait distraitement tout en comptant
sur ses doigts et inscrivant, sur un registre, au
fur et à mesure, les résultats de ses additions.

En entendant monter, il fit une brusque volte-
face pour courir au-devant des nouveaux venus.

—Ces messieurs désirent un cabinet? demanda-
t-il à Marescou et à Cadillan, après une respectueuse inclination de tête.

Sur leur réponse affirmative, il les introduisit
dans une pièce toute tendue de reps à dessins
chinois et qu'un lustre de bronze, dont deux bougies seulement étaient allumées, éclairait d'une
lueur de veilleuse, laissant dans la pénombre le
divan et la table avec son réchaud, ses salières

de ruolz ouvragé et ses verres de mousseline alignés sur la nappe damassée.

Après avoir allumé toutes les bougies du lustre, et aidé ces messieurs à retirer leurs pardessus, le garçon énuméra, de mémoire, les plats portés sur la carte. Lorsque Marescou et Cadillan eurent commandé le menu, il finit prestement de dresser le couvert et sortit, pour rentrer presque aussitôt, rapportant les hors-d'œuvre, en attendant que les huîtres fussent ouvertes.

Marescou s'assit sur le divan, en face de Cadillan, et, après avoir passé sa serviette dans la boutonnière de sa redingote, il prit dans le ravier une poignée de radis qu'il se mit à croquer gloutonnement. Cadillan, tout en épluchant des crevettes, jetait, avec son imperceptible sourire, des regards en dessous à son compagnon de table.

— Peste, fit-il au bout d'un instant, quel appétit pour un amoureux!

— On a du cœur et de l'estomac! répliqua Marescou, la bouche pleine. Eh bien! Et ces huîtres?... L'écaillère est sans doute en train de chercher des perles dedans pour doter sa fille! Cadillan, ajouta-t-il, en se renversant à demi sur le divan, la nuque appuyée sur les coussins superposés, tu devrais sonner!

La précaution était inutile, car au même instant la porte s'ouvrait toute grande, et le garçon paraissait, supportant de la main gauche, un énorme plateau d'étain où étaient amoncelées trois douzaines des mollusques demandés.

Marescou, d'un habile coup de fourchette, détacha une huître de sa coquille, et l'avala, les yeux clos, pour en déguster la saveur dans le plus profond recueillement.

— Très bon! Très frais!... répéta-t-il à plusieurs reprises, en passant, sur ses lèvres de gourmand, une langue toute frémissante, et dont les papilles frétillaient de plaisir.

Il mangea sa douzaine, arrosée d'excellent chablis, sans dire un mot, très grave, absorbé, comme remplissant un sacerdoce; Marescou avait le culte de la table!

Puis, le garçon servit un perdreau froid tout découpé.

Tandis que son ami déchiquetait une cuisse à belles dents, Cadillan considérait, d'un regard fixe, sans rien voir, à travers les rideaux écartés de la fenêtre, la place déserte, qu'illuminait la lune dans son plein.

— Cadillan, ohé! s'écria Marescou à deux reprises, lorsque son assiette fut vide, n'es-tu pas présentement dans les nuages ? Tu as l'œil hagard et le *facies* ahuri d'un poëte en quête d'une rime ! Rumines-tu une ode, un sonnet, voire une élégie ? Ébaucherais-tu, dans ton cerveau en ébullition, le plan d'un poëme épique en douze chants ? Rêverais-tu de refaire *l'Énéide* ou *la Henriade ?* Pas drôle, *la Henriade !* Tu n'auras pas grand'peine à dégoter ce chef-d'œuvre classique, et à enfoncer son auteur, l'illustre feu M. de Voltaire ! Grand enfant que tu es ! Laisse donc les belles-lettres pour ne songer qu'à cette volaille cuite et surtout faisandée à souhait ! Tu rêves d'épopée ? Mais n'est-ce pas tout un poëme qu'un gibier bien à point ! Déguste-le, avec le respect qu'il mérite, et tu penseras, comme moi, que Durand a plus de génie qu'Homère ! L'un te délecte l'esprit, l'autre le palais. Auquel la pomme ? Accorde-la à Durand, ou je te méprise. Et vraiment je t'estime trop pour supposer un seul instant que tu aurais le toupet de vivre méprisé par moi !

Cadillan écoutait, tout ahuri, le bavardage de Marescou qui, déjà gris de paroles et de champagne, se versait de nouvelles rasades pour échauffer son éloquence.

— Enfin, de quoi te plains-tu ? reprit le Mar-

1.

seillais, en s'essuyant les lèvres du revers de sa
serviette. Tu soupes dans une maison de premier ordre, le restaurant du high-life. C'est ici
un rendez-vous de noble compagnie, comme il
est chanté dans certain opéra-comique, dont le
titre m'échappe absolument, à cette heure avancée
de la nuit. Durand compte, dans sa clientèle, tous
les étrangers de distinction de passage à Paris,
et tu n'es pas content! Russes, Autrichiens,
Espagnols, Anglais, Italiens, et *tutti quanti di
primo cartello*, se réunissent ici pour faire bonne
chère, tu y es, et tu gémis! Est-ce le maître
d'hôtel qui n'a pas le don de te plaire? Ses manières sont pourtant d'une distinction parfaite, et il
a tout l'air d'un ministre avec ses favoris drus et
noirs encadrant son nez d'une dimension fort
respectable, un de ces nez qui ne trompent
pas! Ce ne peut être le service qui te déplaît,
car, avoue-le, il est irréprochable.

Quant au champagne, il est signé Albert's.
C'est la première marque, passée, présente et
future. Si tu en doutes, lis, ou plutôt, comme
tu es trop éméché pour te souvenir que tu as
fait tes études, épelle l'étiquette.

L'autre, les yeux noyés dans le brouillard,
mit au moins dix minutes à déchiffrer ces quel-

ques mots qui semblaient se livrer à une sara-
bande effrenée : A. Legros et Cie, 16, rue de
Gourgue, à Bordeaux, fournisseurs du Yacht-Club
de France. Maison à Paris : caves du Grand-
Opéra, 12, rue Halévy. Crûs recommandés :
carte blanche et carte d'or Aï.

Cadillan, d'un geste d'impatience, repoussa la
bouteille vide que Marescou, avec l'entêtement de
l'homme gris, posait devant lui, à moitié inclinée,
pour qu'il pût mieux déchiffrer les caractères
tracés sur l'étiquette, en lettres d'or.

— Je vois ce que c'est, continua le loquace Marseillais, tu songes à ta bien-aimée. Connais pas, ta
bien-aimée ! Mais je la déteste, puisqu'elle est l'u-
nique cause de ton incurable mélancolie. Peut-être
se décidera-t-elle à s'éprendre de toi, mais je
crains que ce ne soit pas avant quelques années,
si tu lui montres toujours une mine pareille !

En attendant l'épanouissement de son amour
à peine en germe actuellement, prends donc un
parti énergique, et tue le temps avec d'autres
femmes, volage abeille ! — Vois si je suis aimable,
je te compare à une abeille ! — Eh oui ! voltige
de fleur en fleur, passe tour à tour de la brune à
la blonde, de la rousse à la châtain, et, dans tes
galantes pérignations, gageons que tu oublieras

la bégueule de tes rêves. Le conseil que je te donne
là n'est pas très moral, peut-être, mais je te
jure qu'il est pratique. Du reste, plus tu pas-
seras pour un mauvais sujet, et plus tu auras de
chances d'être adoré. C'est la loi de la nature
féminine.

Dans son ébriété et dans son impatience à distraire son ami de ses peines de cœur, Marescou
ne rêvait rien moins que de voir, comme dans
les féeries, des almées en maillot, la poitrine
émergeant, provocante, du corsage, sortir des
dessous pour danser, dans leur cabinet particulier, des pas lascifs, et y balancer leurs hanches
dans une voluptueuse cadence.

— Tu as raison, fit Cadillan, d'un ton qu'il
essayait vainement de rendre dégagé; ça manque
de femmes ici !

— Dévergondé! répliqua Marescou, avec une
mine pudibonde, très plaisamment jouée, je suis
de ton avis !

Au même moment un bruit de baisers venant
du cabinet contigu, arriva jusqu'à eux.

— Té, mon bon, s'écria Marescou, on s'em-
brasse à côté de nous! Si aucune créature ne
nous accorde ses caresses, au moins entendrons-
nous par la cloison une voix suave prodiguer de

doux noms à notre fortuné voisin de cabinet. Ce
sera une compensation. Attention, nous allons
ouïr de douces choses.

Ils se levèrent tous deux en même temps,
posant chacun le doigt sur sa bouche, pour s'in-
viter à se mouvoir avec circonspection, et, à pas
de loup, ils s'approchèrent de la cloison.

Accroupis contre la tapisserie, l'oreille tendue,
ils écarquillaient les yeux, dégustant par avance
les confidences que s'apprêtait à échanger,
dans un abandon plein de sécurité, le couple en
bonne fortune.

— Ils parlent trop bas, je ne saisis pas un
traître mot de leur conversation, murmura Cadillan.

— Prions-les, répondit Marescou en riant,
de s'exprimer à haute et intelligible voix. Que
diable, puisqu'ils jouent pour nous la comédie
de l'amour, figurons-nous que nous sommes au
théâtre, quand les acteurs ne prononcent pas
assez distinctement, et crions-leur : « Plus haut ! »

— Silence donc, maudit bavard, fit Cadillan,
car, s'ils se doutent de notre présence, ils se
donneront bien de garde de roucouler le moindre
duo sentimental.

Et, retenant leur souffle pour mieux écouter,

ils reprirent leur attitude d'auditeurs recueillis.

Quelle désillusion! Au lieu des propos passionnés qu'ils espéraient surprendre, ce fut à une causerie purement amicale, presque sérieuse, toute consacrée à des souvenirs banals de voyages, qu'ils assistèrent.

C'était à croire à un tête à tête conjugal!

L'homme rappelait à sa compagne le séjour qu'ils avaient fait au Havre.

Le premier jour, ils étaient allés à Ingouville, pour assister au coucher du soleil sur la rade, et le lendemain, ils s'étaient rendus à Harfleur en diligence, — une vraie partie de roi en ce siècle de chemins de fer. Quoi de plus amusant en effet, une fois de loin en loin, que d'être cahoté dans un coucou détraqué dont les haridelles parcourent péniblement leurs trois lieues à l'heure!

Le troisième jour, ils avaient visité le Havre dans tous ses coins et recoins. Partis de la place Louis XVI, centre de la ville, ils avaient suivi la rue de Paris, où s'élève la cathédrale, et que termine le Musée devant lequel semblent monter la garde les statues de Casimir Delavigne et de Bernardin de Saint-Pierre sur leurs piédestaux de bronze.

Puis ils avaient visité, dans le bassin de l'Eure, les transatlantiques dont les dorures et les glaces, où se reflète un brillant éclairage, qui, par son ingénieuse disposition, produit une vue féérique semblant s'étendre à l'infini, vous font croire par moments qu'on se trouve dans un salon un soir de bal, bien plutôt que dans un steamer ; ils avaient aussi admiré les squares, l'aquarium surtout, le plus grand qui existe, et ils étaient revenus à cette place Louis XVI, animée comme le boulevard des Italiens, et où sont situés le Grand-Théâtre, la Bourse, la Préfecture, et le superbe café Tortoni, rappelant par son confortable, son luxe et ses dimensions, les plus grands établissements parisiens de ce genre.

Qui n'a passé en effet des heures charmantes dans ce café si merveilleusement placé, et composé de trois immenses salles, la salle des Colonnes, la salle de Billard et l'Annexe ? Toutes les trois sont décorées avec un goût exquis et meublées de divans et de fauteuils de velours d'un moelleux asiatique. Partout l'agréable y marche de concert avec l'utile. Le directeur, M. Testu, n'a-t-il pas fait placer une boîte aux lettres, au sein même de sa maison, dans le grand couloir où les clients peuvent, sans sortir, déposer leur correspondance? C'est du café Tortoni, s'ouvrant sous les arcades de la place, qu'on jouit de la plus belle vue sur le bassin du Commerce tout peuplé de mâts bigarrés et de vaisseaux de toutes formes, que surplombe l'élégante charpente de fer de la mâture.

C'est assis sous les arcades, sur la terrasse du café Tortoni, qu'ils avaient vu défiler, devant eux, toute la haute société du Havre qui se donne chaque jour rendez-vous sur la place Louis XVI. C'était là, que deux fois la semaine, il leur avait été donné d'admirer le marché aux fleurs, et d'entendre tous les dimanches les concerts des musiques du pays. Aussi fallait-il voir, dimanches et jours de fête, le café Tortoni envahi par la foule qui préférait y être entassée que de se répandre dans les cafés voisins où elle eût peut-être été moins serrée, mais où on lui eût servi des consommations bien inférieures.

Le 15 août, le jour de la fête fédérale de gymnastique, 10,000 clients au moins étaient entrés à Tortoni !

Et ce chiffre, si exorbitant qu'on serait tenté de le déclarer exagéré, était vrai ! La statistique, — science exacte entre toutes — ne l'avait-elle pas confirmé?

— Ces tourtereaux sont désolants! soupira Marescou. Ils ne parlent que de monuments et de consommations; on les prendrait pour des guides de poche! Je suis fort aise, pour ma part, des renseignements qu'ils nous ont fournis sur le café Tortoni, et je jure, qu'à mon prochain voyage au Havre, je ne prendrai mon absinthe et ne ferai jamais ma partie de billard qu'au susdit établissement; mais j'ai, cette nuit, l'esprit sentimental au dernier chef, et j'eusse préféré les entendre faire l'apologie de M. de Cupidon que celle de M. Testu.

Partages-tu ma manière de voir, ô mon lugubre ami?

— Tout à fait! répondit distraitement Cadillan, profondément absorbé, comme un mathématicien à la recherche d'un problème.

— Allons bon! s'écria Marescou; le voilà encore une fois, parti pour le pays du bleu sans doute! Quelle chimère poursuit encore ton imagination en délire? Confie-toi à un ami!

— Je suis tout bonnement en train de me demander, riposta Cadillan, où et quand j'ai entendu cette voix de femme, qui produit en moi un si étrange effet!

— Parbleu je me posais pareille question!...

Cet organe-là ne m'est certes pas inconnu! Ah! ça serait drôle tout de même que ce fût une ancienne amie à nous qui soupât ce soir à nos côtés! Aurions-nous eu jadis, à notre insu, une seule et même maîtresse pour nous· deux? Ces cas de bigamie abondent de nos jours, comme de tout temps, du reste, et, fort heureusement, ne sont pas justiciables des tribunaux. Sans quoi, nous risquerions fort d'être traînés en cour d'assises et d'être condamnés à quelques années de réclusion, pour avoir eu trop de cœur. Ce qui serait surtout désopilant, c'est si notre femme commune, après avoir rôti le balai jusqu'au delà du manche, était subitement devenue une *honeste* et respectable dame par un mariage en bonne forme. Ah! si vraiment elle a trouvé quelqu'un capable de l'épouser, je te parie sa vertu contre la mienne qu'elle nous refusera l'entrée de ses salons sous prétexte que nous sommes des libertins indignes de la fréquenter!

Le garçon entra, portant avec respect, dressée sur une serviette, une bombe glacée à la vanille et à la framboise.

— Or çà! l'ami, lui dit Marescou, pourriez-vous nous donner quelques renseignements sur les gens qui occupent le cabinet contigu au nôtre?

— Mais parfaitement, Monsieur, répondit le garçon tout en déposant sur la table le succulent parfait. Le monsieur, c'est un de nos bons clients, M. Henri Mélinot.

— Et la dame?

— La dame, mais c'est sa femme légitime, puisqu'ils sont mariés depuis dix jours à peine! Aujourd'hui, comme vous le voyez, ils font la fête; ils sont en véritable partie fine!

Ils sont revenus hier du Havre où a eu lieu leur *petit voyage...* et dame.

Et le garçon ajouta en souriant :

—Oui, c'est, paraît-il, une fantaisie à madame, une bien charmante personne! Elle voulait à tout prix souper en cabinet particulier! Ah! les femmes mariées ont plus souvent qu'on ne croit envie de les connaître ces fameux cabinets particuliers où s'est passée la jeunesse de leur mari !

— Oh! mes enfants! quelle noce! dit Marescou, d'un ton lugubre.

— Chut! fit Cadillan tout à coup, voilà que le jeune couple règle l'addition, et se prépare à regagner le domicile conjugal!

En effet, quelques minutes après, le chasseur vint annoncer qu'une « voiture était avancée ».

Mme Mélinot sortit aussitôt, et se dirigea tout

emmitouflée vers l'escalier, suivie de son mari.
Dès qu'ils eurent entendu leurs voisins s'engager
dans le couloir, Marescou et Cadillan entr'ouvrirent la porte de leur cabinet et examinèrent la
jeune femme, à la dérobée, par l'entrebaille-
ment.

— Connais pas ! dit Marescou, bas à l'oreille
de Cadillan.

— Moi non plus ! répliqua celui-ci.

Et, en eux-mêmes, ils murmuraient :

— C'est bien elle ! Je la reverrai !

CHAPITRE II

LES AMOUREUX DE MADAME MÉLINOT

Mme Tripanon et sa tabatière. — Amour et pantomime. — Mariage de dépit et mariage de raison. — Un valet de chambre gommeux. — En sentinelle chez le marchand de vin. - Floche et Beaulardon mangent la consigne.

Eh ! oui ! c'était bien elle, toujours jolie à croquer avec ses cheveux blonds ondulés, ses grands yeux bleus étonnés, son teint si frais, son nez mignon, sa bouche rose et souriante, découvrant ses petites quenottes blanches.

Marescou l'avait vue, pour la première fois, à Marseille, — alors qu'elle était encore Mlle Bartholin, — chez Mme Tripanon.

Oh ! cette Mme Tripanon !... C'était bien la vieille la plus revêche, la plus ridiculement pudibonde qu'il eût jamais rencontrée. Marraine de Mlle Bartholin, elle profitait des liens qui l'unissaient à la malheureuse enfant pour la gronder sans cesse à propos de vétilles, l'assourdir de morale bête du matin au soir, et l'épier sans raison, — car la jeune fille ne pensait guère à mal — comme eût fait une duègne, dont elle avait du reste la mine rébarbative et le regard inquisiteur.

Un ami commun avait un jour chargé Marescou d'une commission auprès de la marraine, et le hasard, aidé tant soit peu par la curiosité de la jeune fille, avait fait que, pendant l'entretien, la filleule de Mme Tripanon était entrée dans le salon, pour y venir prendre un livre oublié sur le guéridon.

En l'apercevant, Marescou avait ressenti, comme il disait dans son exubérance de Marseillais « le coup de foudre ! » Elle lui était apparue comme une vision, dans un rayonnement de franche beauté, et il l'avait aimée ! Aussi, à partir de ce jour, avait-il trouvé mille raisons bonnes ou mauvaises pour avoir l'occasion de se présenter le plus souvent possible chez Mme Tripanon.

Lorsqu'il fut à bout d'expédients, il imagina d'assister, les dimanches, aux messes ou offices que la pieuse dame suivait avec un excès de dévotion, et, pendant qu'elle était absorbée dans les *pater* et les *ave*, il lui dérobait, tantôt son mou-

choir à carreaux, tantôt sa tabatière ou ses lu-
nettes, et, le lendemain, il accourait chez elle
pour lui restituer les objets, mettant sa trouvaille
sur le compte d'un heureux hasard.

Dans un élan de reconnaissance, elle l'invitait
parfois à dîner, et, au dessert, la bonne apportait
à Madame un bouquet superbe que l'amoureux
rusé avait commandé en venant : attention délicate qui ravissait fort la vieille. A son âge, recevoir des fleurs, quelle aubaine inespérée ! Sa
sympathie pour le galant jeune homme allait
croissant avec le nombre des bouquets. S'il ne
s'en était défendu énergiquement, elle l'eût embrassé, parole d'honneur !

Mais Marescou n'avait que faire de l'affection
et des velléités d'accolades de la trop mûre marraine.

Il eût préféré qu'elle fût moins entichée de
lui et le laissât quelquefois seul avec la séduisante filleule. Souhait irréalisable, hélas ! Car il
eût été plus facile de décrocher la lune avec les
dents que de demeurer cinq minutes en tête à
tête avec Mlle Bartholin.

La camarera-major ne quittait pas un instant
la jolie pensionnaire confiée à sa garde, épiant
ses moindres paroles, ses moindres mouvements,

jusqu'à ses regards, marchant à ses côtés, par
les rues, dans l'attitude rogue d'un sergent de
ville auprès d'un pick-pocket qu'il emmène au
poste, allant jusqu'à la suivre pas à pas dans tout
l'appartement, enfin, couchant dans la même
chambre qu'elle, et se levant parfois la nuit pour
courir près de son lit et s'assurer qu'elle dormait
bien du sommeil de l'innocence.

Allez donc faire votre cour devant un pareil
Argus !

Marescou s'y risqua pourtant, car Marescou ne
doutait de rien ! A vrai dire, s'il eut le courage
de déclarer sa flamme, ce ne fut que par signes,
mais par signes si expressifs qu'ils valaient les
phrases les plus éloquentes et les plus passionnées.
En vrai Marseillais qu'il était, ce diable d'homme
prétendait exceller dans la pantomime comme
en tout le reste, et il affirmait avec conviction,
que Debureau et Paul Legrand n'eussent pas à
eux deux réussi à égaler la perfection de sa mi-
mique amoureuse. A en juger par les apparences,
la bien-aimée, elle aussi, devait ressentir comme
une commotion électrique, toutes les fois qu'il
dardait sur elle ses prunelles flamboyantes, char-
gées de passions ! Elle semblait vibrer sous le
fluide qu'il lui lançait.

S'il mettait la main sur son cœur pour lui faire comprendre qu'il était épris d'elle, à en mourir, elle rougissait instantanément et de pudeur et de plaisir. Bien des fois, pendant le dîner, il avait aussi cherché à lui effleurer le pied du bout du sien, mais, hélas! la méfiante marraine, comme si elle eût pressenti ces tentatives de correspondance réprouvées par les convenances sociales, avait soin de placer toujours loin de lui la ravissante enfant, et il en était réduit à battre le vide ou à chatouiller les durillons de la vieille. Il était aimé, c'était évident, mais il en eût voulu des preuves plus palpables que des commotions et des rougeurs. Ah! s'il avait osé, que dis-je, s'il avait seulement pu presser le bout des doigts de la jouvencelle, — car ce n'était pas l'audace, mais seulement les occasions qui faisaient défaut! Il avait songé bien souvent à lui adresser quelque billet amoureusement tourné, mais, tout inventif qu'il fût, il n'avait encore imaginé aucun moyen de le faire parvenir à destination, sans risquer de compromettre la chère enfant!

Le soir, quand ils étaient tous trois réunis au salon, dans une demi-obscurité invitant au sommeil, il avait poussé la fourberie jusqu'à raconter des histoires à dormir debout, dans le malin espoir

2

d'assoupir Mme Tripanon et de confesser ainsi, en toute sécurité, ses tendres sentiments à la jeune fille.

Mais la méfiante bonne femme avait tenu bon, et le narrateur en avait été pour ses frais de soporifique éloquence. Une fois, en ce monde, la bêtise avait été impuissante !

Une après-midi pourtant, il usa d'un stratagème si génial qu'il parvint à éloigner la duègne pendant trois minutes.

Il entre la mine radieuse et triomphante.

— Madame, s'écrie-t-il, du seuil de la porte, vous avez gagné le lot de cent mille francs ! Au tirage des obligations de la ville de Paris, votre numéro est sorti le premier !

Sans lui rien répondre, sans même prendre le temps de lui sauter au cou pour le remercier d'apporter une si heureuse nouvelle, la vieille femme se précipite à la cuisine et donne l'ordre à sa bonne de courir acheter un journal.

L'absence de la duègne va durer quelques minutes, — autant de siècles de bonheur pour Marescou qui, incontinent, se jette aux genoux de Mlle Bartholin et lui fait l'aveu de l'adoration qu'il ressent pour elle.

Quand soudain, Mme Tripanon reparaît et foudroie le couple de son regard courroucé. Son indignation et sa stupéfaction sont telles tout d'abord qu'elle ne peut articuler un mot, et que les mots de reproches s'arrêtent dans sa gorge.

Enfin, au bout de quelques secondes, elle recouvre l'usage de la parole.

Suborneur! honte de l'espèce humaine! Cent épithètes plus terribles et plus méprisantes les unes que les autres s'échappent de ses lèvres agitées d'un tremblement convulsif, et finalement, comme elle est trop étranglée par la colère pour en dire plus long, d'un geste impérieux, elle indique la porte au coupable.

Celui-ci, au risque de déformer ses jambes de pantalon, se traîne à genoux et la tête basse, jusqu'à elle, tout en balbutiant quelques excuses ; mais elle lui impose silence sans cesser de lui montrer la porte. Alors, à bout d'efforts, il se relève, salue, sans trop savoir ce qu'il fait, et, tout d'un coup, se précipite vers l'antichambre.

Sur le palier, un espoir lui remonte au cœur, il attend. Peut-être la jolie filleule a-t-elle imploré et obtenu le pardon de sa marraine, et va-t-on le rappeler pour lui accorder sa grâce.

Mais un long quart d'heure s'écoule, et l'absolution n'arrive pas. Alors son parti est pris :

puisqu'on le chasse sans retour, il faut bien qu'il
se décide à s'en aller, et en, Marseillais qu'il est,
il se retire avec lenteur, presqu'avec dignité, ne
voulant pas avouer qu'il est battu ! Une pensée
le réconforte : c'est qu'encore une fois, il se sait
aimé, mais, il eût tant voulu se l'entendre dire !

Ah ! bah ! peut-être n'est-ce que partie remise ;
car, la preuve qu'il est adoré, c'est que, pour la
soustraire plus sûrement aux tentatives hardies
de Marescou qui veille, la marraine, dès le lendemain, renvoie la filleule à sa mère, à Paris, avec
recommandation de la remettre en pension, où
la jeune fille, bien certainement, pleure en cachette sur cette brusque séparation.

Et dire que demoiselle Bartholin, dont les regards lui avaient donné tant de preuves d'amour
indéniables, n'a pas hésité à devenir Mme Mélinot ! C'était à ne plus rien comprendre au cœur
des femmes ; mais après tout, que prouvait ce mariage ? A coup sûr, il avait été contracté par dépit ; ne pouvant être à Marescou, la jeune fille
avait épousé le premier venu, pour faire diversion
à sa douleur !

Ce qui n'empêchait pas qu'elle l'aimât toujours : en changeant de nom, elle n'avait sûrement pas changé de sentiments, et le Marseillais

se consolait en songeant que, s'il lui donnait un rendez-vous, elle y volerait sans hésiter.

Aussi il plaignait le pauvre mari ! Il n'eût pas voulu être à sa place ! Et de fait, mieux valait être Don Juan que Sganarelle !

Quant à Cadillan, c'était chez les dames de l'Assomption, en venant voir sa sœur Lucile, qu'il s'était rencontré avec Mlle Bartholin.

Tous les jeudis et les dimanches, il arrivait des premiers au parloir, guettant l'entrée de la jeune fille que sa mère attendait, un paquet de gâteaux à la main pour le goûter de la petite pensionnaire. Enfin celle-ci apparaissait les joues tout empourprées, ses blonds cheveux flottant épars, sur le dos et noués, près de la nuque, par un ruban bleu, la gorge naissante emprisonnée dans un corsage d'uniforme, très montant, et ne laissant passer que les deux pointes d'un col rabattu dont la blancheur tranchait avec la nuance gris-foncé de l'étoffe.

Elle cherchait tout d'abord sa mère des yeux, et, dès qu'elle l'avait aperçue, elle allait à elle et lui entourait le cou de ses deux bras, en lui déposant sur chaque joue un gros baiser bien franc et bien tendre. Alors, elle s'asseyait, et, avisant aussitôt les friandises, elle arrachait d'un mouvement sec, le fil rouge qui les maintenait dans leur papier de soie, et se mettait à croquer à belles dents. Tandis que la petite gourmande dégustait lentement, pour faire durer le plaisir plus longtemps, avec ses mines de pensionnaire éveillée, ses babas ou ses éclairs au chocolat. Cadillan ne la perdait pas des yeux, en admiration devant cette gracieuse créature, aux gestes si câlins, aux yeux spirituels, et jolie à encadrer avec son museau rose tout barbouillé de crème.

La futée, sous ces regards persistants braqués sur elle, baissait modestement les yeux, un peu honteuse, mais ne laissant pas d'esquisser, de temps à autre, un sourire, pour se donner une contenance et cacher sa confusion.

Cadillan suivait avec attention l'impression qu'il produisait, et, dans sa joie, il prit très affectueusement dans les siennes les mains de sa sœur qui le considérait toute surprise de ces soudaines démonstrations de la part du jeune homme, jusqu'alors si réservé, presque froid avec elle.

— Mes histoires de couvent t'intéressent donc bien ? demandait-t-elle sans conviction, comme si elle avait peine à se persuader que son grand frère prît plaisir à sa conversation forcément remplie des menus faits de la vie de pensionnaire.

— Tu contes à ravir, petite sœur, disait-il, et jamais tu n'as eu autant d'esprit qu'aujourd'hui, répondait-il.

— Allons, mon frère est bien disposé, pensait Lucile. Et elle continuait à l'entretenir et de son dessin et de son piano, puisque ce sujet avait si fort le don de le charmer.

La supérieure avait opéré, depuis quelques jours, une véritable révolution musicale dans l'établissement. Elle avait, en effet, adapté à tous les pianos du couvent l'*Égaliseur automatique Cadot*, honoré d'une médaille de bronze à l'Exposition de 1878. C'était un mécanisme très ingénieux du reste, dans lequel des ressorts de pression étaient combinés de telle façon qu'ils appuyaient constamment sur l'arrière des touches, et les forçaient ainsi à se relever et à fonctionner régulièrement.

Elle lui en donna une description en règle.

Puis elle ajouta que des attestations signées des plus célèbres professeurs de piano du Conservatoire constataient l'usage très pratique et très ingénieux de cette innovation.

Lorsque Lucile eut terminé la démonstration du nouveau mécanisme, elle pria malignement son frère, par plaisanterie, de la lui répéter,

— Mais... c'est que ce n'est pas facile ! balbutia le jeune homme, qu'elle avait surpris à plusieurs reprises fixant Mlle Bartholin.

— Allons, avoue-le, au lieu de m'écouter, continua-t-elle à voix basse, tu t'oubliais dans la contemplation de ma petite camarade.

Et comme il essayait de protester :

— Oh ! ne nie pas ! Mlle Bartholin est assez jolie pour qu'on la remarque, et si elle t'a tourné la tête, ajouta-t-elle avec un regard malicieux, où est le mal ? Ne nous ordonne-t-on pas dans l'Évangile d'aimer notre prochain ?

— Mais je t'assure que tu te trompes ! Voilà bien des idées de fillette qui ne connaît pas le monde ! Je la regarde parce que...

— Ta ta ! mon bon frère, tu ne m'empêcheras pas en tout cas de lui demander si tu lui plais. Je serais curieuse de le savoir.

— Oh ! je t'en prie, ne l'interroge pas à mon sujet ! Tu me désobligerais ! fit-le grand frère sans conviction.

— Tu ne dis pas ça d'un ton bien résolu, pas vrai, et je gagerais que les quarante-huit heures qui nous séparent du prochain jour de parloir vont te sembler plus longues que tu ne veux l'avouer ? Je te vois, malgré ton grand air sérieux,

effeuillant des marguerites ? Tu sais bien ? Un
peu, pas du tout, passionnément !

Elle eut une moue gentiment railleuse, en murmurant :

— Ah ! ah ! Monsieur mon frère !... Veux-tu
m'en croire ? Je te trouve bien mieux qu'avant,
maintenant que tu es amoureux.

Cadillan eut beau faire la grosse voix et affirmer que toutes les suppositions de sa jeune
sœur étaient autant de folies, il ne la persuada
pas !... En réalité, il ne voulait nullement la persuader.

Et prenant congé de Lucile :

— A bientôt, petite somnanbule ! lui dit-il tout
bas ; et il la baisa au front,

Eh bien oui, c'était vrai, l'offre qu'elle lui
avait faite de chercher à pénétrer les sentiments
qu'il inspirait à Mlle Bartholin, l'avait enchanté.

Certes il n'eût jamais songé à prier sa sœur
d'une semblable commission, mais puisqu'elle
était allée au-devant de ses désirs, puisqu'elle paraissait déjà si au courant des choses du cœur,
pourquoi ne l'aurait-il pas laissée faire ?

N'avait-il pas les plus honnêtes intentions du
monde ? S'il avait jeté les yeux sur Mlle Bartholin,
ce n'était ni pour l'enlever ni pour la séduire,

mais pour solliciter sa main et en faire la compagne adorée de toute son existence ! Mais serait-il agréé ? La petite sœur, précisément, voulait bien mettre à son service sa diplomatie féminine pour arriver à résoudre cette délicate question.

— Eh bien ! lui dit Lucile, lorsqu'il revint le dimanche suivant, tu ne me demandes pas le résultat de ma mission ? Si je te disais, petit grand frère, que tu n'es pas indifférent, gageons que cela ne te serait pas désagréable ?

— Oh ! ce n'est pas possible ! s'écria-t-il, le visage rayonnant. Par amitié pour moi, tu l'exagères sans doute... je ne veux pas croire...

— C'est toi qui t'exagères ! Je t'ai simplement dit que tu avais des chances de réussir, mais de là à chanter victoire, dès maintenant, il y a loin !

Trois semaines plus tard, Lucile, qui était ravie du rôle d'intermédiaire qu'elle s'était donné, et le prenait au sérieux, aborda Cadillan, l'air triste et embarrassé.

— Qu'y a-t-il donc ? demanda-t-il, la voix tremblante.

Elle ne répondit pas.

— Par pitié, parle ! soupira-t-il. Ton silence me fait faire de cruelles suppositions...

— Eh bien ! ses parents, il y a trois jours, ses

parents l'ont retirée du couvent, et personne ne sait où ils l'ont emmenée ; la supérieure elle-même l'ignore.

Il devint tout pâle.

— Mon pauvre frère... fit Lucile, en lui serrant la main, très émue et prête à pleurer de la douleur de son frère. Ils restèrent ainsi quelques minutes sans échanger un mot, lui incapable d'une pensée, sentant seulement le vide que la nouvelle de la disparition de Mlle Bartholin laissait en lui ; elle comprenant déjà, malgré son jeune âge, qu'aucune parole de consolation n'aurait prise sur ce cœur meurtri.

Ce fut elle-même qui le congédia par délicatesse de sentiment ; il lui semblait qu'il souffrait davantage dans ce parloir où tout lui rappelait l'absente.

Et c'est après être resté toute une année sans nouvelles de Mlle Bartholin, dont il restait épris comme au premier jour, que Cadillan la retrouvait mariée à un autre !

Ce lui fut tout d'abord un coup terrible ; puis, à la réflexion, et l'amour-propre aidant, il en vint à se persuader qu'elle n'avait accepté M. Mélinot que contrainte par sa famille : elle s'était sacrifiée sans doute par respect filial, et parce que, loin de son Cadillan, elle n'avait pu se concerter avec lui pour la lutte ; mais, évidemment, son cœur était encore tout plein de lui !

Aussi, coûte que coûte, était-il décidé à la revoir, et à devenir son amant, puisqu'il n'avait pu être son mari.

C'était de bonne guerre après tout : Mélinot avait eu la première manche ; il aurait la seconde. D'ailleurs ce Mélinot n'était pas son ami ; il ne le connaissait même pas ; il croyait donc pouvoir sans scrupule lui voler sa femme, puisqu'il l'aimait.

Avant toute chose, il lui fallait se procurer l'adresse du ménage. Mais par qui ? Il songea d'abord à sa petite sœur Lucile ; mais, la savait-elle ? Et puis, il n'était peut-être pas très convenable d'employer sa sœur, comme auxiliaire, dans une circonstance aussi scabreuse. Au fait, chez Durand, il aurait tout de suite le renseignement dont il avait besoin ; le garçon ne lui avait-il pas affirmé que Mélinot était un client de la maison ? Il envoya Beaulardon, son domestique, lui chercher un fiacre et se fit conduire place de la Madeleine.

Là, il conta au maître d'hôtel que ce Mélinot, dont ils s'étaient entretenus, était justement son ancien camarade de collège, qu'il avait perdu de vue depuis longtemps, et avec qui il désirait renouer les bonnes relations d'autrefois ; aussi le conjurait-il de lui indiquer le domicile de son ami d'enfance.

Somme toute, la question était toute naturelle, et le maître d'hôtel n'hésita pas à fournir l'indication qui lui était demandée.

— M. Mélinot, dit-il, habite rue Labruyère, 35 *bis*. Puis, réfléchissant : Mais, j'y pense, ajouta-t-il ; le monsieur qui a soupé cette nuit avec vous est déjà venu ce matin ; il ignorait, comme vous, l'adresse de M. Mélinot, et je la lui ai apprise.

— Vous avez bien fait, répondit Cadillan, d'un ton indifférent en apparence ; mais en réalité très étonné que Marescou eût tenté la même démarche que lui.

Il remercia le maître d'hôtel et remonta en voiture.

— Cette coïncidence est passablement étrange ! se dit-il. Quel intérêt mon Marseillais peut-il bien avoir à s'enquérir de la demeure des Mélinot ? Serait-il, lui aussi, amoureux de la dame ? Mais non, puisqu'il a prétendu ne pas la connaître, à moins qu'il n'ait menti, pour me donner le change, comme j'ai fait moi-même.

Deux ou trois jours après, au saut du lit, Cadillan sonna son valet de chambre. Celui-ci, accourut aussitôt, vêtu de son gilet à manches, sur lequel était passé un tablier à bavette.

— Beaulardon, mon ami, lui dit son maître, retire tout d'abord ce tablier et ce gilet rouge, insignes de servitude.

— Est-ce que Monsieur me renvoie? demanda Beaulardon d'une voix étranglée.

— Eh! non, imbécile! Mais, pour mener à bien la mission que je vais te confier, il est important que tu dissimules ta profession sociale, par l'excellente raison que ta livrée attirerait l'attention sur toi. Et, lui désignant des vêtements déposés sur un fauteuil:

— Ces habits, ajouta-t-il, te sont destinés; je les ai tirés de ma garde-robe pour t'en faire cadeau. Nous sommes tous deux à peu près de la même taille; je suis persuadé qu'ils t'iront comme un gant.

— Que Monsieur est bon! s'écria Beaulardon, dans un élan de gratitude bien sentie, et en reluquant avec convoitise le complet de drap gros bleu étalé sur le meuble.

—Est-ce que Monsieur, continua-t-il avec l'hésitation d'un homme qui va prononcer une énormité, est-ce que Monsieur m'autorisera, pour que j'aie encore moins l'air d'être ce que je suis, à laisser pousser ma moustache?

— Soit, je te le permets, mais en retour, je compte que tu exécuteras mes ordres avec zèle et intelligence.

— Oh! tout mon zèle, et toute mon intelligence...

— C'est bien...

— Sont au service de Monsieur! continua Beaulardon, qui tenait à achever sa phrase.

— Donc, ce soir, dès que tu te seras métamorphosé en gentleman, tu iras te poster rue Labruyère, devant le 35 *bis*, et tu observeras les allées et venues des gens de la maison. Interroge adroitement les domestiques sur leurs maîtres, sache à quel étage habitent M. et Mme Mélinot, que tu te feras montrer par eux ; tâche que ces messieurs tes confrères ou les commerçants du quartier t'initient aux habitudes du jeune ménage, et, avant tout, informe-toi près d'eux si les deux époux vivent en bonne ou mauvaise intelligence. Inutile de te recommander de ne pas stationner bêtement à la même place, pour éviter

qu'on te remarque. Va, mon ami, et demain
tu me rendras compte de tout ce que tu auras
vu et entendu dire.

Pendant les trois soirées qu'il monta la garde,
à l'endroit indiqué, le peu perspicace Beaulardon ne découvrit rien, si ce n'est, pourtant, son
camarade Floche, le domestique de Marescou,
se promenant, de long en large, comme un fac-
tionnaire, sur le trottoir opposé.

— Mais c'est Floche !

— Pardieu, voilà Beaulardon lui-même !

— Que fais-tu là ?

— Mon cher, j'ai une consigne : surveiller le
ménage Mélinot.

— Tiens ! Moi aussi !

— Si pour fêter notre heureuse rencontre, nous
entrions chez le marchand de vins du coin boire
un coup et casser une croûte ?

— Et notre consigne ?

— Nous la mangerons, parbleu !

Ils se dirigèrent bras-dessus bras-dessous vers
le comptoir où trônait le traiteur à face rubi-
conde, debout, en bras de chemise, au milieu
d'un amoncellement de brocs, de verres et de mesures d'étain.

— Que faut-il servir à ces messieurs? demanda le patron en portant la main à sa casquette.

— Deux portions de roastbeef froid, si vous en avez, une bouteille de bordeaux ordinaire et un camembert, répondit Floche.

Et s'adressant à Beaulardon :

— Le menu est-il au goût de Monsieur? continua-t-il.

— Mais oui, je suis très fort sur le roastbeef et sur le camembert.

— Asseyons-nous alors, c'est moi qui régale.

Ils s'installèrent sur des tabourets, à une table de marbre, l'un devant l'autre.

Après les premières bouchées, Floche, dont la fringale était un peu calmée, posa ses coudes de chaque côté de son assiette à moitié pleine.

— Mon vieux, tout ça m'intrigue fort! commença-t-il.

Est-ce que tu trouves naturel, toi, que nos deux maîtres nous aient lancés comme ça sur la même piste? Qu'est-ce qu'ils peuvent bien vouloir aux Mélinot?

— Tu ne sais pas l'idée qui me vient? répliqua Beaulardon. Non? Eh bien, c'est qu'ils sont tous les deux coiffés de la Mélinot. C'est un beau brin de femme, à ce qu'on m'en a dit, avec des airs

de duchesse, et elle les aura mis tous deux en
appétit.

— Ma foi, t'as peut-être raison !

D'autant que Monsieur est tout changé depuis
quelque temps ! Lui qui me rudoyait avant, fallait voir, il est doux comme un agneau avec moi,
maintenant. Pardié, il a si bonne opinion de lui-
même qu'il est convaincu qu'on a une toquade
pour lui, et c'est ça qu'il est devenu si aimable !
Sans compter qu'il me comble de petits cadeaux !
Ainsi hier il m'a donné une boîte de londrès, et
ce matin, une pipe en écume !

Et pourtant je ne lui ai rapporté aucun nouveau renseignement sur les Mélinot ; eh bien,
n'empêche, il est content tout de même !

— As pas peur, mon garçon, qu'il me dit par
moments, la petite femme est folle de moi, je le
sais !

Après ça, il n'y a que la foi qui sauve !

Et tiens, une preuve encore qu'il en tient pour
une femme, c'est que lui, qui se négligeait tant,
se met aujourd'hui en vrai gommeux. Si tu le
voyais ! Chapeau, redingote, chemises, bottes,
tout çà c'est neuf, et çà vous a un chic !.. Et ce
qu'il se bichonne la frimousse !.. Une vraie cocotte,
quoi ! Lui, qui était autrefois aussi rouge qu'un

homard cuit, a maintenant un teint de lis et de roses, comme on dit dans la haute! J'ai découvert son secret, mon bon ; rien d'étonnant à la métamorphose, il se sert de l'eau parisienne hygiénique.

— Qu'est-ce que c'est que cet ingrédient là ?

— Cet ingrédient là, comme tu l'appelles si dédaigneusement, est une eau de toilette unique, qui s'emploie, tour à tour, en lotions, frictions et compresses. Elle adoucit et blanchit la peau, et embellit, au point qu'elle ferait de moi un joli garçon, et ce n'est pas absolument facile !

Et il ajouta tout d'une haleine, avec une emphase comique, comme s'il eût débité un boniment sur la place publique : Elle prévient et dissipe les rides, les rougeurs du visage, les gerçures, les boutons, enflures, coupures, engelures, démangeaisons, dartres, eczémas, toutes éruptions cutanées, douleurs névralgiques, migraines, étourdissements, évanouissements, asphyxies, insolations, enrouements, toux, coqueluche, et maux d'yeux ! Tu juges si une pareille eau est précieuse ! Mais ce n'est pas tout ; non seulement elle éclaircit et fortifie la vue, mais elle cicatrise les coupures, brûlures, blessures, favorise l'accroissement de la chevelure et en

prévient la chute. De plus, c'est un parfait den-
tifrice : elle assainit la bouche, raffermit les gen-
cives et guérit les maux de dents. Ses propriétés
aromatiques et antimiasmatiques en font un puissant préservatif contre le mal de mer, les fièvres
et les épidémies.

T'étonneras-tu maintenant que l'inventeur de
cette eau merveilleuse, M. Roqueblave, ait obtenu,
à toutes les grandes expositions de ces dernières
années, des médailles d'or, de vermeil et d'argent ?

— C'est-à-dire que je suis décidé à indiquer
cette eau-là à mon maître pour qu'il puisse lutter contre le tien à armes égales. Et pourtant, je
ne devrais pas lui révéler cette recette miracu-
leuse, quand ce ne serait que pour me venger des
mauvais traitements qu'il me fait subir. Depuis
deux jours, il me bat comme plâtre sous prétexte
que je m'acquitte comme un imbécile des fonctions
qu'il m'a confiées. Est-ce ma faute à moi, si on ne
jase pas dans le quartier sur les Mélinot ? Personne ne sait rien sur leur compte. C'est là l'effet
que lui produit l'amour, à lui ! Moi aussi, je suis
amoureux, et je n'en ai pas plus mauvais caractère
pour ça.

— Non, là, vraiment, tu es amoureux ?

— Mais certainement, et je n'en ai pas honte !

— Gros nigaud, va !

— Tu dis ça, parce que tu ne connais pas Mariette. Si tu savais quelle belle fille c'est que ma
payse ! C'est justement la bonne de Mme veuve
Bartholin, la mère de cette Mme Mélinot, qui intrigue tant nos maîtres ! Elle est plus grande que moi ;
ses joues sont fraîches comme une pomme d'api,
ses cheveux noirs comme le cirage, et elle vous
a un biceps, qu'on dirait celui d'un hercule !
Ah ! qu'elle me flanquerait bien une râclée !
C'est mon faible à moi, les fortes femmes ! Ah !
je l'aime-t-il, je l'aime-t-il !

— Voyez-vous ce grand dadais, s'écria Floche,
qui en pince pour le sexe ! Va toujours, mon
garçon ! Une fois marié, tu feras comme moi,
t'auras le cotillon en horreur ! Moi aussi j'ai eu
un caprice pour Mme Floche, mais six mois
après la noce, nous nous prenions aux cheveux,
fallait voir ! Regarde plutôt, j'en suis devenu
chauve ! ajouta-t-il, en découvrant son front
dénudé.

— Qué que ça te fait, riposta Beaulardon, puisque l'eau parisienne hygiénique fait repousser
les cheveux !

3.

CHAPITRE III

LA BROUILLE

Le préfet de police Beaulardon. — Fenêtre sur la rue. — Mélinot et Marescou en présence devant un phare électrique. — Tout ça, c'est des histoires de femme !

Beaulardon, vêtu du complet en drap gros bleu, la lèvre supérieure déjà noire des poils de la fameuse moustache qu'il avait la permission de laisser repousser, se tenait debout, devant son maître, la tête basse, l'air tout penaud.

— Ainsi, Monsieur Beaulardon, disait Cadillan, poursuivant l'interrogatoire commencé, pendant quatre jours, vous êtes resté de planton devant l'hôtel des Mélinot, et vous n'avez recueilli aucun renseignement sur le couple que vous aviez mission d'épier ?

— Aucun, Monsieur, c'est vrai, mais la fatalité s'en est mêlée ; pendant ces quatre jours, les Mélinot n'ont pas mis le nez dehors, et à toutes les questions que j'ai adressées sur eux aux gens de la maison ou aux voisins, on n'a répondu qu'en haussant les épaules, ou en me traitant de mouchard.

— C'est que vous n'avez pas su vous y prendre ! Vous êtes un niais, Monsieur Beaulardon, et je vous relève de l'emploi où je vous avais élevé. En conséquence vous voudrez bien rendosser votre livrée et raser cette moustache qui n'a déjà que trop poussé.

Beaulardon eut un geste de supplication.

— Inutile d'insister, reprit Cadillan ; j'entends que vous redeveniez imberbe comme devant. Je vous avais cru un garçon intelligent, mais je m'aperçois que j'avais trop bien préjugé de vous.

— Alors j'ai baissé dans l'estime de Monsieur ?

— Oh ! absolument ! J'ignore ce que les événements politiques vous réservent, mais je suis convaincu que vous ferez toujours et quand même un détestable préfet de police.

— Qui sait, Monsieur, si j'avais comme subalternes des hommes supérieurs ?

— C'est possible, mais en attendant que vous

soyez au pouvoir, veuillez, mons Beaulardon, aller brosser mes habits et cirer mes bottes.

Le domestique, rappelé, par cet ordre, du haut des grandeurs rêvées, à son humble condition, eut un mouvement de révolte que remarqua Cadillan.

— Qu'est-ce que cela ? dit-il vivement ; on s'insurge ?

— C'est nerveux, Monsieur, balbutia Beaulardon.

Et, en se retirant il murmura :

— Pourquoi diable aussi m'a-t-il fait entrevoir la place de préfet de police ? C'est que je ne m'en tirerais peut-être pas plus mal qu'un autre, en établissant mon cabinet chez le marchand de vins !

Cadillan eut bientôt pris un parti.

Comme, à tout prix, il voulait arriver personnellement jusqu'à Mme Mélinot, il résolut de ne pas chercher de remplaçant à Beaulardon, et de se mettre lui-même à la besogne.

Le sort en était jeté.

Désormais, ce serait lui qui ferait sentinelle sous les fenêtres de la dame ; ce serait lui seul qui s'aboucherait avec les domestiques et les fournisseurs pour leur soutirer les secrets qu'il avait tant intérêt à posséder.

C'est qu'avant de se hasarder à solliciter une entrevue de Mme Mélinot, il lui fallait sur elle et son mari des documents précis, et, pour les obtenir, il n'était pas somme d'argent si forte qu'il ne fût prêt à sacrifier.

Par exemple, s'il venait à acquérir la certitude que le ménage était en pleine lune de miel, il se garderait de toute tentative auprès de la jeune femme pour s'épargner l'affront d'un échec indubitable.

Le jour même, il entreprit la tâche qu'il s'était imposée, et, dans l'après-midi, il était à son poste. Un coupé de maître, attelé de deux alezans, stationnait devant la maison de la rue Labruyère. Cadillan s'en approcha, délibérément.

Pour engager la conversation, il demanda au cocher si c'était là la voiture de M. Mélinot.

Sur la réponse affirmative de l'homme, il vanta l'attelage, qui réellement était superbe.

— M. Mélinot a là deux bêtes remarquables, dit-il, en caressant, de sa main gantée, le garrot soyeux de l'un des chevaux.

— Elles ne sont pas à lui, répliqua l'automédon, se rengorgeant, comme si les éloges de Cadillan lui eussent été personnellement adressés.

— Quel en est donc le propriétaire ?

— C'est M. Loiseau, mon patron, qui tient une grande remise, à Neuilly, place du Marché.

— Peste ! voilà un loueur consciencieux ! C'est à vous donner envie de devenir son client !

— Et je prie Monsieur de croire qu'il n'aurait pas lieu de s'en repentir ! Nous avons certainement les écuries les mieux montées de Paris.

— Eh bien, nous sommes du même avis ! Ah ! dites-moi donc, continua-t-il après un silence, M. et Mme Mélinot ont-ils l'habitude de sortir toujours ensemble ?

— Je crois bien, ils ne se quittent pas d'une minute ! Dam, des mariés d'hier !

— Ils s'adorent ! n'est-ce pas ? demanda Cadillan, la voix un peu tremblante, et les yeux attachés, anxieux, sur le cocher.

— Ça en a tout l'air, répliqua celui-ci, légèrement intrigué par la question indiscrète de l'inconnu qu'il dévisagea un instant, comme cherchant à deviner où il voulait en venir.

— Hé ! hé ! les apparences sont parfois trompeuses, reprit Cadillan, voulant faire causer son homme.

— Mon Dieu, Monsieur, je n'ai pas à entrer dans de semblables détails. M. et Mme Mélinot ne me font pas l'honneur de me confier leurs secrets !

Et, comme pour prouver qu'il était bien décidé à s'enfermer dans un mutisme absolu, il saisit en main ses guides et son fouet, le buste raide, la tête droite et immobile, les lèvres pincées : après un instant de familiarité, il reprenait l'attitude sévère, presque dédaigneuse, du cocher aristocratique dans l'exercice de ses fonctions.

Cadillan s'éloigna, un peu décontenancé ; ce laquais l'avait très nettement rembarré, et il n'avait pas trouvé un mot à lui répondre pour le remettre à sa place. Aussi il jouait là un rôle tout à fait ridicule et plus ou moins délicat. Était-ce d'un galant homme que de se fourvoyer ainsi avec des valets pour les amener à lui révéler la vie privée d'une femme, qu'une telle curiosité risquait de compromettre ?

De pareils procédés ne pouvaient que lui aliéner Mme Mélinot, et s'il en était épris au point de ne reculer devant rien pour se rapprocher d'elle, que n'avait-il au moins recours à des expédients plus avouables ? Ils avaient certainement des relations communes, et, à moins d'une malechance insigne, il devait, en courant les bals de son entourage et faisant des visites un peu partout, se rencontrer avec elle. Le monde, malgré ses règles sévères, est souvent si propice au flirtage ! Dans un bal, au milieu du bruit des conversations et dans l'entraînement de la danse, il lui serait bien facile de l'aborder, pour renouer connaissance avec elle et lui rappeler l'amour d'autrefois, aussi vivace sans doute en elle qu'il l'était en lui-même. Mais il ne se faisait pas illusion sur les difficultés qu'il aurait à surmonter avant le triomphe.

Il prévoyait que, par vertu ou par coquetterie, elle chercherait à le décourager ; mais, loin de se rebuter, il se montrerait si épris, si persuasif, qu'il finirait par reconquérir un cœur, jadis tout plein de lui !

Et si, par hasard, Mme Mélinot, fidèle à son mari, le repoussait, eh bien! il ne s'entêterait pas à vouloir remporter une victoire impossible ; il s'en remettrait au temps pour le guérir de sa passion.

Absorbé dans ses réflexions, il arpentait de long en large la rue Labruyère, s'imaginant en être très éloigné, alors qu'il n'avait fait qu'aller et revenir sur ses pas dans un étroit espace. Aussi fut-il fort étonné, lorsque, en relevant les yeux pour se rendre compte du chemin parcouru, il se retrouva juste en face du 35 *bis*.

Décidément, la fatalité le poussait vers Mme Mélinot !

En considérant machinalement l'hôtel, il aperçut la jeune femme, à une fenêtre, qui s'entretenait affectueusement avec son mari.

M. Mélinot avait un bras passé autour de la taille de sa femme qui, les paupières demi-closes, le visage souriant, l'écoutait, pelotonnée contre lui, tout heureuse.

Cadillan, à la vue de ce couple si tendrement uni, éprouva un serrement de cœur, sa gorge se contracta, et il se sentit devenir tout pâle, suffoquant, sentant ses jambes se dérober sous lui.

Il eut bien vite surmonté ce moment de faiblesse, et, pris subitement d'une jalousie folle, il fit un pas vers la maison pour s'élancer dans l'escalier et entrer à l'improviste chez ce Mélinot dont le bonheur insolent l'affolait, car c'était à lui, Cadillan, qu'il le volait.

Pourtant, il eut un éclair de raison et parvint à se contenir.

Il voulut s'éloigner, pour ne pas être plus longtemps témoin de cette félicité conjugale qui l'exaspérait. Mais il était comme anéanti, comme incapable de se mouvoir, cloué sur place, et quelques efforts qu'il fît, il ne put s'arracher de l'endroit où il était.

En dépit de lui-même, il reporta ses regards vers la fenêtre qu'occupaient Mélinot et sa femme, et, dans son égarement, les fixa, par moments, avec une telle persistance que Mme Mélinot finit par le remarquer.

En le reconnaissant, elle tressaillit et pressa, involontairement, d'un mouvement convulsif, la main de son mari.

— Qu'as-tu? demanda celui-ci un peu inquiet.

— Rien ! répondit-elle, toute troublée. Et, inconsciemment, elle tenait ses yeux attachés sur Cadillan, immobile, en bas, dans la rue.

— Quel est donc ce Monsieur ? lui demanda Henri en la dévisageant. Il paraît produire sur toi une vive impression, ta main est toute frémissante.

— Ce Monsieur ? balbutia-t-elle... Mais je ne sais.

Sans rien répondre, il écarta sa femme, d'un geste brusque, et referma la fenêtre violemment.

— Fort bien ! se dit Cadillan, lorsque M. et Mme Mélinot eurent disparu, mes affaires vont beaucoup mieux que je n'aurais osé l'espérer. C'est un butor que ce Monsieur, et je parierais gros que si sa femme était tout à l'heure aussi câline avec lui, c'était plutôt par peur que par affection. Elle ne peut pas avoir bien grande sympathie pour ce rageur personnage.

Je gagerais qu'il doit être, précisément, en train de lui faire une de ces scènes : « Madame, vous êtes une coquine éhontée ! Vous voudriez me déshonorer, mais ne vous y fiez pas !... car je vous tuerais... etc., etc. ! » Il fera tant et si bien qu'elle ne tardera pas à l'exécrer. Ah ! s'il pouvait seulement la battre un peu ! La séparation deviendrait inévitable, et, alors, j'aurais beau jeu pour courtiser la belle courroucée !

Il se peut que le scandale d'un procès l'épouvante, et qu'elle se résigne à demeurer avec lui. N'importe, elle n'en sera pas moins bien disposée envers les consolateurs qui se présenteront.

— Frappe, frappe donc fort, s'écria-t-il, dans un ricanement diabolique, et c'est moi qui bénéficierai des coups administrés !

Et, plein d'espoir en l'avenir, Cadillan s'en retourna chez lui, tout guilleret et se frottant les mains.

Dans le trajet, tandis qu'il rêvait aux baisers et aux étreintes futures, il se trouva nez à nez avec Marescou.

— Té ! c'est l'ami Cadillan ! s'exclama celui-ci, la physionomie en belle humeur. Comment va ?

— Mais fort bien ! riposta l'autre sur un ton non moins joyeux que celui du Marseillais.

— Il paraît que nous ne broyons du noir ni l'un ni l'autre. Ta belle s'est-elle donc enfin décidée à te témoigner un brin de tendresse ?

— J'ai tout lieu de croire qu'avant peu elle n'aura plus rien à m'accorder !

— Cette nouvelle me ravit.

Et passant son bras sous celui de son ami, qu'il entraîna vers le boulevard :

— Sache donc, mon bon, ajouta-t-il, que ma flamme est aussi sur le point d'être accueillie, comme je l'entends ! Ma bien-aimée m'a laissé voir si clairement qu'elle m'adorait, que le mari s'en est aperçu, et pour qu'un mari s'aperçoive de ces choses-là, il faut que ce soit bien évident !

Figure-toi, mon bon que j'étais hier à l'Exposition d'électricité. Depuis un moment déjà, planté devant le pavillon de la ville de Paris, j'examinais, avec l'attention d'un homme désireux de s'instruire et la fierté d'un Français constatant, sans les comprendre, les progrès scientifiques accomplis dans sa patrie, j'examinais, dis-je, le spécimen d'un poste central et d'un poste vigie, faisant partie du matériel télégraphique des sapeurs-pompiers, quand le hasard ou sa bonne étoile la fait passer devant moi, au bras de son époux. Surpris par cette apparition, je reste un instant ébahi, et laisse s'éloigner le couple, sans songer tout d'abord à le rejoindre.

Mais bientôt mon ahurissement s'évanouit, pour laisser place, dans mon cœur, à un immense désir de me rapprocher d'elle, et de lui parler si c'est possible! Sans hésiter, je m'élance donc sur les traces de mes amours. Le jeune ménage s'arrête devant l'exposition du Ministère de la Guerre, je m'y arrête aussi; il se dirige ensuite vers les moteurs électriques, je lui emboîte le pas; le phare attire son attention, et il stoppe devant, je stoppe également. En un mot, où qu'ils aillent, je les suis ostensiblement, en n'omettant rien pour me faire remarquer de la belle.

A un moment, elle se retourne, constate ma présence, ressent une commotion, se trouble à un tel point que le mari l'accable de questions. et, n'obtenant sans doute aucune réponse, regarde tout autour de lui pour découvrir la cause de la soudaine émotion qu'il constate chez sa femme.

Naturellement, son regard tombe sur moi, et aussitôt il comprend que moi seul suis capable de révolutionner une femme aussi profondément. Dame! nous autres de Marseille!... Je crois qu'à ce moment il n'eût pas été éloigné de fondre sur moi, la canne levée ; mais, par crainte d'un esclandre, et, peut-être médusé par ma face impassible et mon attitude pleine de crânerie, il se contenta d'entraîner la pauvrette tremblant comme la feuille.

Après pareille aventure, il n'est pas douteux qu'il ne m'envoie sa carte; qu'en penses-tu? D'ailleurs, je l'attends de pied ferme.

— Mais ton rival ignore ton nom et ton adresse?

— Qu'il écrive à Marseille, tout le monde m'y connaît! Et quand on a réellement envie de se battre, on n'est jamais en peine de mettre la main sur son adversaire.

Puis-je compter sur toi, comme témoin?

— Certes! mais comment s'appelle cet... infortuné mari?

— Mélinot.

Cadillan, à cette révélation inattendue, recula, tout interdit.

— Mélinot, dis-tu? Mais non, c'est impossible !
Tu fais erreur !

— Je ne me trompe jamais !

— Et dis-moi un peu, si tu le connais le nom
de demoiselle de Mme Mélinot !

— Bartholin, parbleu !

— Eh bien ! apprends que cette femme, moi
aussi, je l'aime !

— Alors, renonces-y !

— Jamais !

— Insensé ! Ainsi, sérieusement, tu oserais te
mesurer avec moi?

Mais, *povero*, la lutte est vraiment trop iné-
gale !

Et comme Cadillan conservait une attitude
ferme :

— Soit, j'accepte le défi, et nous verrons bien
qui l'enlèvera à l'autre ! Au revoir !

— Adieu !

Et les deux amis se séparèrent, brouillés.

CHAPITRE IV

QUERELLES DE FAMILLE

Le baiser de Cécile. — Les femmes dites honnêtes. — Un animal sensuel. — Les célibataires endurcis. — Trois petits romans dans un grand. — Le passé de Mme Bartholin. — Bruit de pas étrange. — Une ombre sur la fenêtre. — Lettre à une belle-mère. — Les douceurs d'un premier tête à tête. — Le pays du soleil.

— Me pardonnes-tu, sérieusement et sincèrement, du fond du cœur et du fond de l'âme? demanda Henri à Cécile, le lendemain matin, au moment de se mettre à table pour déjeuner. Il avait peur que son accès de brusquerie jalouse de la veille n'eût laissé une impression défavorable contre lui dans l'esprit de la jeune femme.

Pour toute réponse, Cécile lui prit la tête dans les deux mains, et la baisa à plusieurs reprises avec tendresse.

4

— Tout cela, vois-tu, reprit Mélinot, c'est un peu ta faute, et je vais te dire comment.

Alors il lui reprocha, pour plaisanter, avec toutes sortes de gentillesses, le trop grand amour qu'elle lui avait inspiré.

Voilà quels étaient les résultats d'une passion aussi profonde ; vite, vite on prenait ombrage de tout, et l'on était prêt à défendre son bien, *unguibus et rostro !*

Et puis pourquoi diable était-elle si jolie ? C'était dangereux une beauté comme celle-là !

C'est qu'il n'en manquait pas, de par le monde, de ces femmes que chacun croyait honnêtes, fidèles, dévouées à leur mari, et qui se moquaient en cachette de l'affection de l'homme auquel elles s'étaient données librement et pour la vie, devant Dieu et devant les hommes !

Dans son existence de garçon, Mélinot en avait rencontré plus d'une, de ces indignes créatures, mais il jurait bien à Cécile qu'il n'avait éprouvé à leur approche que mépris et dégoût.

A son avis, la femme qui avait assez peu conscience de sa dignité, pour passer, en souriant, des lèvres d'un mari aux bras d'un amant, ne méritait plus le nom de femme, mais celui d'animal sensuel, sans charmes et sans poésie, répugnant !

S'il disait tout cela à Cécile, ce n'était pas qu'il la crût capable de la moindre peccadille, Dieu merci! il avait pleine confiance en elle; mais les jeunes filles se doutent si peu de ce qu'est la vie réelle, lorsqu'elles arrivent au mariage, que c'est au mari à les garantir, dans un intérêt commun, contre les embûches des hommes!

Oh ces hommes, ces célibataires endurcis, ce qu'il leur en voulait, ce qu'il les trouvait inutiles et dangereux!

Cécile écoutait, moitié tremblante, moitié étonnée, les amicales doléances d'Henri sur l'inconduite des femmes.

Elle ne comprenait pas pourquoi son mari revenait toujours à ce même sujet, comme si elle eût véritablement été sur le point de commettre une faute. D'abord, elle savait à peine ce que c'était que ce grand mot d'adultère, et elle eût été fort embarrassée de le définir bien clairement.

Puis, son mari ne pouvait évidemment rien soupçonner du secret qui existait entre elle et les deux jeunes gens, puisqu'elle ne lui en avait pas soufflé mot, qu'il ne connaissait ni Marescou ni Cadillan, et que c'était tout au plus s'il s'était aperçu, une fois ou deux, que ceux-ci rôdaient autour de sa femme pour essayer de lui adresser la parole. Chose incompréhensible, cette méfiance, ce besoin de lui faire de la morale, de ressasser son thème favori, la fidélité, datait du lendemain même de leur mariage.

Au reste, que d'événements restaient inexpliqués et même douloureux pour Cécile, dans cette journée de noces qu'elle n'oublierait de sa vie !

C'était le soir même de la cérémonie, qu'Henri l'avait emmenée de chez sa mère, et qu'il lui avait signifié qu'il ne retournerait plus chez Mme Bartholin.

D'où pouvait provenir ce caprice incroyable? Car Henri n'avait donné aucune raison, ne voulait pas en donner, et exigeait qu'on ne lui en demandât pas!

Et elle, toujours craintive devant lui, redoutant, par trop de dévouement pour autrui, de renverser l'échafaudage de son propre bonheur, n'osait pas adresser une question à son mari.

Et pourtant, ce n'était pas seulement sa mère qui lui manquait depuis le mariage. Du même coup elle avait été privée du plaisir de voir ses deux jeunes sœurs, qui habitaient avec Mme Bartholin, à Neuilly. Ces deux pauvres chères innocentes, qui avaient tant prié pour son bonheur,

le jour de son mariage, elle n'avait même pas
pu aller les embrasser et leur dire que leurs
vœux avaient été exaucés, et quelle avait
épousé l'homme le plus noble et le plus dévoué
qui fût !

Comme Berthe et Alice devaient l'accuser
d'ingratitude ! Et pourtant, Dieu sait si elle méritait ce reproche, et si sa tendresse pour ses sœurs
avait diminué !

Et puis, elle seule possédait tous leurs secrets !
Les rêves caressés par leurs imaginations de jeunes
filles, c'est dans le sein de la sœur aînée qu'ils
avaient été versés !

Que de douces larmes avaient coulé entre elles,
à la pensée de l'avenir qui leur réservait peut-
être à chacune un mari adoré ! Car toutes trois
avaient eu leur petit roman, et celui de Cécile
était le seul qui eût été mené jusqu'au dénoue-
ment.

Et pourtant Cécile savait combien il eût été
à souhaiter que ses deux cadettes pussent se
marier, et le plus promptement possible. Ce n'était
pas qu'elles fussent âgées : l'une n'avait que
dix-huit ans, et l'autre dix-neuf, mais Mme Bartholin n'avait qu'une dot insignifiante à donner à
chacune de ses filles, et il se trouvait que les deux

jeunes gens qu'aimaient les jeunes filles et dont
elles avaient des raisons de se croire aimées,
avaient l'un et l'autre une assez grosse fortune.

Ah! pourquoi fallait-il qu'une querelle de
famille incompréhensible vînt retarder, peut-être
renverser tous ces projets!

Chaque matin du reste Cécile se jurait à elle-
même que la journée ne se passerait pas sans
qu'elle eût sondé son mari sur son étrange attitude vis-à-vis des siens... et chaque soir, elle
s'endormait, n'ayant pas eu le courage de se
tenir sa promesse.

Au reste, Mélinot ne l'encourageait pas, bien
au contraire. Toutes les fois que les questions de
Cécile semblaient tendre à effleurer le fameux
sujet, il détournait vite la conversation et se mettait à parler avec volubilité, ou, lui prenant les
mains et les baisant avec ardeur, la suppliait de
laisser de côté les amis, la famille, le genre
humain tout entier, de ne pas y songer, de n'avoir
de pensées que pour leur amour, où ils s'isolaient
du reste de la terre, si voluptueusement.

A la vérité, il craignait pour sa jeune femme
la fréquentation de sa mère.

Certes, avant le mariage, alors qu'il faisait sa
cour, il n'aurait jamais soupçonné qu'il serait

obligé d'interdire un jour tout rapport entre Mme Bartholin et sa fille.

Alors, il estimait la mère de Cécile, comme la femme la plus sainte et la plus méritante qu'il eût jamais rencontrée.

Restée seule en effet à vingt-cinq ans avec trois filles en bas âge, et, ce qui compliquait gravement la situation, veuve d'un mari qui ne lui léguait en mourant que juste de quoi vivre, elle ne s'était pas laissé abattre. Bien qu'étant à un âge où sa réelle beauté, dans tout son développement, eût pu lui inspirer le désir de céder aux flatteuses instances de plus d'un amoureux, elle les avait tous éconduits très dignement, sacrifiant sa jeunesse à l'éducation de ses trois enfants, se sevrant courageusement des plaisirs mondains, et traversant, seule et belle, une période de quinze années sans que jamais personne eût osé dire : Elle a un amant!

Cette rigidité de principes de la mère avait beaucoup contribué à décider Henri à jeter son dévolu sur Cécile, car il croyait aveuglément au proverbe : « Bon chien chasse de race ! »

Au reste, pendant les quelques semaines qu'il avait fréquenté la maison, avant son mariage, il avait eu beau observer, interroger, épier, à toute heure du jour et de la nuit, les allures de la maison lui avaient toujours paru d'une correction absolue.

Quant aux trois jeunes filles, c'était la pudeur, la modestie et l'innocence même !

Mais, voilà que le soir de la noce, comme il était resté seul à causer tendrement avec Cécile, dans le jardin, heureux de s'entretenir avec elle, après le départ de tous les invités, et surtout désireux de ne pas l'emmener trop brutalement dans la chambre nuptiale qui leur avait été préparée dans la maison, un bruit de pas, faisant craquer le sable sous les feuilles sèches, lui avait fait lever la tête et dresser l'oreille.

Sans confier son étonnement à Cécile, mais la priant simplement, dans un baiser plein de promesses d'amour, de l'attendre sur le banc de pierre pendant quelques instants, il s'était dirigé du côté de la maison, décidé à tirer au clair la cause du bruit qu'il avait entendu.

Il avait cru d'abord à la présence de quelque malfaiteur, et c'est pourquoi il s'était bien gardé de donner l'éveil à Cécile.

Mᵐᵉ Bartholin et ses filles s'étaient retirées chez elles, depuis longtemps déjà; quant à la bomme, elle devait être remontée dans sa chambre du second étage.

Tout à coup, Henri avait aperçu l'ombre d'un homme se dessinant sur le mur de la terrasse, le long de la fenêtre de la chambre de Mme Bartholin !

Aussitôt, il s'était jeté derrière un massif, afin de voir sans être vu lui-même ; mais, en moins de temps qu'il ne lui en avait fallu pour opérer ce mouvement de retraite, un grincement de persienne s'était fait entendre et l'ombre avait disparu par la fenêtre de Mme Bartholin.

Cette découverte l'avait anéanti. Tout d'abord, il avait songé à faire un scandale public, à appeler les voisins, à montrer cette mère coupable à ses trois filles, puis la raison lui était peu à peu revenue.

Il avait réfléchi qu'après tout il était marié, que sa jeune femme devait ignorer la conduite de sa mère, qu'il était impossible, qu'avec le charme d'innocence qu'exhalait toute la personne de Cécile, elle fût capable de marcher sur les traces de la malheureuse qui recevait ainsi nuitamment un homme chez elle, et que le mieux encore était de l'arracher au plus vite à un contact aussi pernicieux.

Il avait donc gagné la chambre nuptiale, et avait écrit une lettre ainsi conçue, à sa belle-mère :

« Madame,

« Votre vie vous appartient, et vous ne dé-
« pendez de personne, c'est vrai, mais j'estime
« que votre propre dignité, et celle des deux filles
« qui vous restent, eût dû vous dicter une con-
« duite tout autre que celle que vous menez !

« En tout cas, comme j'adore ma femme et que
« je ne veux à aucun prix compromettre mon
« bonheur ni le sien, vous trouverez bon que
« j'emmène Cécile, et vous voudrez bien ne jamais
« la rappeler à vous, à mon insu. C'est à cette
« seule condition qu'elle ignorera toujours la
« triste vérité ! »

Il signa, cacheta et déposa l'enveloppe, bien en
évidence, sur le tapis du guéridon.

Puis il sortit sans bruit, referma la porte sur
lui, et courut rejoindre Cécile.

— Enfin ! C'est vous ! s'écria-t-elle en lui tendant les deux bras.

Mais, lui, la voix un peu altérée, très pâle :

— Ma chère Cécile, dit-il, tout bien réfléchi,
nous ne passerons pas la nuit ici, si toutefois
vous y consentez.

— Je consens à tout ce que vous désirez de moi. Mais ma mère ?

— Votre mère est prévenue ; je viens de lui laisser une lettre qu'elle trouvera dans notre chambre demain matin.

— J'aurais pourtant bien voulu l'embrasser à mon réveil, murmura la jeune femme ; il me semble que ça m'aurait porté bonheur pour toute la vie !

C'était alors que Mélinot l'avait entraînée vers la porte de sortie du jardin, et de là dans la rue, en la suppliant de ne jamais plus lui parler de Mme Bartholin.

Cécile avait d'abord été atterrée par cette injonction inattendue d'Henri, puis, les caresses et les adorables prévenances du jeune homme aidant, elle s'était peu à peu laissée aller tout entière aux douceurs de leur premier tête à tête, se réservant de l'interroger le lendemain au sujet de sa mère.

Mais le lendemain, dès le matin, ils étaient partis pour le Havre, et, depuis plus de deux semaines, la question, toujours prête à s'échapper des lèvres de la jeune femme, n'avait pas encore été prononcée.

Henri, craignant à chaque instant de se voir

poussé à bout par la curiosité si légitime de Cécile, se torturait l'esprit pour créer un dérivatif à ses pensées ; le voyage du Havre avait réussi à la distraire de son idée fixe, mais l'efficacité de ce dérivatif diminuait de jour en jour.

Henri pensa alors qu'un séjour dans un autre pays, plus éloigné, plus grandiose et plus poétique, amènerait peut-être un oubli complet du passé.

— Tu sais, ma chérie, que rien ne nous retient à Paris, en ce moment. Que dirais-tu donc d'une nouvelle excursion ? dit-il à la jeune femme.

— Est-ce bien urgent, cette excursion ?

— Quand tu verras... de quel côté j'ai l'intention de t'emmener...

— Où cela ? dis vite.

— En Italie !

— En Italie ! quel bonheur ! Puis se ravisant : Mais c'est bien loin... et il faut bien du temps pour faire le tour de l'Italie !

— Cela t'effraye...?

— Oh ! avec toi !

— Eh bien alors, je ne suppose pas, chère Madame, que vous ayez des raisons particulières, et que je ne connaisse pas, de rester à Paris.

Toute rougissante, elle lui posa la main sur la bouche.

— Que tu es méchant ! dit-elle.

— En ce cas, dans deux jours, nous serons en route pour le pays du soleil !

CHAPITRE V

MÉTAMORPHOSES

Depuis quelques jours, Cécile recevait régulièrement chaque matin, et quelquefois même encore dans l'après-midi, des lettres conçues à peu près dans les termes suivants :

« Chère Madame,

« Vous êtes encore et serez toujours pour moi, Mlle Bartholin, la divine beauté que j'ai entrevue, hélas! trop peu de temps à Marseille, chez sa marraine Tripanon, et dont le souvenir ne

cesse de hanter mon cerveau et mon cœur, avec
une persévérance digne d'un meilleur sort. Vous
savez que je vous adore toujours de toute mon
âme, que je suis prêt à me jeter à l'eau pour
vous, et que votre mutisme, à mon endroit, me
réduira bientôt au désespoir, à la folie, à l'hallu-
cination, et qu'alors mes extravagances deviendront dangereuses et infernales !

« Par pitié ne laissez pas arriver à cet état un
être dont le seul crime est de vous avoir trouvée
trop belle, et de vous avoir voué une flamme
éternelle.

Signé : «Celui dont vous êtes le soleil brillant,
le rayonnement idéal et céleste,

« MARESCOU, de Marseille.

Ou bien c'était une épître comme celle-ci :

« Madame,

« Voilà pourtant longtemps, à défaut de la parole, que mes yeux ont dû vous dire que je n'a-
vais pas oublié le couvent de l'Assomption !

« Faut-il donc que j'aie à lutter contre le cœur
le plus atrocement cruel que Dieu ait jamais
mis dans la poitrine d'une femme ?

« N'est-ce pas assez que je vous retrouve mariée
à un homme que vous n'avez pas dû épouser de

votre plein gré, sans que vous m'accabliez encore
de votre indifférence pleine de dédain ?

« Si vous interrogiez loyalement votre conscience, elle vous répondrait, sans hésiter, que
le seul être au monde qui eût dû donner son
nom à Mlle Bartholin, c'est Cadillan, c'est l'amoureux éconduit.

« Si vous ne voulez être la cause d'un suicide,
qui, à l'heure qu'il est, est résolu sans rémission,
un mot de vous, un sourire, ne fût-ce qu'un regard jeté à la dérobée, mais par pitié quelque
chose qui me prouve que vous pensez encore
au parloir où nous nous sommes tant aimés !

« Ah! pourquoi la femme est-elle si belle,
quand elle doit se montrer si insensible !

Signé : « Le jeune homme de l'Assomption,

« CADILLAN. »

Après chaque lettre, un post-scriptum :

« Ci-joint, un bracelet ; »

Ou bien :

« Ci-joint, un petit souvenir. »

Le petit souvenir était le plus souvent un objet
d'art, bronze ou porcelaine, terre cuite ou marbre, mais un objet ayant toujours une réelle
valeur.

Marescou surtout, avec la hardiesse des gens du Midi, avait jugé que le mieux, pour se concilier la jeune femme, était de la combler de cadeaux, rubis et souvenirs.

Cadillan mettait bien aussi des post-scriptum au bas de ses lettres, mais ils étaient plus poétiques.

« Ci-joint, un bouquet ! »

Ou bien :

« Ci-joint, une fleur ! »

Et il n'oubliait pas de noter qu'il avait baisé lesdites fleurs, pour que leur parfum portât aux lèvres de la jeune femme quelque chose de lui.

Tout d'abord, Cécile s'était efforcée de dissimuler bijoux et bouquets, de peur que son mari ne lui en demandât la provenance, mais elle avait bientôt été forcée de les laisser voir à Henri, à cause de leur nombre, et aussi, parce que son seigneur et maître s'était trouvé là plusieurs fois, aux moments où les commissionnaires lui remettaient les envois qui recélaient la correspondance de ces Messieurs.

Cécile, alors, faisait habilement disparaître la lettre, et, affectant un air indifférent, elle déclarait à M. Mélinot qu'une fantaisie l'avait prise, et qu'elle s'était offert ces folies.

Ces caprices parurent d'abord tout naturels au jeune mari, mais bientôt, en y réfléchissant un peu plus mûrement, et surtout en les voyant se multiplier tous les jours et en constatant l'embarras croissant de sa femme, il chercha une autre cause à cette débauche d'achats et finit par s'imaginer que la pauvre mignonne obéissait à des envies irrésistibles.

— Parbleu ! s'écria-t-il un jour tout joyeux, elle est enceinte !...

Et quelques instants après, tendant les mains à Cécile, et l'attirant sur son cœur :

— Je sais tout, lui dit-il, chère enfant !

— Mon Dieu ! murmura Cécile, frissonnant de tous ses membres.

— Pourquoi ne me l'avoir pas dit ?

— C'est que mon ami....

— Tu es tremblante comme si tu avais commis un crime... Si tu savais pourtant comme cette découverte me rend heureux...!

Aux premiers mots prononcés par son mari, Cécile avait cru qu'il savait tout.

Mais, peu à peu, en sentant la sincérité de l'étreinte d'Henri, en s'apercevant que le cœur du jeune homme battait à l'unisson sur le sien, elle reprit courage.

Puis, comprenant tout d'un coup à quoi il faisait allusion :

— Oh! non, non ! je t'assure!... murmura-t-elle toute rougissante.

— N'importe, conclut Henri, on ne peut pas savoir... et le plus sage, entends-tu bien, est de continuer à contenter tes envies, sans jamais hésiter !

Un baiser bien tendre et bien franc termina cette confession, où Cécile, affolée, avait bien failli tout avouer.

Cependant les deux jeunes gens, ne recevant aucune réponse à leurs lettres, s'imaginèrent qu'elles n'étaient pas remises à qui de droit.

Aussi résolurent-ils chacun de leur côté de faire porter leurs missives par quelqu'un de sûr, ou même de chercher tous les moyens possibles de s'introduire auprès de Mme Mélinot.

Cadillan, tout d'abord, songea à Beaulardon qui n'était pas trop bête, quand toutefois il voulait s'en donner la peine.

Un beau matin il le déguisa en commissionnaire, en l'accoutrant de la défroque d'un ancien titulaire, qu'il avait avisée pendue à la devanture d'un marchand d'habits : puis, pour que le drôle fût tout à fait authentique, il choisit, dans sa collection de médailles, une vieille pièce tout usée et toute bosselée, passa une ficelle dans le trou dont elle était percée, l'accrocha à la boutonnière dudit Beaulardon, et, après lui avoir donné de vive voix d'habiles instructions sur ce qu'il avait à dire de sa part à la jeune femme, il l'expédia rue de Labruyère.

Il avait tout merveilleusement combiné pour arriver à obtenir un rendez-vous de Mme Mélinot. Malheureusement, Beaulardon ne put pénétrer jusqu'à Cécile et dut regagner la maison de son maître, n'ayant parlé qu'à des domestiques.

Deux ou trois autres tentatives ne furent pas plus heureuses, les jours suivants, la porte ayant été sévèrement consignée pour le faux commissionnaire, dont le déguisement semblait avoir été éventé.

Marescou, beaucoup plus fat que Cadillan, avait jugé que pour lui, Marseillais pur sang, vrai fils de la Cannebière, aucune correspondance, aucun intermédiaire n'aurait jamais la force de persuasion que posséderait la présence de sa séduisante personne.

Qu'il parût seulement, avec son physique avantageux, son œil plein de flamme et sa faconde

5.

persuasive, et Mme Mélinot se précipiterait dans
ses bras, avant le temps de dire : Ouf !

Aussi imagina-t-il un stratagème diabolique.

Le soir, à la nuit tombante, avant que les ré-
verbères fussent allumés, il dépêcha Floche,
muni de petites pierres, avec ordre de les lancer
contre les fenêtres de l'appartement qu'habitaient
les Mélinot, et cela, avec assez de force pour que
les vitres volassent en éclats.

Floche, tout en faisant observer à son maître
qu'il lui imposait là un métier à le conduire vingt
fois pour une en police correctionnelle, se chargea
de la commission, et brisa consciencieusement,
chaque soir, pendant quatre à cinq jours, une
des vitres de la chambre de Cécile.

Bien entendu, le coup fait, il se sauvait à
toutes jambes, et allait prévenir son maître que
le crime était consommé. Celui-ci, tout prêt,
sortait aussitôt, déguisé en vitrier, avec sa
blouse blanche traînant sur ses talons, son crochet à verres plein de vitres de toutes les dimensions et de toutes les épaisseurs, et une
petite boîte où étaient serrés du mastic, un
couteau, un marteau et de petits clous. Il em-
plissait de son cri : « Ohé ! vitri ! » fort bien
imité, les rues Blanche, Labruyère, Léonie

et Pigalle, jouant son rôle comme s'il eût été
de la partie. Chaque fois, il était appelé,
mené sans méfiance dans la chambre de
M⁽ᵐᵉ⁾ Mélinot, et, là, installé devant le carreau
cassé.

Il se mettait à genoux, plutôt dans l'attitude
d'un amoureux que d'un vitrier de profession,
tirait lentement ses outils, détachait, non sans
se couper de temps en temps cruellement les
doigts, les morceaux encore attachés au châssis
de la croisée, promenait le diamant sur la vitre
avec des grincements qui lui agaçaient horrible-
ment les dents, émastiquait tant bien que mal
les joints, et se relevait sans bruit, pour tenter
de pénétrer dans la pièce voisine.

A ce moment, la bonne paraissait, l'empêchant
de tourner le bouton de la porte, lui rappelant
que la sortie n'était pas de ce côté, et l'invitant
à la suivre jusque sur le carré.

Là elle lui demandait le prix ; il répondait
tantôt dix sous, tantôt trois francs, ne connaissant rien, comme de juste, à la valeur de sa mar-
chandise, qu'il avait louée moyennant vingt
francs par jour à un homme du métier, et finalement il se retirait sans avoir même entrevu
M⁽ᵐᵉ⁾ Mélinot, mais ayant bien cassé cinq ou six

vitres, à chaque séance, avant d'avoir réussi à
en poser une seule.

Malheureusement pour lui, Cécile l'avait deviné, sous son costume maculé de peinture et de
taches de mastic, en le voyant entrer, dès le
premier jour, avec sa démarche gauche de néo-
phyte. Elle n'avait pu s'empêcher de rire de sa
métamorphose, mais elle s'était tenue à l'écart,
cette fois et les autres, ne voulant pas encourager
les projets de ces Messieurs, au point de les recevoir au domicile conjugal à l'insu de son mari.

Quant à Henri, en mari confiant qu'il était, il
n'avait rien trouvé d'extraordinaire à la présence
répétée du vitrier chez lui, pensant que cet
industriel ambulant était seul à exploiter le quartier; mais, ce qui lui avait semblé plus bizarre,
c'était ce déluge de pierres qui s'abattait chaque
jour sur ses carreaux.

Il flaira une vengeance, ou plutôt une simple
malveillance, car il ne se connaissait pas un ennemi.

Il en parla à Cécile et lui fit part du projet
qu'il avait formé, si le fait se représentait, d'aller
déposer une plainte au commissaire de police.

— N'en faites rien, mon ami, je vous en con-
jure! supplia la jeune femme.

— Et pourquoi ?

— Parce que... ça ne peut être qu'un enfant maladroit... qui en jouant... attrape nos fenêtres par mégarde... et vous le feriez gronder par ses parents...

— Que m'importe !

— Ou chasser de sa pension par le maître, et ses parents sont peut-être pauvres...

— On doit corriger ces gamins-là, et je ne vois pas pourquoi tu souffrirais de ces espiègleries !

— Mon ami, je vous jure que je n'en souffre pas... ça donne même de l'air... moi j'aime beaucoup l'air... mais beaucoup !

Elle ne savait plus ce qu'elle disait. Mélinot s'en aperçut, et, pour la seconde fois, mit ces petites bizarreries sur le compte d'une grossesse future.

— Êtes-vous assez nerveuse et sensitive, chère enfant! ne put-il s'empêcher de dire. Il faudra vous guérir de cette vilaine maladie-là, qui toujours vous fait monter le rouge au front, comme si, en face de moi, vous vous croyiez devant un juge, et non devant un ami!

Henri déclara que s'il n'allait pas déposer de plainte, du moins il se mettrait aux aguets pendant plusieurs jours de suite, de façon à découvrir le coupable et à lui adresser une semonce sévère.

Le lendemain matin, dès la première heure, fidèle à sa promesse, il était en observation.

Cécile ne vivait plus !

Vers six heures, une pierre vint encore une fois briser la vitre et tomber au pied du rideau.

Mélinot, sa canne à la main, se précipita furieux dans la rue à la poursuite de Floche! qui avait heureusement pour lui une sérieuse avance.

A peine Henri était-il sorti, que le cri monotone de : « Ohé ! vitri! » se faisait entendre.

Cette fois, ce fut Cécile elle-même qui appela Marescou, et le mena dans sa chambre, auprès du carreau brisé.

Elle allait refermer la porte sur elle et supplier le jeune homme de ne plus se livrer à ses dangereuses et excentriques machinations, prête à lui promettre un rendez-vous, quitte à ne pas tenir parole, quand Mélinot rentra, l'air souriant, les nerfs détendus, toujours sa canne à la main, dans l'attitude d'un homme qui vient d'éprouver une réelle satisfaction.

— Ma chère Cécile, dit-il, je vous jure qu'il ne sera plus tenté de recommencer à l'avenir!...

— Vous l'avait fait arrêter? demanda la jeune femme, en échangeant un regard de crainte avec Marescou.

— Non pas, mais je lui ai administré, avec ce bambou, une correction de *primo cartello!*

— Vous ne l'avez pas blessé au moins? interrogea Cécile, toujours compatissante.

— Oh! que non! et la preuve qu'il a eu plus de peur que de mal, c'est qu'il a tout reçu sans pousser un cri, sans même me dire un mot, et qu'il s'est sauvé, ne demandant pas son reste, je vous l'affirme.

Marescou avait bonne envie de rire de la mésaventure du pauvre Floche; mais il ne lui en était pas moins secrètement très reconnaissant de ne pas l'avoir trahi.

Henri resta dans la chambre pendant tout le temps que dura la pose du carreau, examinant avec soin la manière de s'y prendre de Marescou; c'était à croire qu'il avait des soupçons et qu'il attendait là, en épiant le vitrier, que ses doutes vînssent à se confirmer, et qu'il pût se venger à coup sûr!

— C'est très bien, mon ami, dit-il au faux

ouvrier, sitôt que le travail fut terminé ; mais comme dans votre métier on fait forcément beaucoup de gâchis par terre, et que c'est fort désagréable, je me permets de souhaiter ne plus avoir besoin de vos services.

Marescou salua et sortit, après avoir adressé à Cécile un regard qui signifiait bien clairement qu'il ne se tenait pas pour battu, et qu'il reviendrait.

Aussi la jeune femme trouva-t-elle le moyen de quitter son mari et de rejoindre Marescou, avant qu'il eût franchi l'antichambre ; comme elle arrivait devant la porte de sortie, elle se trouva non plus seulement en face de Marescou, mais en présence de Beaulardon, toujours en commissionnaire, qui tentait une dernière fois de pénétrer jusqu'à elle, ayant sous le bras, comme d'habitude, un paquet et une lettre envoyés par Cadillan.

Alors affolée, craignant que, d'un instant à l'autre, la porte ne s'ouvrît derrière elle, pour livrer passage à son mari furieux, elle jeta ces mots à Marescou :

— Demain, à une heure, au Louvre, galerie d'Apollon, mais partez vite !

Puis, refermant la porte sur lui et sur le commissionnaire, elle courut auprès de son mari, —

bien déterminée à ne pas aller à ce rendez-vous, et se mettant l'esprit à la torture pour découvrir un moyen d'aborder enfin la grande question avec Henri, sans compromettre son propre bonheur.

Marescou s'éloigna, sa hotte de verre sur le dos, fier comme don Juan après la conquête de dona Elvire, et regagna son domicile, tout joyeux à la pensée de l'entrevue du lendemain.

Il donna, sans hésiter, à Floche, qu'il trouva encore un peu meurtri, un beau billet de cent francs tout neuf, pour achever de panser ses blessures, et le félicita ensuite de son silence.

Puis, pour tuer le temps qui lui paraissait devoir être, cette soirée-là, d'une interminable longueur, il entra dans un théâtre du boulevard, et se berça des rêves les plus doux, au son d'une musiquette légère et sautillante.

Le lendemain, il était debout de grand matin, et commençait sa promenade à cheval vers sept heures, pour ne la terminer qu'à dix heures et demie. Au retour, il déjeuna, servi par le fidèle Floche, puis s'habilla avec un soin extrême, se parfuma légèrement les moustaches, et, après avoir mis ses gants, jeta un coup d'œil de satisfaction sur la glace, et partit.

A une heure, montre en main, il pénétrait dans la galerie d'Apollon, la tête haute, l'œil brillant et provocateur, sûr de lui, parce qu'il était sûr d'elle.

Mais à peine eut-il parcouru du regard l'immense salle, dans toute sa longueur, que sa figure se rembrunit subitement : il venait d'apercevoir la tête élégante et fine de Cadillan, attendant, avec non moins d'assurance, devant une vitrine pleine de vases en lapis et en malachite...

Cadillan, prévenu du rendez-vous donné devant Beaulardon, n'avait pas manqué l'occasion qui lui était offerte de pouvoir se rencontrer avec Mme Mélinot, loin de son mari.

— Cadillan ! s'écria Marescou, en marchant à lui.

— Marescou ! riposta l'autre.

— Ah !.. je ne vous savais pas artiste au point de passer votre temps à venir admirer les collections du Louvre !

—Vous y consacrez bien votre journée, vous, à ce qu'il me semble !

— Moi, c'est un sujet bien autrement grave qui m'amène, déclara solennellement Marescou, et je suis même forcé de vous prier de visiter une autre salle, ça, je n'aurai pas de trop de cette galerie à moi tout seul pour le rendez-vous que j'y ai donné.

— J'allais réclamer de vous le même service ! déclara Cadillan, d'un ton que la colère commençait à légèrement altérer.

— Compris !... C'était Beaulardon qui était en commissionnaire ? grommela Marescou.

— Et c'était vous le vitrier ? ricana Cadillan.

— Vous n'avez pas l'air de savoir que j'aime Mlle Bartholin depuis Marseille !

— Et moi, depuis le couvent !

— Elle m'a donné des preuves irrécusables de son amour pour moi, mon cher !

— Comme à moi, mon excellent !

— Ah ! c'est trop fort !... Enfin, attendons la ; il n'est qu'une heure et quelques minutes, elle ne peut plus tarder à paraître ; aussi bien, mieux vaut qu'elle tranche elle-même le différend.

Il se mirent à se promener de long en large, chacun d'un côté différent des vitrines, chantonnant avec humeur, tout en faisant claquer nerveusement leurs doigts.

De temps en temps, ils s'arrêtaient, et se regardaient fixement, prêts à se parler, à se poser des questions embarrassantes, puis ils haussaient les épaules, se détournaient, et recommençaient leur promenade de plus belle.

Une heure et demie sonna, puis deux heures, puis trois, puis cinq.

Depuis longtemps il était évident que Mme Mélinot ne viendrait pas, et qu'elle n'avait même pas daigné les faire prévenir.

— Nous avons l'air parfaitement ridicules, tous les deux, dit tout à coup Cadillan en se campant devant Marescou.

— Parlez pour vous! risposta celui-ci.

— Le fait est que vous, vous n'avez rien à attendre ici!

— Et vous, vous perdez votre temps!

— Ma foi, mon cher, je ne sais si, cette fois, vous serez d'accord avec moi, fit Cadillan, d'une voix passablement vibrante; mais un de nous deux est de trop, je crois, sur la terre, et, comme je ne suis nullement disposé à vous y céder ma place à côté de la femme que j'aime...

— Moi non plus!

— Alors, il devient indispensable de remettre le différend aux soins de deux amis!

— Qui nous éviteront un plus ample et plus désagréable entretien.

— Nous nous battrons le plus tôt possible, n'est-ce pas?

— Demain, si vous voulez !

— Et gare à vous, je suis élève de Chazalet, le maître d'armes de la rue Taitbout !

Ils se saluèrent légèrement, et sortirent de la galerie chacun par une extrémité différente.

CHAPITRE VI

PRÉPARATIFS DE VOYAGE

Graziella et les amants de Vérone. — Itinéraires d'un jeune
ménage. — Le lacryma-christi. — La lune à Venise. — Le
cœur léger de ces Messieurs. — L'Anglaise de Cécile. — Plus
de duel ! — L'Italie derrière Fontainebleau. — Le roman de
Beaulardon. — Roméo et Mariette. — Encore la lune ! — Un
marié indiscret. — Coups de balais et coups de pincettes.
— Les idées de Floche sur le tour du monde. — Un partage
fait avec amour !

Il n'est pas d'exemple que l'annonce d'un prochain voyage en Italie n'ait fait battre un cœur
de vingt ans !

Tout le monde a pâli, étant enfant, sur l'histoire
romaine ; on connaît les faits et gestes de ces
étonnants républicains de l'antiquité, et plus
tard, les plaisirs bruyants des empereurs du
monde ! Personne n'a oublié, si superficielles
qu'aient été ses études, les luttes héroïques des
braves petites villes de l'Italie, au moyen âge, et

la longue succession des papes contient assez
de noms célèbres pour captiver notre attention !

Raphaël, Michel-Ange, le Titien, Léonard de
Vinci, Benvenuto Cellini, le Tasse et le Dante,
sont des noms que nous prononçons sans cesse !

Il n'y a pas jusqu'aux amants de Vérone et à
Graziella, ces rêves de poëtes, qui ne soient pour
nous des amis dont le souvenir reste ineffaçable !

Eh bien ! quelle plus grande joie, quelle plus
attachante perspective que celle de fouler aux
pieds le sol qui a été battu par tant de héros,
tant de tyrans cruels, tant de spadassins, tant de
prêtres impies, tant d'artistes, tant d'amants
légendaires ?

Cécile, avec sa nature douce et en même temps
passionnée, savourait par avance cette jouissance de délicats.

Et puis le voyage au Havre, en compagnie
d'Henri, avait été semé d'incidents si charmants !

Nul doute qu'en Italie, dans ce pays de franche
poésie, poésie du ciel, poésie de la mer, poésie
des souvenirs, les surprises de la route ne dussent
être bien autres encore !

Maintenant tous les moments où ils se trouvaient seuls, soit le jour, soit le soir après les

repas, ils les employaient à ouvrir une grande carte d'Italie, sur laquelle ils dressaient des itinéraires.

Ils en avaient dessiné de fantastiques, d'impraticables, imaginant presque des lignes inconnues de chemins de fer ou de paquebots, pour relier certains points à d'autres.

Quelquefois il y avait des discussions sérieuses entre les deux jeunes gens.

Cécile tenait bon, et Henri se gardait bien de céder.

Des paris s'engageaient. On ouvrait alors le guide, ce classique du voyageur, et on lui demandait de trancher la question, puis le perdant ou la perdante était condamné à donner et à recevoir une quantité incommensurable de baisers.

Mais là où ils tombaient d'accord, c'était sur l'absolue nécessité de visiter Gênes, ses palais et son port; Pise, sa cathédrale, son campanile, son baptistère et son Campo-Santo; Rome, le Colisée et Saint-Pierre; Naples, son golfe et ses îlots éternellement beaux, éternellement ensoleillés de Procida, d'Ischia et de Capri; Florence et ses collections; Venise, ses canaux, ses palais, et son silence; Milan et Turin, sans compter Bologne, Vérone, Sienne et tant d'autres vaillantes

6

petites cités dont l'histoire glorieuse est écrite
avec du sang.

Devant chacune de ces villes ils traçaient une
grande croix bien visible, qui la destinait, d'une
façon définitive, à leur dévorante curiosité. Puis
ils passaient des heures entières, toujours le
guide en main, à lire les instructions sur l'époque
la plus propice pour entreprendre le voyage, sur
les costumes et bagages indispensables à empor-
ter, sur le change des monnaies. Ils choisissaient
à l'avance les hôtels qu'ils croyaient devoir être
les plus confortables, découvraient des restaurants, notaient les monuments à voir dans un
ordre que rien ne justifiait, si ce n'étaient leur
fantaisie et leur bon plaisir.

Henri avait promis à sa femme de lui faire
boire du lacrima-christi sur les flancs même du
Vésuve. Elle, qui avait vu maintes fois repro-
duits dans les tableaux le quai des Esclavons et
la Piazetta de Venise bleutés par un beau clair
de lune, ne rêvait plus que promenades en gon-
dole dans le grand canal ! Une seule amertume
restait au cœur de la jeune femme.

C'était la pensée de s'éloigner, de tant de centaines de lieues, de Marescou et de Cadillan.
C'était la perspective, tout à fait désolante, de

songer que, pendant plusieurs mois peut-être, elle
ne les verrait plus !

Car, que deviendraient les deux rêves délicieux
qu'elle caressait, en songeant à eux ? Si elle allait
ne plus jamais les rencontrer ! Et puis, en supposant même, qu'au retour, elle eût encore la possi-
bilité de renouer les relations passées, se sou-
viendraient-ils, eux ?

Les jeunes gens étaient si légers, si inconsé-
quents, si exposés à croiser, à chaque pas, dans
un bal, en pleine rue, un prétexte en jupons à
oublier les amitiés passées.

Comment leur faire prendre patience jusqu'à
son retour ?

Un moment elle pensa à profiter d'une après-
midi, où son mari devait aller prendre l'argent du
voyage chez son notaire, pour se dissimuler sous
un voile épais et accourir chez les deux amis.

Mais elle n'eut pas besoin de réfléchir longtemps pour se persuader de l'inconvenance d'une
pareille démarche, et elle s'arrêta à un projet
déjà passablement imprudent, mais qui avait son
excuse dans l'innocence du but.

Elle résolut d'écrire à Marescou et à Cadillan,
pour les supplier de se conserver tous deux dans
les mêmes sentiments, leur affirmant, qu'une fois

rentrée en France, elle serait alors toute à eux,
et de façon définitive. Quand elle se vit en face
de son papier blanc, toute tremblante, rougissant
jusqu'au fond des yeux, rien qu'à la pensée, elle
jeune mariée, de livrer son écriture à des étrangers, et cela à l'insu de son mari, elle eut un
long moment d'hésitation.

Mais une idée lui vint : si elle dissimulait son
écriture !

— Ma foi, se dit-elle à part soi, au petit bonheur, j'ai ma conscience pour moi !

Elle eut toutes les peines du monde à faire de
sa jolie anglaise, délicate comme la main qui la
traçait et spirituelle comme la tête qui la dictait,
une espèce de bâtarde heurtée, sans pleins ni
déliés.

C'était encore lisible, mais à coup sûr c'était
méconnaissable, excepté pour un mari ou pour
un amant.

Elle écrivit l'adresse, toujours par le même
procédé, puis alla jeter elle-même les deux lettres
à la poste, avant l'arrivée de son mari.

Elle éprouva un gros soulagement au cœur,
après qu'elle eut entendu le petit bruit sec des
deux lettres tombant dans le fond de la boîte.

Les missives arrivèrent à Marescou et à Cadillan, au moment où ils étaient en pleine conférence à propos de leur duel. Deux amis communs s'étaient déjà abouchés et rendaient compte, chacun chez eux, aux deux ci-devant amis, du résultat de leur premier entretien.

Au moment où Marescou, légèrement surexcité, se refusait à toute concession, à tout arrangement, entre lui et Cadillan, Floche ouvrait la porte du salon, une lettre à la main, et sur laquelle était écrite la motion « Pressée ».

Marescou, ne reconnaissant pas tout d'abord l'écriture, brisa le cachet, et presque aussitôt devina la ruse féminine.

— Est-il possible ? elle part ! murmura-t-il. Et elle me demande de l'attendre un mois, deux peut-être, pendant qu'elle courra les grands chemins en compagnie de celui qu'elle s'est donné pour mari ! Mais elle veut donc que j'en trépasse ! C'est de l'inhumanité, c'est de la sauvagerie !

Et il arpentait la pièce à grands pas, n'entendant plus rien du rapport de son ami et témoin.

Soudain, en lisant et relisant la lettre, son attention fut attirée par les derniers mots qui prirent subitement pour lui une éloquente signification.

En effet, Cécile y promettait, quoique dans une

6.

écriture évidemment falsifiée, d'être toute à lui
au retour.

— Et elle s'imagine que moi, Marescou de Marseille, avec mon caractère, je resterai inactif pendant un pareil laps de temps? Jamais de la vie!
Elle part, je pars! Ainsi donc, cher ami, ajouta-
t-il en se retournant vers son témoin, plus de
duel, pour le moment du moins!

— Comment plus de duel?

— Certainement! Tu vois bien que je n'ai pas
le temps de me battre avec M. Cadillan? Penser
à tout, vu qu'il me faut préparer ma valise, em-
baller mes affaires, les visites, l'argent... l'itinéraire... je n'ai plus un instant à perdre à des bagatelles!

— Des bagatelles... un duel?

— Sans doute! Avec Cadillan, un ancien ami!...
Au reste arrange-toi comme tu l'entendras. Mais
il faut obtenir de Cadillan qu'il me fasse crédit
de quelques semaines, c'est très grave! Tu lui
ajouteras qu'il ne perdra rien d'ailleurs pour attendre, et il connaît assez le Marseillais Marescou pour ne pas soupçonner un instant que la
peur ou la lâcheté soient pour quelque chose
dans ma décision, et j'espère bien que toi non
plus tu ne conserves pas un doute à cet égard.

Le témoin se retira, assez peu satisfait de la démarche dont le chargeait son ami, et se promettant bien à l'avenir de ne plus jamais accepter de semblable mission.

Comme il descendait de voiture à la porte de Cadillan, il en vit sortir le témoin de celui-ci.

— Tu sais qu'il fait ses malles ou du moins qu'il va les faire ?

— C'est comme l'autre !

— Comment ! l'autre aussi part pour l'Italie ?

— Notre ministère est désormais inutile ici !...

— Et tout cela pour une femme !

— Et une femme qui évidemment se moque d'eux, puisqu'elle s'enfuit avec un troisième ; j'ai vu la lettre !

— Oh ! naïveté ! firent-ils ensemble, et ils s'éloignèrent en se moquant des deux amoureux.

Quant à Marescou et à Cadillan, ils s'étaient enfermés chacun chez eux, avaient extrait leurs valises et leurs couvertures de voyage, et, aidés de leur domestique respectif se livraient à un emballage forcené.

La nouvelle du très prochain départ de leurs maîtres, qui l'un et l'autre avaient déclaré qu'ils les emmèneraient, avait causé une impression toute différente sur les deux valets de chambre.

— Est-ce que c'est bien loin, l'Italie? demandait Beaulardon, avec anxiété, tout en apportant un paquet de chemises sur ses bras.

— Mais non, répondit Cadillan; avec l'express on y est vite.

— Combien de lieues, Monsieur?

— Ma foi, mon ami, tu m'en demandes plus que je n'en sais; nous consulterons l'indicateur.

— Alors c'est comme qui dirait pas beaucoup après Fontainebleau, n'est-ce pas?

Cadillan ne put retenir un éclat de rire.

— Oh! pas beaucoup après, oui enfin, 4 ou 500 lieues seulement... et encore, pour n'aller que jusqu'à Rome!

Beaulardon faillit du coup se laisser choir dans une valise, qu'il était en train de remplir.

— Quatre ou cinq cents lieues! s'exclama-t-il. Mais, Monsieur, c'est le tour du monde que vous allez entreprendre! Nous n'en reviendrons jamais vivants!

— Veux-tu que je t'assure sur la vie?

— Je ne connais pas ça, Monsieur, mais bien sûr que ça n'aurait pas le pouvoir de me rendre à Mariette!

— Mariette! tu connais donc une Mariette?

Ah, ah! Beaulardon amoureux! Allons, conte moi cela, mon garçon! Es-tu payé de retour, au moins?

— Oh! Je puis vous l'affirmer, Monsieur, et en bonne monnaie encore!

— Tu as plus de chance que moi, en ce cas!

— C'est que faut vous dire, Mariette, c'est une payse que j'ai connue, elle n'avait pas six ans! Nous nous donnions des bourrées dans le temps, que je ne vous dis que cela, que ça promettait de faire une rude amitié entre nous! Quand j'ai quitté le pays, v'la cinq ans de ça, nous avons tous les deux pleuré comme deux veaux, sous les arbres de la place, à la Ferté-sous-Jouarre, et nous nous sommes quasiment promis que nous ne serions jamais à d'autres épouseux ou épouseuses que nous-mêmes. Puis elle m'a juré qu'avant qu'il soit longtemps, elle viendrait me retrouver à Paris, et je suis parti par le chemin de fer, en essuyant mes yeux avec ma blouse. Ah! Je suis resté quatre ans comme ça à Paris, sans nouvelles, bien malheureux! Quand voilà qu'un jour, j'y pensais plus, parole d'honneur, et je me disais comme cela qu'elle m'avait aussi oublié, de son côté, et puis, pas du tout, la v'la qui me saute au cou dans le jardin d'Acclimatation,

sans que je sois préparé ! Nous nous étions re-
trouvés devant les bêtes à corne !

— Symbole du mariage ! pensa Cadillan.

— Alors elle me conta que depuis quelques
mois seulement elle était placée à Neuilly, chez
une brave dame qui avait trois jeunes filles bien
jolies, à ce qu'elle me dit !... Je lui demandai à
aller la voir ; je voulais tenir ma promesse, moi,
et le plus tôt possible ; car, foi de Champenois,
elle était plus jolie encore, et surtout plus...
développée que quand j'avais quitté le pays !
Elle me répondit que sa maîtresse ne souffrirait
jamais qu'elle reçût qui que ce soit ! J'eus
beau lui conseiller de m'annoncer comme un
cousin qui... lui voulait du bien... et avec qui
elle avait été fiancée... là bas... au pays... elle
n'a rien voulu entendre ! Paraît que ça aurait
pu nuire à la réputation de la maison. Alors je
pris mon parti en brave, et, le lendemain soir, vers
dix heures et demie, comme tout le monde était
couché, je profitai d'un moellon qui dépassait
pour escalader le mur du jardin, puis à l'aide
d'un arbre, un vieux chêne bien trapu, je me
hissai jurqu'à la terrasse, juste en face la fenêtre
de sa patronne dont les persiennes étaient fer-
mées, heureusement, et je réussis à me glisser

dans la chambre de Mariette sans avoir été ni vu
ni entendu. Là, je me blottis dans un coin et
j'attendis !

— Voyez-vous ça, avec son air de ne pas y
toucher !... Roméo, va !

— Oui ! mais si vous aviez vu aussi son étonnement ! Elle a failli tout perdre quand elle m'a
aperçu ! Heureusement qu'elle m'a reconnu tout
de suite ! Mais j'ai vu le moment, où ça ne ser-
virait à rien... car elle m'a fait une scène !...
mais une scène !... j'étais le dernier des derniers... j'allais lui faire perdre sa place, et ce
n'était pas moi qui lui en trouverais une autre !
On n'avait pas le droit d'entrer ainsi comme un
voleur chez les gens...! Comment sortirait-il
sans être vu à présent !... J'eus le malheur de
lui dire qu'il n'était pas plus difficile de sortir
que d'entrer, et que je reprendrais le chemin que
j'avais pris ; alors elle voulut me mettre à la porte
sur-le-champ ! Vous comprenez bien, Monsieur,
que ça ne faisait pas du tout mon affaire ? — Alors
j'appelai à moi toutes les phrases douces que
j'avais entendu dire comme ça à mes maîtres, à
vous par exemple, quand vous vouliez être aimable ; je lui parlai de ses yeux, qui étaient presqu'aussi grands que ceux des veaux de la Ferté-

sous-Jouarre, de ses cheveux qu'étaient blonds
et longs comme ceux d'une quenouille dévidée,
de ses petites mains rouges comme des pattes
d'écrevisses, car elle a des petites mains rouges,
allez, Mariette ! Enfin je parviens à l'embrasser
sur le cou, sans qu'elle me repousse, et, dam ! à
la Ferté-sous-Jouarre, quand une fille se laisse
embrasser sur le cou sans résistance, on sait ce
que ça veut dire, pas vrai ?

— Suffit, mon ami ! j'en sais assez pour deviner
le reste. Et tu as tenté l'escalade souvent, depuis ?

— Oh ! le plus souvent possible ! Monsieur
me comprend, et je crois que s'il eût été à ma
place, il ne se serait pas fait prier, lui non plus
pour revenir...

— Et jamais la patronne de ta payse ne s'est
aperçue de rien ?

— Oh ! jamais !... Et cependant une fois, il
y a de cela une quinzaine de jours, j'ai bien
cru être pincé. C'était la nuit du mariage de
l'aînée des demoiselles. Or, vous savez un mariage... ça met toujours un peu plus en train...
j'avais entendu danser toute la nuit dans le jardin, j'étais comme qui dirait de la noce, mais
de l'autre côté du mur dans la rue, parce que je

ne me montrais jamais... c'est à ce point que je
ne connaissais ni les demoiselles ni le futur. Or,
pour vous finir, vers deux heures, je vois la porte
du jardin s'ouvrir, je me cache dans un renfon-
cement bien noir, et je me dis : « Restons là, sans
bouger, pendant que la noce va défiler ! » Effectivement, ils montent tous en voiture, avec des
froufrous de robes de soie, après avoir embrassé
les mariés, qui restaient dans la maison... et
quand ils sont tous partis, la porte se referme.
J'attends, encore un peu, que le bruit cesse dans
la maison ; fallait bien que la mère, les demoiselles et surtout les mariés soient retirés chacun
chez eux. Au reste, nous avions, Mariette et moi,
un signal convenu. Sitôt que je lui vois agiter
la persienne de sa fenêtre, je me précipite et
j'escalade . . . malgré la lune qui me gênait bien.
Patatra ! Voilà qu'au moment de passer devant
les fenêtres de la maman, il me semble entendre
marcher derrière moi sur le sable ! C'était le
marié, Monsieur ! Ah ! je ne l'ai même pas re-
gardé ! — Mais si vous m'aviez vu me glisser en
rampant, comme un serpent, jusqu'à la chambre
de Mariette, on aurait dit un clown !

Eh bien ! ça n'a été que cela, mais j'ai eu tout
de même une fière peur ! D'autant que le marié

7

n'a pas passé la nuit dans la maison de sa belle-
mère, comme cela avait été convenu; il a emmené
sa femme pendant la nuit, sans tambours, ni
trompettes, et n'a pas reparu ! C'est Mariette qui
m'a conté l'histoire depuis.

— Et voilà pourquoi vous avez tant de peine
à vous lever le matin pour faire mon service,
maître Beaulardon? dit Cadillan.

— Oh ! Monsieur sait combien je lui suis
dévoué, mais il doit comprendre combien il
est pénible pour un amoureux de s'en aller à
cinq cents lieues de sa bonne amie ! Mais Monsieur est bon, il me permettra de rester ; je
soignerai si bien ses meubles et son appartement,
pendant son absence, que Monsieur n'aura pas
de regrets de ne pas m'avoir emmené.

— C'est cela, te laisser ici comme un coq en
pâte, — car je ne vois pas d'expression plus
juste pour qualifier ta situation — tandis que
moi je courrai les grands chemins à la poursuite
d'une cruelle qui ne me permettra jamais d'escalader les murs, fût-ce par les nuits les plus
sombres !

Non non, mon gaillard, tu me suivras !

C'est dans ton intérêt après tout, car tu verras

au retour combien les baisers de ta Mariette te sembleront plus doux !

Beaulardon essaya encore d'implorer son maître, mais il le trouva impassible, et il dut se résigner, sous peine de perdre sa place.

Pendant que le malheureux valet, en proie à un sombre désespoir, préparait tout de travers le bagage de son maître, Floche au contraire se laissait aller à une joie exubérante.

— Est-ce que vous vous arrêterez en Italie, Monsieur ? demandait-il à Marescou.

— J'espère qu'elle ne me mènera pas plus loin, répondit le Marseillais.

— Ah ! c'est que, Monsieur, on est si bien, quand on n'est pas chez soi !

— Cela dépend !

— Monsieur dit cela parce qu'il est amoureux ! Moi aussi je l'ai été, et comme personne, je puis le dire ; mais si Monsieur savait comme ça change, quand on a atteint à son but, et quand cinq ou six ans seulement ont passé sur un ménage où l'on ne se parle plus qu'à coups de balai et à coups de pincettes !

— J'espère ne jamais en venir à ces extrémités avec aucune femme !

— Que Monsieur Marescou m'excuse si j'insiste, mais il en arrivera là, comme les camarades.

— Eh bien ! maître Floche ! s'écria Marescou d'une voix sévère.

— Je veux dire comme les autres maris, fit vivement Floche en se reprenant. C'est que, voyez-vous, Monsieur, quand on en vient à ne pas pouvoir prononcer un mot sans être contredit, à ne pas pouvoir sortir seul sans avoir sa petite scène en rentrant, à n'avoir plus même le droit de regarder dans la rue une femme qui vous plaît, le tempérament s'aigrit et on a bien vite fait de taper.

— C'est possible !

— Au reste ce n'est pas ça qui m'empêche d'être au mieux avec ma femme, croyez-le bien ! Mais, nous deux, si nous voulons rester bien unis, faut pas nous voir souvent, et voilà pourquoi je demandais à Monsieur s'il n'avait pas l'intention de pousser un peu plus loin que l'Italie.

— Je constate que tu ne détestes pas les voyages, mais ne me bourre pas ma valise tant que cela, mon garçon, tu vas la faire crever ! observa Marescou qui, depuis quelques instants, voyait Floche entasser paires de chaussettes sur paires de chaussettes et chemises de flanelle sur chemises de flanelle.

— Mais si, Monsieur, faut bourrer, faut bourrer tant qu'on peut ! Je suis persuadé que vous ne vous en repentirez pas ! D'abord, j'ai entendu dire que l'Afrique... vous savez bien, Monsieur, l'Afrique, où il y a des Bédouins, des Nègres, des fruits extraordinaires, des plantes superbes?... Eh bien ! il paraît qu'on ne doit pas mourir sans avoir vu ce pays-là. C'est peut-être pas bien loin de l'Italie ? — Et puis il y a l'Asie et l'Amérique dont on parle bien aussi. C'est là qu'on prétend qu'il y a des femmes superbes, et comme on n'en voit pas ! Les femmes ! ça devrait décider Monsieur !... Ah si j'avais la fortune de Monsieur, c'est moi qui ferais le tour du monde !

— En quatre-vingts jours ? demanda Marescou.

— Ah ! bien non alors, pas si vite que cela ! Je n'aurais pas le temps d'oublier ma femme !

— Eh bien ! nous en reparlerons, mon garçon, conclut Marescou ; en attendant, dans ton intérêt, n'emplis pas trop ma valise, car c'est toi qui la porteras !

Et il sortit, laissant cette victime du mariage aux prises avec les bagages, qu'il empaquetait avec amour !

CHAPITRE VII.

LA FONCIÈRE.

Une belle-mère superbe ! — Le désespoir des célibataires.
— Enthousiasme de mari. — Accidents à l'horizon. —
200,000 francs pour presque rien. — La meilleure des Compagnies ! — Gare la casse ! — Trois contrats bons à étudier.
— Comme quoi ça fait quelquefois plaisir de parler de sa
mort ! — Deux vieilles connaissances. — Les chiens de
faïence. — Je vais faire mes malles !

En sortant de chez le notaire, où il venait de
prendre l'argent nécessaire à son voyage, Mélinot tomba sur un ancien ami du collége, plus
âgé que lui de quelques années, don Juan fieffé,
et ennemi juré du mariage, pour lui-même, bien
qu'il eût beaucoup contribué à mener à bien
l'union d'Henri et de Cécile.

— Tiens, Dumont ! dit Mélinot.

— Dumont lui-même ! Et comment se porte
le nouveau marié ?

— Comme tu vois, le ménage ne me rend ni
trop maussade ni trop impotent !

— Et ta belle-mère, Mme Bartholin ? car tu as
une belle-mère superbe, heureux homme ! Je
t'avouerai même qu'avec les yeux et les cheveux
quelle possède, elle m'eût fait passer par où elle
eut voulu, malgré ses trente-neuf ans et ses trois
grandes filles. Mais elle est de la race de ces
femmes chez lesquelles la vertu est tellement en-
racinée, que leur jeunesse s'écoule sans profit
pour nous pauvres célibataires !

— Oui, oui ! dit Henri sans conviction ; puis
il ajouta, regardant son ami bien en face :

— Est-ce que tu l'a revue depuis notre mariage, ma belle-mère ?

— Moi ! pas une fois !... Tu sais bien que les
femmes trop vertueuses, j'en ai peur comme de
la peste ! Il me semble toujours, quand je m'approche d'elles et que j'effleure seulement du bout
du doigt l'étoffe de leur corsage, que je vais
sentir, à travers la soie, le grincement du parche-
min de quelque contrat de mariage bien en règle.
J'en ai froid dans le dos, rien que d'y penser !
Mais, ne parlons pas de moi qui mourrai, c'est
entendu, vieux garçon et incorrigible, et reve-
nons à toi, à ton bonheur, à ta chère petite femme,

car tu dois l'adorer, cette enfant-là, avec le caractère que je te connais, et que je lui connais!

— Si je l'adore! s'écria Henri. C'est-à-dire que tu pourrais imaginer, dans ta tête folle, toutes les grâces, tous les dévouements et toutes les saintes chastetés dans l'amour, que tu n'arriverais pas à te faire une idée du charme délicieux dont ma Cécile aimée entoure mon existence! C'est un repos, une félicité de tous les instants, et, en même temps, une puissance dans la passion, non dans la passion exagérée et fausse, comme tu l'entends, aux lèvres fardées, aux cheveux teints, aux yeux crayonnés de noir ou de bleu, mais dans celle qui se traduit par l'étreinte loyale et éternelle de deux cœurs qui sont bien l'un à l'autre, ou par le sincère baiser de deux lèvres qui n'ont jamais frissonné que sur les vôtres!

— Tudieu! quel enthousiasme! Ne continue pas, mon cher, ou dans une heure je ne répondrais plus de moi, et l'on me montrerait au doigt, installé dans une des vingt mairies de Paris, implorant les bons offices du magistrat municipal, ce qui serait tout à fait déshonorant pour mes principes. Mais tu ne me parles pas de votre petit voyage au Havre? S'est-il bien passé?...

— Si bien, mon cher, que dans deux jours

7.

nous partons, Cécile et moi, pour l'Italie, le pays
du beau ciel bleu, de l'amour, et de la poésie !

— Des attaques de brigands et des déraillements ! Es-tu assuré au moins ?

— Assuré ? Oui, sans doute, contre l'incendie ; c'est la première formalité que je rem-
plis, toutes les fois qu'il m'arrive de changer
d'appartement.

— Je ne parle pas de l'incendie, mais bien
des accidents ! Tout d'abord, je tiens à te rappeler que je ne suis ni agent, ni inspecteur d'aucune
compagnie, que je n'ai aucun intérêt commun
avec elles et que mes trente-cinq mille livres de
rente me permettent de vivre à l'aise, sans avoir
mes poches bourrées de polices ! Cela dit, sache-
le bien, mon très cher, aujourd'hui on n'a plus
le droit de ne pas s'assurer sur la vie ou contre
les risques d'accidents de toute nature. Plus le
monde ira, plus il y aura de tempêtes et d'abor-
dages en mer, — par l'excellente raison que le
nombre des navires augmente tous les jours, —
et plus il y aura de rencontres et de déraillements de trains, puisque les voyages devien-
nent plus fréquents. Sans parler des cas d'incendie, empêcheras-tu la foudre de tomber à côté
de toi et de te paralyser tout un côté du corps ?

Pourras-tu prévoir les malheurs causés par les perturbations atmosphériques inattendues? Et les accidents provenant de la circulation des voitures sans cesse croissante dans les grandes villes, et les malfaiteurs qui s'introduisent chez vous, ou vous attaquent sur les grands chemins, et tout ce qui ne me vient pas à l'esprit en ce moment, et que je ne peux prévoir!

— Mais à t'entendre, personne ne devrait plus sortir de chez soi, et c'est tout au plus si l'on s'y trouverait en sûreté!

— Eh! mon Dieu, on y court des risques, tout comme ailleurs. Plus que tout autre, tu serais impardonnable de ne pas prendre tes précautions. Comment! tu viens de te marier à une femme que tu adores, dis-tu! Or tu as personnellement de la fortune, je n'en disconviens pas; mais cette fortune, si tu venais à mourir subitement, et sans enfants, elle retournerait de droit à ta famille personnelle... et ta Cécile resterait aussi pauvre que quand tu l'as épousée. Tu me diras qu'on fait des testaments, des donations, etc., etc... mais quand on a ton âge, et que l'on est heureux, l'idée ne vous vient pas de songer à la mort! Et puis les testaments se perdent, se discutent, se cassent!... On trouve le moyen de vous dépouiller légalement, faute d'un mot ou d'une formalité souvent insignifiante ! Tandis que, pour une somme relativement minime que tu verses chaque année, tu peux assurer jusqu'à un capital de deux cent mille francs à ta veuve, que tu meures dans l'année ou cinquante ans après !

— Tu as raison, murmura Henri.

— Eh bien ! cela, c'est l'assurance sur la vie, un contrat que les Anglais pratiques, qui épousent généralement des jeunes filles sans dot, ont toujours soin de glisser dans la corbeille de noces de leur femme pour assurer son avenir ! Mais il y a aussi l'assurance contre les accidents, qui garantit contre les risques de voyage (en France ou à l'étranger), ceux de séjour en quelque point que ce soit du globe, y compris même les risques du domicile habituel ! Peux-tu rêver protection plus efficace ? Ainsi supposons — rien n'est impossible en ce monde, n'est-ce-pas ? — supposons que tu disparaisses, que ta fortune passe en d'autres mains ou soit engloutie dans un placement ruineux ; ta femme reste avec les quelques rentes que tu lui as assurées, n'ayant peut-être que juste de quoi vivre modestement. Un beau jour, un accident lui arrive, lui fait perdre la vue ou un membre, ou ruine sa santé, en un

mot, la met dans une situation d'existence beaucoup plus coûteuse, avec dépenses de médecin,
séjour indispensable dans des villes d'eaux,
traitement, cures dispendieuses, que sais-je?
La voilà tout de suite dans l'impossibilité de se
suffire avec ses simples rentes. — Si au contraire
tu as eu soin de l'assurer contre les accidents, immédiatement la compagnie lui verse l'indemnité
convenue, et voilà le malheur réparé, ou en partie du moins ! Et si cette institution merveilleuse
est recommandable, pour toi qui as une fortune
réelle et qui n'as nulle envie de passer de vie à
trépas, juge un peu des avantages qu'elle peut
offrir, au point de vue humanitaire à l'homme
qui, travaillant pour vivre, dans un bureau, dans
un atelier, dans une position quelconque, peut
se trouver estropié, du jour au lendemain, par un
accident, et privé de son gagne-pain ! C'est à
ce point, vois-tu bien, que j'estime, qu'étant
donnée la modicité des sacrifices à faire pour se
garantir contre les hasards de l'existence, et
l'importance au contraire des résultats, le père
de famille ou le mari qui ne s'assure pas, n'ac-
complit pas son devoir, et manque de probité envers les siens !

— Et je suis de ton avis, s'écria Henri avec

enthousiasme, tellement de ton avis, que tu vas
sur-le-champ m'indiquer la meilleure Compagnie;
je ne veux pas partir en voyage sans être complètement tranquille sur l'avenir de Cécile !

— T'indiquer la meilleure Compagnie, rien
plus simple, cher ami ! En matière d'assurances
sur la vie ou contre les accidents, ma pensée est
qu'on n'est véritablement assuré que si la Compagnie qui vous délivre une police possède un gros
capital social. Car, que recherche l'assuré ? La
sécurité par un contrat qui s'exécute à des termes parfois très éloignés. Cette sécurité est
donc liée très intimement à l'importance même
du capital de la société à laquelle il s'adresse. Or,
de toutes les compagnies françaises actuellement
existantes, c'est la Foncière qui marche en tête,
avec quarante millions de francs pour la vie, et
vingt-cinq millions pour les accidents, sans compter ses quarante millions pour l'incendie! Ces
chiffres sont éloquents, qu'en penses-tu ? Va
donc t'asssurer à la Foncière.

Mélinot n'avait plus besoin d'être convaincu;
il demanda simplement à son ami l'adresse de
la Compagnie.

Celui-ci lui apprit que la Foncière-Accidents
avait ses bureaux, 12, place de la Bourse, et la

Foncière-Vie, place Ventadour, dans les anciens
bâtiments du théâtre des Italiens, siége social
commun du reste, où se réunissait le conseil
d'administration de chacune des deux sociétés.

Ils se séparèrent, et Mélinot courut d'abord à
la place de la Bourse.

Là, il contracta une assurance en faveur de
Cécile, garantissant à la jeune femme une somme
de cent mille francs, dans le cas où il lui arriverait
malheur, à lui, Henri, pendant leur voyage en
Italie. La prime à payer pour trois mois n'était
que de un franc par mille, soit cent francs ; ce
n'était vraiment pas la peine de s'en passer,
d'autant que, en supposant que l'accident n'en-
traînât pas la mort, mais une mutilation grave,
telle que privation d'un membre ou d'un œil,
ou cécité complète et perte de plusieurs membres, la Foncière s'engageait encore à verser le
quart ou les deux tiers du capital des cent mille
francs assurés, à Mélinot lui-même, ou à Cécile,
son ayant droit. Et cela, sans compter l'inca-
pacité temporaire, toujours résultant de l'accident, en raison de laquelle une indemnité quo-
tidienne de quarante francs pouvait être accordée
pendant cent quatre-vingts jours, c'est-à-dire pendant six mois pleins de l'année !

Comme il n'entrait pas dans ses intentions de voyager sur mer, Henri ne crut pas utile de s'assurer contre les périls de la navigation. On lui promit son contrat pour le lendemain, et il courut à la Foncière-Vie, place Ventadour. Là, il lui fallut choisir entre trois modes divers : l'assurance pour la vie entière, l'assurance mixte ou l'assurance à terme fixe.

Un employé fort aimable se mit à sa disposition et lui expliqua les caractères essentiellement différents des trois contrats.

Dans l'assurance *en cas de décès pour la vie entière*, la Compagnie s'oblige à verser, lors du décès de l'assuré, et quelle qu'en soit l'époque, un capital déterminé à ses héritiers ou ayants droit. Comme prix de cette opération, l'assuré devait payer à la Compagnie soit une prime annuelle et temporaire, soit une prime unique.

Dans l'assurance *mixte*, la Compagnie s'engageait, moyennant le versement d'une prime annuelle convenue, à payer un capital déterminé à l'assuré, s'il était vivant à l'époque fixée par le contrat, ou à ses héritiers, *aussitôt son décès*, s'il venait à décéder avant cette époque.

Henri rejeta cette combinaison qui convenait plutôt à quelqu'un voulant surtout se constituer

personnellement un capital, au bout d'un certain
nombre d'années, capital qui était néanmoins
versé à sa famille, en cas de mort prématurée de
sa part.

Enfin l'assurance à *terme fixe*, qui réunissait
les avantages de deux combinaisons d'assurances,
— l'une en cas de vie, au profit de l'assuré,
l'autre en cas de décès, au profit de sa famille,
— contraignait la Compagnie à payer une somme
déterminée à une époque convenue, que l'assuré
fût vivant ou décédé, à charge par le signataire
de s'engager à verser, pendant toute la durée de
son contrat, une prime annuelle fixée d'avance;
ces primes *cessaient pourtant d'être dues*, en
cas de décès de l'assuré avant le terme
stipulé par le contrat. Le capital de toute
façon n'était *exigible qu'à époque fixe*. Cette troisième combinaison, un peu différente de la
seconde, offrait à peu près des avantages iden-
tiques, et s'adressait aux mêmes besoins, c'est-à-
dire à ceux qui désiraient constituer, soit pour
eux-mêmes, soit pour leur femme ou leurs enfants, un capital à époque fixe.

L'employé ajouta, du reste, pour compléter
les renseignements, que chacune de ces assurances donnait droit, pour le signataire, à une par-

ticipation annuelle de *quatre-vingts pour cent* dans les bénéfices nets de la Compagnie, c'est-à-dire trente pour cent de plus que la plupart des autres Compagnies françaises, et s'il renonçait à cette participation, à une réduction de dix pour cent sur la prime annuelle fixée par son contrat.

Au surplus, si l'assuré venait à cesser le paiement de ses primes annuelles, il n'était nullement déchu de ses droits, à condition qu'il eût déjà versé trois primes annuelles ; le capital assuré était alors réduit dans la proportion des primes acquittées. Et il lui donna un exemple à l'appui.

Ainsi, dans une assurance mixte de vingt années, chaque année payée assurait au titulaire un vingtième du capital.

Il termina en lui faisant remarquer, qu'après trois ans de date, la Compagnie pouvait, sur la demande de l'assuré, racheter le contrat, en remboursant une partie des primes encaissées, et qu'enfin, elle pouvait également, après trois primes payées, consentir un prêt à l'assuré, et, par ce moyen, lui permettre de maintenir son contrat en vigueur, cela pour les personnes qui eussent éprouvé momentanément quelqu'embarras à faire le versement annuel.

Ces quelques mots, clairement exprimés par l'employé, permirent à M. Mélinot de comprendre le fonctionnement de ces trois modes d'assurance.

Il s'arrêta au premier, c'est-à-dire à l'assurance *en cas de décès pour la vie entière* ; c'était à vrai dire celui qui lui convenait le mieux, puisqu'aussi bien il ne prétendait s'assurer qu'au profit de sa chère Cécile, en cas de contestation d'héritage après décès, ayant lui-même une fortune personnelle qui le mettait à l'abri de tout besoin.

C'était en même temps le moins onéreux des trois contrats, car Henri, ayant à peine vingt-six ans, la prime annuelle qu'il allait avoir à payer n'était que de 2 fr. 26 par 100 francs de capital assuré à son décès.

Il pria donc qu'on lui préparât pour le lendemain une police stipulant, qu'à sa mort, deux cent mille francs seraient versés entre les mains de Mme Mélinot, sa veuve, née Cécile Bartholin, se réservant d'user de son droit de participation dans les bénéfices.

— Ma foi, se dit-il en quittant l'employé, après l'avoir chaudement remercié, ça n'a pas l'air gai au premier abord, de parler ainsi tout

le temps de sa mort, mais qu'on a le cœur léger
quand on a pris cette précaution là !

Et il se promit, au premier bébé que lui
donnerait Cécile, fils ou fille, de signer à son
profit une nouvelle assurance. C'était une économie forcée qu'il s'imposait, mais si nécessaire !
En repassant par l'antichambre, il ne fut pas peu
surpris de se trouver presque nez à nez avec
deux messieurs qu'il reconnut parfaitement pour
être ceux qu'il avait vu plusieurs fois le suivre
ou rôder autour de la rue de Labruyère, surtout quand il se trouvait en compagnie de
Cécile.

Ceux-ci en l'apercevant, eurent, l'un et l'autre,
un mouvement d'étonnement.

Mélinot était l'homme des décisions promptes,
et comme chez lui la jalousie était poussée très
loin, il tint à faire cesser, dès l'origine, une
obsession que ces messieurs trouvaient peut-
être très drôle, mais qui lui était fort désagréable
à lui, malgré la confiance immuable qu'il avait
en Cécile.

— J'ai déjà eu l'honneur de vous rencontrer
plusieurs fois sur mon passage, Messieurs, leur
dit-il; auriez-vous à m'entretenir de quelqu'affaire
importante?

Marescou et Cadillan, — car c'étaient bien eux, qui, assis depuis une demi-heure sur deux banquettes se faisant face, se regardaient, muets, comme deux chiens de faïence, — ne trouvèrent pas un mot à répondre.

Cette attaque inattendue les avait pris au dépourvu.

— Dans le cas où je me serais trompé, Messieurs, reprit Henri, devenu très calme devant le silence des deux jeunes gens, je vous prie de m'excuser ! Au reste, je ne suis pas assez chatouilleux pour me formaliser d'un hasard, qui, je vous le jure, ne se représentera plus !

Il enfonça son chapeau d'un léger coup de la main, et sortit.

Marescou et Cadillan ne purent s'empêcher d'échanger un sourire.

Eux aussi, ils étaient venus signer deux polices à la Foncière : l'un, en faveur d'une filleule indigente, que sa mère lui avait recommandée en mourant; l'autre, pour assurer quelques billets de mille francs, à sa majorité, à un pauvre petit diable qu'une femme, qu'il avait connue pendant quelque temps seulement, lui avait dit être son fils, sans du reste qu'il en eût jamais rien cru.

A peine Mélinot avait-il disparu, qu'ils furent appelés chacun dans un bureau différent; mais le hasard voulut, qu'en sortant, ils se rencontrassent encore une fois à la porte.

— Décidément, Monsieur, il est dit que nous nous retrouverons partout ! grommela Marescou.

— C'est étrange, en effet, Monsieur ! répliqua Cadillan.

Ils se toisèrent un instant sans se saluer, puis, haussant les épaules, et d'une voix brève :

— Je vais faire mes malles !

— Et moi aussi !

CHAPITRE VIII

LES ADIEUX

Une tempête sous le crâne d'un laquais. — Les prés fleuris et la pipe culottée. — Plus de chemins de fer ! — Les oreilles et le nez coupés. — Beaulardon étranglé. — On lui lavera la tête... au vitriol. — Ah ! qu'il est doux d'être battu ! — L'esprit de corps en amour. — Les perruques merveilleuses. — Comment on bâcle ses devoirs... conjugaux.

Cadillan avait signifié, le matin même, à son domestique, que le départ pour l'Italie aurait lieu le lendemain.

Beaulardon, lorsqu'il fut bien persuadé que cette décision était irrévocable, eut lui aussi sa tempête sous le crâne.

Devait-il, oui ou non, accompagner son maître ?

Tout lui répondait non !

D'abord, il était d'un tempérament plus que

casanier, ne connaissant pas au monde de plaisir plus doux que de rester au coin du feu, même par les froids les plus anodins. Les dimanches d'été, si engageant que pût être le soleil, il préférait, aux courses folles à travers la campagne plus ou moins fleurie ou embaumée, une longue station aux cabarets empestant la pipe culottée et le vin frelaté. Et il raillait ou prenait en pitié les imbéciles qui ne partageaient pas ses goûts.

— Je vous demande un peu, disait-il, s'il n'est pas plus agréable et plus intelligent de jouer tranquillement aux cartes, chez le marchand de vins, avec des amis, en dégustant un bon bock, en bras de chemise et les pieds dans des pantoufles, que de courir les champs, par trente-cinq degrés de chaleur, serré dans des habits neufs et des bottines trop étroites !

Et puis il avait une peur bleue des chemins de fer ; c'était, à son avis, un moyen de locomotion extrêmement dangereux, et que le gouvernement eût dû prohiber depuis beau jour.

Mais non, l'État laissait faire. Sous prétexte de liberté, il tolérait ces rencontres et ces déraillements de trains continuels, d'où tant de gens revenaient estropiés pour la vie, et le plus souvent morts ! L'abus était flagrant, et il était

stupéfiant que l'autorité n'y mît bon ordre!
Mais patience! Le jour était proche, peut-être,
où comme l'avait prédit Cadillan, il occuperait
une haute fonction dans la police, et alors, par
une bonne ordonnance, bien en règle, il suppri-
merait du coup ces tueries en masse indignes
d'un siècle aussi civilisé que le nôtre! Quel besoin poussait donc tant les hommes à voyager,
et à quoi cela leur servait-il? A rien de rien!
Et son maître voulait l'embarquer dans un de
ces engins de destruction, appelés wagons!
Jamais! plutôt la mort! Mais les hasards de la
guerre étaient moins grands que ceux d'un
voyage en chemin de fer! Le canon cause moins
de ravages qu'une locomotive, et il existe moins
de danger à se trouver pris entre deux feux
qu'entre deux trains! Que Cadillan éprouvât le
besoin d'exposer sa vie, c'était son affaire;
mais il ne pouvait contraindre son domestique à
affronter le trépas avec lui! C'eût été d'une
cruauté révoltante, et Beaulardon était bien décidé à ne pas se soumettre à ce barbare caprice
de grand seigneur. La peau du maître et celle du
domestique, c'étaient deux peaux bien distinctes!
Oui dà! la révolution était faite, à cette heure, et
les gentilshommes n'avaient plus droit de chemins

de fer sur leurs gens ! Il n'y avait plus d'esclaves !
Tous les Français étaient des frères ! Ah ! mais !..

Du reste, en supposant même qu'on arrivât à
bon port, sans le plus petit accident, avec ses
membres au complet, il ne faudrait pas se croire
sauvé pour ça ! L'Italie, à ce qu'il paraît, regor-
geait de brigands ; quand ils ne vous assassinaient
pas, ils vous faisaient prisonniers, et on n'en
valait guère mieux : si les parents ou les amis ne
fournissaient pas la rançon stipulée, ces honnêtes commerçants commençaient par vous couper une oreille, puis deux, puis trois, et enfin le
nez, quand ce n'était pas le cou. La seule chance
qu'il aurait d'échapper à ce martyre, lui, Beaulardon, ce serait son dénûment et les cinquante mille
livres de rente de Cadillan : on relâcherait le domestique par égard pour la fortune du maître,
qu'on garderait. Mais, n'importe ! N'en fût-il finalement quitte que pour la peur, le pauvre Beaulardon n'en aurait pas moins passé par des
transes terribles.

Beaulardon, qui n'avait jamais lu les statis-
tiques comparées sur les accidents des diligences
et des chemins de fer, statistique constatant la
parfaite sécurité des voyageurs dans ces derniers,
avait du reste mille et une raisons de ne pas quitter

Paris, et là principale était son amour pour sa payse Mariette.

Loin d'elle, qu'allait-il devenir ? Il avait beau avoir une confiance absolue en elle, à distance on se fait des idées, on s'imagine bien vite qu'on est supplanté par un rival, et la jalousie vous travaille !

Non, décidément, il ne se sentait pas la force de vivre aussi radicalement séparé de sa Mariette, et, maintenant, sa résolution était bien fermement arrêtée, il ne suivrait pas Cadillan en pays étranger. Le diable, c'était que le patron était décidé à emmener son serviteur avec lui.

— L'Italie ou la porte ! avait-il dit à Beaulardon.

Partir la valise à la main, passer des nuits en chemin de fer, s'exposer à être tamponné ou à être appréhendé par les brigands, abandonner sa maîtresse, c'était sans aucun doute, une épouvantable perspective ; mais, d'un autre côté, être chassé, perdre un si bon maître qui se laissait si bien voler et vous cédait ses vieux habits quand ils étaient encore tout neufs, ce n'était pas non plus bien alléchant ! Quelle alternative, mon Dieu, et quel parti prendre ? Et, le coude appuyé sur sa malle déjà bondée de linge et de vêtements, il s'enfonçait les ongles dans le front pour extraire une résolution de son cerveau indécis.

Partirait-il ? Ne partira-t-il pas ? Depuis une heure, il se posait ces deux mêmes questions sans y avoir encore définitivement répondu. Enfin, il se redressa, avec la figure calme et satisfaite de l'homme qui, après de longues tergiversations, est parvenu à prendre une détermination inébranlable.

— Eh bien ! soit ! dit-il, tout en s'habillant pour sortir, je serai héroïque ! Je m'arracherai aux délices de la capitale... Je triompherai de ma venette des voyages en express, et je me passerai de Mariette, pour ne pas perdre ma place ! J'ai commis assez de sottises jusqu'ici pour être sérieux, à mes risques et périls, une fois en ma vie.

Il se regarda dans le miroir appendu au mur, pour juger de l'effet produit par sa cravate de soie rouge et s'assurer que sa raie était bien droite, puis il endossa son pardessus, mit son chapeau, souffla la bougie et sortit de sa chambre pour aller, à Neuilly, faire ses adieux à la payse. Arrivé devant l'habitation de Mme Bartholin, il franchit le mur de clôture, traversa le jardin avec précautien, escalada la terrasse, et, de son doigt recourbé, frappa trois coups discrets au carreau de Mariette.

— C'est bon ! me voilà, fit celle-ci. En même temps, elle ouvrait la fenêtre pour livrer passage à Beaulardon.

Sitôt qu'il fut entré, elle tira les rideaux et relevant la mèche de la lampe à moitié baissée :

— Eh bien ! dit-elle en venant se camper devant lui, tu ne m'embrasses donc pas ce soir ?

— Si, oh ! mais si ! répondit-il, en éclatant tout à coup en sanglots et appuyant la tête sur la large épaule de sa maîtresse.

— Tu pleures, maintenant, grand bêta ? Qué que t'as donc ? s'exclama-t-elle en avançant une chaise, sur laquelle elle fit asseoir Beaulardon avec une brusquerie affectueuse.

— Hélas ! ma Mariette, je pars !

— Où çà ? demanda-t-elle en se posant sur le bord du lit, et dévisageant son amant avec des regards de méfiance.

— Mon maître, reprit le jeune homme, m'a dit comme ça que si je refusais de faire route avec lui pour l'Italie, il me donnerait mes huit jours.

— Et qu'as-tu répondu ?

8.

— Dam ! que j'obéirai ! Ma malle est déjà faite !

— Ah ! le gueux ! ah ! le chenapan ! s'écria-t-elle en bondissant sur Beaulardon, et l'étreignant au collet de ses puissantes mains de paysanne.

— Aïe ! tu m'étrangles ! gémissait le malheureux, jouant des bras et des jambes pour essayer de repousser la virago qui lui serrait la gorge de plus en plus fort.

Enfin, au bout de quelques secondes, elle lâcha sa victime, qui, aussitôt se mit à aspirer l'air à pleins poumons avec des contorsions de mâchoires à faire se pâmer de rire Mariette, si elle eût été moins aveuglée par la colère.

— Ces gredins d'hommes, tous les mêmes ! cria-t-elle en arpentant la pièce à pas fiévreux... Ainsi ce polisson-là ne m'aura séduite... continua-t-elle...

Sur ces mots, Beaulardon eut une petite quinte de toux, provoquée par le sang qui avait afflué à la gorge.

Elle s'interrompit.

— Ah ! tu tousses ! Est-ce que tu te moquerais de moi ! hurla-t-elle s'avançant vers lui, le poing crispé. Dis donc un peu que tu ne m'as pas séduite, menteur que tu es !

— C'est vrai ! c'est vrai ! balbutiait Beaulardon, tremblant de tous ses membres ; je ne suis
qu'un misérable !

— Ah ! tu en conviens ! fit-elle un peu radou-
cie, et reprenant, à travers la chambre, sa promenade furieuse de lionne en cage. Avoueras-tu
aussi que j'ai eu la bêtise de te recevoir ici au
risque de me faire renvoyer vingt fois pour une ?

— Oui, oui, je le jure ! répétait Beaulardon
effaré.

— Et pourquoi, tout ça ? Pour que Monsieur
vienne ce soir me dire : « Tu sais ma petite, en
voilà assez, je te plante là ! »

Ah ! mais non, mon bonhomme, je ne me
chauffe pas de ce bois-là ! C'est fini de rire, il
faut m'épouser maintenant.

— Puisque je te dis que je prends le train
demain, à huit heures du soir !

— Le train attendra, voilà tout ! Oh ! une fois
marié, tu seras libre d'aller où tu voudras, en
Cochinchine ou au Kamtchatka si ça te plaît ;
mais d'ici là, je te garde à vue ; je t'attacherai
plutôt ! Avec cela que tu serais bien à plaindre,
si je devenais ta femme ! Ne me rabâches-tu pas,
toute la journée, que je suis un beau brin de
fille, et que je te ferais honneur. Dame ! j'ai fini

par le croire, moi ! Et c'est pas l'argent qui nous
manquera, tu sais bien ! A force de faire danser,
çà et là, l'anse du panier, je me suis amassé une
petite dot, mon gaillard, quinze cents francs
qui ne doivent rien à personne. Et toi, qu'est-ce
que tu possèdes ?

— Trois mille francs !

— Que ça ! Si tu n'avais pas été un gros
nigaud, tu pouvais économiser le double, avec
un maître comme le tien ! Enfin, je t'accepte
tout de même. A quand la noce ?

— Eh bien ! si tu veux bien, à mon retour.

— Ah ! Beaulardon, mon bel ami, fit-elle
d'une voix stridente, j'aime pas qu'on se fiche de
moi ! Je ne suis pas méchante, mais si tu me
pousses à bout, foi d'honnête fille, j'arroserai de
vitriol ton joli museau, dont tu es si fier ! Et
quand tu seras défiguré, tu iras trouver les
filles du pays, pour voir si elles veulent de
toi !

A cette menace, qu'il la savait femme à mettre
à exécution, Beaulardon fut pris d'une sueur
froide, et des frissons lui coururent par tout le
corps.

Elle s'en aperçut.

— On dirait que tu gèles ! fit-elle ironiquement.

Mazette, Monsieur est bien douillet! Qu'est-ce qu'il faut donc à Monsieur, pour que Monsieur ne soit plus transi? Les portes et les fenêtres sont garnies de bourrelets Jaccoux, les meilleurs qui existent! Avec eux, *ni froid ni air!* Mais, comme ils sont invisibles, Monsieur se persuade qu'il grelotte! Ce que c'est tout de même que l'imagination!

Il la regarda, tout interdit, en cherchant en vain des mots pour l'apaiser; son cerveau était vide, et sa langue comme paralysée.

— J'entends que dès demain, reprit-elle, voyant qu'il se taisait toujours, j'entends que dès demain nos bans soient publiés. Est-ce dit?

— C'est dit, ma chérie.

— Alors, embrasse-moi, grosse bête! fit-elle tout à coup calmée en lui appliquant deux gros baisers sur les joues. Tu sais bien que tout ça ne m'empêche pas de t'idolâtrer!

Maintenant va-t-en bien vite. Car, ajouta-t-elle en riant, que dirait mon promis s'il venait à savoir que j'ai un amant?

— Comment, bien vrai, demanda-t-il rassuré par la douceur de voix et la physionomie souriante de Mariette, bien vrai, tu ne me recevras plus chez toi, en cachette, jamais, jamais plus?

— Quand M. le Maire y aura passé, mais pas avant. Allons, bonsoir ! Il est vrai que désormais, tu pourras venir dans la journée. Mais par la porte, comme tout le monde, car dès demain, je vais annoncer mon mariage à Madame.

— Alors, maintenant, je te ferai la cour pour le bon motif?

— Et surtout, ne me tutoie pas devant le monde ! Il faut qu'on ignore nos bêtises passées; toi-même, souviens-toi... que tu ne dois plus t'en souvenir !

— Ce sera-t-il drôle, bon sens ! J'aurais bien voulu tout de même que ce nouveau programme ne commençât que demain !

— Qu'est-ce à dire, Monsieur Beaulardon? Respectez votre fiancée, si vous voulez un jour estimer votre femme !

Il déposa un chaste baiser sur le front que lui tendait pudiquement sa payse, et se retira, comme d'habitude, par la terrasse, le long de laquelle il se laissa glisser jusqu'à terre, pour de là gagner le mur de clôture et enfin la rue.

Chemin faisant, et s'en retournant chez son maître, il se demandait comment diable il allait s'y prendre pour contenter à la fois et Mariette et Cadillan; il lui fallait être en même temps en Italie, comme domestique, et à Paris comme prétendant. En voyage et en noce! Il ne savait auquel désobéir : Cadillan le congédierait, et Mariette lui laverait la tête... au vitriol. Et il tenait à l'un et à l'autre presque également, grugeant impudemment celui-ci, adorant ardemment celle-là. Entre l'amour et l'argent, son cœur balançait.

Et la tempête sous le crâne recommençait de plus belle.

Que résoudre? Rien pour le moment, et attendre au lendemain pour adopter un parti ; la nuit lui porterait sans doute conseil. Et il se coucha l'esprit calme et tout plein de sa Mariette, qu'il ne chérissait autant que parce qu'elle le menait à la baguette. Il n'y a pas que le beau sexe qui aime à être battu !

Floche, lui, n'était aucunement perplexe. L'idée d'un voyage en Italie le transportait de joie : il allait explorer un pays inconnu et splendide, où le soleil faisait éclore à foison les fleurs et les belles filles, et il serait séparé de sa femme, dont le ton pincé et l'afféterie l'horripilaient. Quelle mijaurée ! Était-elle assez maniérée, assez ridiculement prétentieuse, cette chipie qui ne parlait jamais que du bout des lèvres, en vous regardant du haut de sa grandeur, sans jamais permettre qu'on l'approchât de trop près ! Et tout ça, parce qu'elle était la femme de chambre d'une actrice dont elle s'ingéniait à copier les grands airs. Elle était encore plus cabotine peut-être que sa maîtresse, qui au moins avait le bon goût de ne jouer la comédie qu'au théâtre. Et, pourtant, s'il remontait seulement à deux ou trois ans en arrière, Floche était bien forcé d'en convenir, il avait eu un caprice pour sa légitime ; mais à la longue les mines dégoûtées de la donzelle l'avaient rebuté, et il s'était consolé des froideurs et des dédains de Mme Floche avec toutes les cameristes de bonne volonté qu'il avait pu rencontrer dans les antichambres ou dans les offices. Ainsi, du moins, fidèle à sa façon, il ne cascadait pas en dehors de la corporation !

Mais, malgré son antipathie très justifiée pour sa pimbêche d'épouse, Floche n'hésita pas à lui aller faire ses adieux : il eût cru, en s'épargnant cette démarche pénible, manquer aux règles de la plus élémentaire politesse.

Il se rendit aussitôt rue Drouot où demeurait la diva, maîtresse de Mme Floche.

— Rosalie est-elle visible ? demanda-t-il à la cuisinière qui vint lui ouvrir.

— Je ne sais pas trop, répondit le cordon
bleu ; Madame joue ce soir, et Rosalie l'accom-
pagne au théâtre, comme toujours.

Au même moment, Rosalie, très affairée, tra-
versait l'antichambre.

— Tiens, c'est vous ! dit-elle en apercevant
son mari.

— Oui, je vais faire un voyage en Italie, et
avant de partir, je venais...

— L'attention est délicate, et je vous en re-
mercie. Mais veuillez passer dans la salle à manger, je suis à vous dans un instant.

Elle pria la cuisinière d'éclairer M. Floche, et
courut auprès de l'actrice qui l'appelait ; cinq
minutes après, elle rejoignait son mari.

— Alors, c'est décidé, vous quittez Paris ?
fit-elle en s'asseyant.

— Oui, demain.

— Ah ! tant mieux ! Serez-vous absent bien
longtemps ?

— Le plus longtemps possible.

— A merveille ! Et, c'est là tout ce que vous
aviez à me dire ?

— Mon Dieu, oui. pour le moment.

— Alors, permettez-moi de vous mettre sur-
le-champ à la porte, mes instants sont précieux.

Il y a une première, ce soir, aux Variétés, Madame a le principal rôle, et il faut qu'elle soit de très bonne heure au théâtre, pour avoir tout le temps de s'habiller. Fort heureusement encore qu'elle n'aura pas à se coiffer !

— Comment! elle entre donc en scène les cheveux défaits? demanda Floche naïvement.

— Mais non, ignorant! riposta Rosalie avec un haussement d'épaules. Elle sera au contraire, en un tour de main, mieux coiffée que jamais, grâce à la délicieuse perruque blonde que lui a faite Mme Loisel.

Ah! si vous la voyiez! Tout un petit poëme que cette perruque! Ainsi vous vous imaginez encore, naïf domestique rural, que nos dames confient chaque soir leur tête à des coiffeurs? Mais non, le règne des artistes capillaires est fini. Ces messieurs sont inexacts, tous manquent souvent de parole, sans compter qu'ils sont loin d'être tous habiles, et que pour sortir à peu près présentable d'entre leurs mains, on doit s'assujettir à rester une longue heure au moins immobile sur une chaise.

Mais ça, Monsieur Floche, c'était le vieux jeu.

Maintenant, on se contente de faire un bout de causette avec Mme Loisel; en un clin d'œil elle a jugé la coiffure qui vous siéra le mieux, et, quelques jours après, lorsque vous essayez son petit chef-d'œuvre devant la glace, vous avez peine à vous reconnaître, tant vous êtes changée à votre avantage. Oui, Monsieur Floche, Mme Loisel a le don de vous rendre jolie, si laide que vous puissiez être ; c'est une fée, qui n'a d'autre baguette magique que son bon goût !

— Mais ces perruques merveilleuses, observa Floche, il faut pourtant quelque peu les entretenir ?

— Sans doute ; aussi un domestique, spécialement affecté à ce service, fait-il, chaque matin, sa tournée dans les théâtres pour y prendre les postiches, qui, dans la journée, sont recoiffés au magasin et rapportés, le soir, aux actrices avant la représentation, dans un état de fraîcheur absolue.

A ce moment, une sonnette s'agita fébrilement.

— Madame s'impatiente ; adieu et bon voyage ! dit Rosalie en s'échappant.

— Au plaisir de ne pas te revoir de sitôt ! marmotta Floche, qui s'esquiva, très sastisfait d'avoir aussi facilement bâclé ses devoirs conjugaux.

CHAPITRE IX

A LA GARE DE LYON

Le buffet de P.-L.-M. — Une politesse difficile à exécuter. — Le dîner de Beaulardon. — Coups d'épée à l'horizon. — Mariages riches. — La sécurité pour tous. — Comment on guérit l'anémie, et un bon nombre d'autres maladies. — Mme Mélinot ne veut plus partir. — Un mari énergique, quoi qu'amoureux.

Cadillan entrait, vers six heures du soir, au buffet de la gare de Lyon.

Après avoir accroché son pardessus à la patère, il s'assit, et s'apprêtait à lire le menu du jour que le maître d'hôtel lui présentait, lorsque Beaulardon parut à la porte, portant, d'une main, une couverture de voyage maintenue par une courroie de cuir et un carton à chapeau, de l'autre une valise et un parapluie.

Il chercha son maître du regard, et, lorsqu'il l'eut aperçu, il alla à lui, sans pouvoir réussir, tant ses bagages l'embarrassaient, à retirer son chapeau.

Cadillan riait, malgré lui, des efforts prodigieux et inutiles que tentait le domestique empêtré pour ne l'aborder que tête-nue.

— C'est bon, tu me salueras une autre fois ! lui dit-il. Tu n'as encore aperçu personne?

— Non, Monsieur, la gare est pour le moment absolument vide.

— C'est bien, fit Cadillan, d'ailleurs je me suis mis en face de la porte pour voir passer tout le monde, je vais veiller avec attention. Quant à toi, tu peux dîner.

— Où ça ?

— Mais ici, parbleu. Tiens, là, ajouta-t-il, en lui désignant à quelques pas de là une table vacante.

Et tandis qu'il appelait un garçon pour lui faire sa commande, le valet de chambre gagnait la place qui lui avait été assignée.

Beaulardon se hâta de déposer à terre, près de lui, ses embarrassants colis, et s'étendit nonchalamment sur sa chaise, les jambes allongées, la serviette au cou, dévorant des yeux, avant de se les assimiler plus efficacement, les plats indiqués sur la carte. Comme il avait cru remarquer que son patron était en belle humeur, il n'hésita pas à choisir les mets les plus fins et les plus chers.

— Bah ! se dit-il, puisque Monsieur est si bien disposé aujourd'hui, je serais bien sot de regarder à la dépense ! Ça lui coûtera sans doute gros, mais au moins il aura la consolation de se dire que j'ai fait un bon repas à sa santé !

Aussi, après avoir dégusté un succulent potage à la bisque, commanda-t-il une perdrix aux choux dont le fumet lui chatouilla délicieusement l'odorat.

Tout en découpant ce morceau de roi, il jetait, de temps à autre, un coup d'œil à la dérobée, dans le restaurant, d'un air fort inquiet.

C'est que le matin même, il avait écrit à Mariette pour lui annoncer son départ irrévocable, et il avait eu beau lui dire, dans sa lettre, que des raisons majeures l'obligeaient à quitter Paris, mais qu'aussitôt son retour, leurs bans seraient publiés, il ne se sentait pas très rassuré !

Il tremblait toujours que la payse trop amoureuse se montrât subitement et lui lançât, en pleine figure, le vitriol dont elle l'avait menacé ! A dire vrai il avait préparé, pour le cas où cette redoutable éventualité viendrait à se produire, une justification des plus éloquentes... Il prendrait

Dieu à témoin qu'il n'aimait qu'elle au monde, ce qui était exact, après tout, qu'il ne s'expatriait que momentanément par déférence aux ordres de M. Cadillan, son bienfaiteur et son maître, que du reste leur union n'était que retardée, mais tenait toujours plus que jamais !

Il jurerait, en un mot, tout ce qu'elle voudrait et soulignerait ses serments des plus tendres protestations, de caresses, de soupirs et au besoin de sanglots, car c'était cruel d'être accusé de froideur, quand on avait le cœur comme un volcan !

Ce qui le rassurait pourtant contre les récriminations de la dernière heure, c'est qu'il avait ajouté en post-scriptum, qu'au moment où elle recevrait sa lettre d'adieux, il serait déjà loin, très loin, hélas ! emporté à toute vapeur, par un express du matin, vers l'Italie. « Inutile de courir après moi, lui avait-il écrit ; tu ne courrais pas assez vite pour rattraper le train, mon pauvre amour ! »

Et reprenant confiance, grâce à son mensonge, il put achever sa perdrix, le cœur léger et l'estomac plus libre.

Comme il mangeait les dernières bouchées, Marescou pénétrait dans le restaurant, suivi, à

une distance respectueuse, par Floche, la physionomie extraordinairement radieuse à la pensée
qu'il y aurait bientôt, entre lui et sa Rosalie
détestée, quelques bonnes centaines de kilomètres.

Le Marseillais, du premier coup d'œil, avisa
Cadillan, et aussitôt jeta son dévolu sur la table
qu'il occupait.

— Je vous dérange peut-être? lui dit-il, d'un
ton provocant lorsqu'il se fut commodément installé en face de lui.

— Beaucoup, répondit l'autre.

— Tant mieux !

— S'il y avait le moindre coin de libre, je
m'empresserais de vous fausser compagnie.

— Oh! moi, vous ne me gênez pas, je me mets
à l'aise partout.

— Et moi je châtie toujours les insolents.

— Monsieur !... s'écria Marescou, en se levant.

— Inutile de provoquer un éclat, Monsieur !
Vous savez bien que je suis toujours à votre disposition, et que c'est d'un commun consentement
que notre duel a été retardé; mais il aura lieu.

— Je l'espère bien !

Il ne fallait pas moins que cette petite scène

9.

pour calmer les nerfs étrangement irrités de ces Messieurs.

Quant à Floche et Beaulardon, trop pacifiques pour épouser les querelles de leurs maîtres, ils faisaient ripaille dans une parfaite intimité, à quelques pas de là, et mangeaient ou buvaient à en crever, avec un touchant accord.

— Oui, s'écria Beaulardon, le teint déjà enluminé, et voulant se donner devant Floche des airs crânes qui ne lui allaient pas du tout, Mariette sera encore trop contente que je veuille bien d'elle, à mon retour. Voyons, quel est ton avis? Dois-je l'épouser?

— Ni elle, ni une autre! répondit sentencieusement le sceptique Floche; dans les femmes, la meilleure ne vaut rien.

— C'est possible, mais, moi, j'ai la bosse du mariage, et surtout des mariages riches, affirma Beaulardon, que le pomard faisait légèrement divaguer. Ainsi, une supposition : que l'absence me fasse oublier Mariette, je sais bien où j'irais chercher sa remplaçante, va !

— Où ça, bon Dieu ?

— Chez celui qui est, paraît-il, le seul, l'unique, le meilleur agent matrimonial de Paris, chez

André, rue du Bac, au 42, dans une maison où j'ai servi !

— André, dis-tu ? Mais il ne marie que le *high-life !*

— Eh bien ! qu'à cela ne tienne ! Je prendrai quelques leçons de civilité puérile et honnête, s'il faut préalablement se façonner aux belles manières !

— Soit ! j'admets que ta distinction à venir te permette d'avoir accès chez ton marieur, mais il te faudrait encore, pour prétendre à un bon parti, posséder quelque argent, mon pauvre Beaulardon ! Et ne compte pas donner le change là-dessus à qui que ce soit ! En vingt-quatre heures, grâce à la « Sauvegarde », certaine maison de renseignements confidentiels que je connais, moi aussi, au 15 de la rue de Molière, chacun peut savoir à quoi s'en tenir sur la moralité, et la fortune de son prochain !

Apprends, mon pauvre ami, qu'il n'y a pas plus de secret pour la « Sauvegarde » que pour le bon Dieu !

Et je t'en parle savamment, car plus d'une fois, j'ai été à même de la voir à l'œuvre, notamment lorsque ses abonnés, et j'en suis, la chargent du recouvrement des créances litigieuses. Ah !

miséricorde, quand elle s'en mêle, il n'y a pas
de débiteur si véreux qui ne finisse par s'exécuter!

— Eh bien ! qu'on prenne donc des renseignements sur moi, je ne m'y oppose pas ! J'ai trois
mille francs de côté, mon bonhomme, c'est pas
un liard, pas vrai ? sans compter les petits pro-
fits que je réaliserai encore au service de
M. Cadillan.

— On voit en effet que le métier te profite !
Tu es gras, dodu, rouge comme une tomate, et
pourtant, jadis, étais-tu assez maigre, assez souf-
freteux, assez blême ?

— C'est pas étonnant, j'étais anémique au dernier degré !

— Qui t'a donc ressuscité ?

— Le docteur Jobert... quel autre veux-tu
que ce soit ? Tu sais bien que c'est le médecin de
M. Cadillan.

— Et par quel procédé, grand Dieu ! t'a-t-il
ainsi métamorphosé ?

— Tout simplement par son sirop au phospho-
citrate de fer. Ah ! je peux soutenir avec lui que
nul ferrugineux n'est plus actif pour reconstituer
et revivifier le sang. et j'ajouterai même, sans
avoir peur de rencontrer un contradicteur. que de
tous ceux que je me suis ingurgités avant lui, c'est

le plus agréable au goût et celui qui possède les qualités les plus apéritives ! Ah ! ce qu'il m'a stimulé la digestion !

— Précisément ma femme est chlorotique.

— Alors envoie-la au docteur Jobert !

— Jamais, il la guérirait !

— Ça, c'est vrai ! Ce qu'il a sauvé de malades, de gens condamnés par tous les autres médecins !... Pour moi, vois-tu, c'est un véritable sorcier que ce docteur Jobert, et je crierai partout, à qui voudra m'entendre : « Quelque maladie que vous ayez, commencez par aller chez lui, rue de Labruyère. »

Tout d'un coup, en se détournant, Floche crut remarquer que Cadillan et Marescou se disputaient à voix basse. En effet les deux ennemis, les poings crispés, se dévisageaient, presque nez à nez, la joue emflammée, les yeux hors de la tête, comme prêts à se ruer l'un sur l'autre.

— Les vois-tu ? dit Floche, à l'oreille de son camarade. On dirait qu'ils veulent se manger !

— Ils vont se prendre aux cheveux, c'est certain ! murmura Beaulardon.

Et tout cela pour une femme ! oh ! les imbéciles ! Deux coqs vivaient en paix, une poule survint... Tiens, justement voici M. Mélinot !

En effet, Cécile s'avançait toute rieuse, au bras de son mari. Arrivée au milieu du restaurant, elle devint subitement très pâle et pressa convulsivement le bras d'Henri.

— Sortons, j'étouffe ! lui dit-elle.

— Tu es souffrante? demanda-t-il, tout bouleversé, à la jeune femme.

— Non, mais allons-nous en, je t'en prie !

Elle s'enfuit tremblant que Mélinot n'aperçût, lui aussi, Marescou et Cadillan. Les jeunes gens avaient eu le temps de reconnaître Cécile. Ils se précipitèrent sur leurs paletots, les endossèrent à la hâte, ayant soin d'en relever le col pour mieux dissimuler leurs traits.

Et, après avoir chacun jeté un louis au garçon pour leur dîner, ils s'élancèrent vers la salle des pas perdus dans laquelle venaient d'entrer les jeunes mariés.

Floche et Beaulardon les rejoignirent à quelque distance du guichet devant lequel M. et Mme Mélinot, observés de loin par le Parisien et le Marseillais, discutaient très vivement.

— Comment! tu as tes billets ? disait Cécile à Henri. Tant pis, ils seront perdus, je ne veux plus partir aujourd'hui.

— Quel enfantillage !

— C'est très sérieux !

— Ma chère amie, j'en suis désolé, mais nous avons décidé ensemble que nous irions en Italie, et personne au monde, pas même toi, ma chérie, me fera renoncer à ce voyage, que je veux pour notre bonheur.

Et, sans plus écouter les supplications de sa femme, il l'entraîna vers la salle d'attente, où s'acheminèrent également Cadillan, Marescou et leurs domestiques.

CHAPITRE X

ENTRE PARIS ET LYON

Embarquement. — Un mari qui se sauve avec sa femme. — Deux ennemis intimes. — La frégate-école. — Comme quoi s'il n'y a plus de tambours, il y a encore des tambours-majors. — Un voyageur atteint de la rage. — Scène de dévouement épique. — Réflexions. — Un effet d'ombres sur les talus de P.-L.-M. — Une curiosité dangereuse. — Tout le monde sur le pont !

— Entrons, fit Henri, un peu impatienté de se voir ainsi poursuivi par les regards de ces deux jeunes gens avec lesquels il ne tenait pas à lier plus ample connaissance; et, sa femme au bras, il pénétra dans la salle d'attente des premières classes.

Nombre de personnes attendaient déjà, assises, qui sur les banquettes recouvertes de cuir noir, qui accroupies sur leurs valises ou leurs couvertures, qui debout, le front appuyé contre la vitre

des grandes de portes sortie, suivant avec intérêt les manœuvres qui s'exécutaient dans la gare.

Cécile instinctivemeut avait jeté un coup d'œil
en arrière, pour voir si Marescou et Cadillan ne
la suivaient pas, mais elle avait presque aussitôt détourné la tête pour que sa curiosité com-
promettante ne fût pas remarquée de son mari.

Quelques minutes se passèrent, au milieu des
bagages qui encombraient le plancher, dans un
silence plein d'embarras pour les deux jeunes
mariés, puis la voix forte d'un employé cria tout
à coup :

— Les voyageurs pour Lyon, Marseille, en
voiture !

Le train était à présent complètement formé.
Henri présenta ses billets à l'un des conducteurs,
et il fut immédiatement mené au coupé qui lui
était réservé.

Là il enleva Cécile dans ses bras plutôt qu'il
ne l'aida à escalader les deux marches du wagon
et il la déposa sur le seuil du compartiment qui
allait être leur chambre pour la nuit.

Le bout de la robe grise de la jeune femme
paraissait encore par l'ouverture de la portière,
et sa main finement gantée n'avait pas quitté le
châssis de la fenêtre où elle s'appuyait de tout

son poids, pour se hisser, quand parut, sur le quai, la figure éveillée de Marescou escorté de Floche rayonnant, la valise de son maître d'une main et son propre baluchon de l'autre.

Cadillan, poussant devant lui Beaulardon, les yeux bouffis de larmes, et les lèvres arrondies en une moue grotesque, emboîtait le pas à Marescou, pour ne pas en perdre l'habitude, et vint comme son ex-ami, défiler devant la rangée des voitures, scrutant avec soin l'intérieur de chacun des wagons, qui commençaient déjà à s'emplir.

En passant devant le coupé où Cécile et Henri étaient déjà installés, serrés côte à côte, le bras enlacé dans le bras, les yeux dans les yeux et le cœur battant d'un même mouvement précipité, les deux jeunes gens eurent un haut-le-corps et se dirent, à part, à voix-basse :

— Diable! bien joué! le mari a pris le coupé !

Et comme Cadillan, décidé à payer tous les suppléments possibles, pour ne pas être séparé de la créature de ses rêves, se préparait à grimper dans le compartiment, une voix d'employé mugit, en montrant une pancarte appendue à la poignée de cuivre :

— Mais vous voyez bien que c'est loué, Monsieur !

— Pincé ! murmura Cadillan.

— C'est bien fait ! grommela Marescou, qui aimait encore mieux être évincé d'auprès de madame Mélinot que de la voir aux côtés de Cadillan. Et le Parisien et le Marseillais recommençaient de plus belle leurs allées et venues vertigineuses sur le quai.

— Mais enfin, Monsieur, vous déciderez-vous à monter ? s'écria Marescou en se plantant devant Cadillan.

— Montez vous-même, Monsieur ! riposta celui-ci.

— Je monterai, quand cela me plaira !

— J'en ai autant à votre service !

Un double haussement d'épaules acheva seul la pensée des deux antagonistes péripatéticiens, qui se remirent en mouvement; puis, subitement, ils se précipitèrent ensemble vers une même portière.

— Alors, c'est une gageure ! cria Cadillan.

— Il paraît ! répondit l'autre.

Et il ajouta.

— Montez, je vous attends !

— Je n'en ferai rien !

— Ni moi non plus.

— C'est ce que nous verrons !

— C'est tout vu !

— Allons, Messieurs, on part ! vociféra le chef de gare. En voiture !

Et il poussa, de chaque bras, les deux jeunes gens dans le compartiment, puis il referma la porte sur eux. Le train glissa sur les rails.

Floche et Beaulardon étaient depuis longtemps déjà casés dans les secondes, ressentant à égal degré, l'un la jouissance, l'autre l'angoisse d'un départ en pays lointains.

La vitesse commençait à s'accentuer.

— J'aurais dû me douter, dit Cadillan à Marescou, en s'asseyant avec quelque peine à côté d'un Monsieur d'une obésité envahissante, que, grâce à vous, je ferais le voyage de Paris à Marseille aussi au large qu'un hareng saure dans son tonneau.

— Dites plutôt que si je joue le rôle de sardine, en ce moment, c'est bien à vous que je le dois ! riposta Marescou, qui cherchait vainement à allonger ses jambes emprisonnées entre les perches d'un tambour-major que la nouvelle loi sur la suppression des peaux d'ânes dans les régiments venait apparemment de rendre à la vie privée.

Un sourire, pourtant, éclaira les figures des deux rivaux ; ils venaient mutuellement de se

voir dans leur gênante position, et n'avaient pas
échappé à cette amère volupté que procure le malaise d'autrui, et qui semble diminuer en quelque sorte vos propres infortunes.

Le compartiment était au complet.

Outre les deux gêneurs ci-dessus mentionnés,
il contenait toute une famille de bons bourgeois,
le grand-père, la grand'mère, la fille, une nourrice, et deux enfants en bas âge, qui, ne payant
pas leur place, avaient été scrupuleusement tenus
sur les genoux jusqu'au moment du départ; mais,
à peine les voitures s'étaient-elles ébranlées, que
le grand-père avait tiré d'un énorme sac de nuit,
deux petits hamacs de quatre-vingt à quatre-vingt-
dix centimètres de long, environ, les avait fixés,
à l'aide de deux crochets, à chacune des barres
de fer des filets, puis soulevant les deux enfants,
à bout de bras, les y avait couchés côte à côte,
avec recommandation expresse de dormir bien
vite.

— On se croirait sur le pont d'un navire! gro-
gna Marescou.

— Dites sur la frégate-école! renchérit Cadillan.

— Personne ne vous obligeait à vous faufiler
parmi nous! fit le grand-père entre ses dents.

— Vous tenez toute la place! ronchonna le gros voisin de Cadillan.

— Et vous nous flanquez des coups de pied! ajouta le major d'une voix basse et creuse comme la vibration d'un tambour mouillé.

— Vous dites? s'écrièrent ensemble Marescou et Cadillan.

Mais personne ne broncha, et le calme ne fut plus troublé que par la voix stridente du poupon qui réclamait énergiquement les bonnes grâces de sa nourrice. En quelques secondes, il eut noyé son chagrin dans la boisson, et le silence recommença à régner, interrompu seulement par quelques ronflements sonores du gros monsieur, qui dormait déjà la bouche ouverte, dans l'attitude des grenouilles de jeux de tonneau. Cadillan retira sa couverture de son filet, et s'installa de son mieux.

— Est-ce que vous allez dormir? demanda Marescou.

— Pour laisser passer la station où descendra Mᵐᵉ Mélinot, n'est-ce pas?

— Vous ne la connaissez pas?

— Non, certes.

— Ah! je respire!... Moi non plus.

— Vous savez que notre bien-aimée est dans le coupé à côté?

— Je le sais.

— Nous la verrons donc mettre pied à terre.

— Évidemment.

— A condition pourtant de ne pas nous assoupir.

— Moi, j'ai idée qu'elle va s'arrêter à Melun pour y passer la nuit; il m'a semblé distinguer un M sur les billets que M. Mélinot tenait à la main.

— Et moi, je parierais qu'ils iront tout d'une traite jusqu'à l'extrémité de la ligne; car, si j'ai bonne vue, il devait y avoir Marseille sur leurs tickets.

— Melun, Marseille!... Ce n'est pas du tout la même chose!

— Au reste, j'ai pris à tout hasard mon parcours jusqu'à Marseille.

— Vous avez fait absolument comme votre serviteur.

— Une fois arrivés à destination, nous trouverons bien un moment pour nous couper la gorge.

— Puisque nous sommes d'accord sur ce point, causons de nos projets à cœur ouvert, voulez-vous?

— Volontiers.

Les deux ci-devant amis se serrèrent la main
et s'approchèrent l'un de l'autre. Mais, comme ils
allaient commencer le chapitre des confidences,
forcés de parler un peu haut, par suite du bruit
des roues grinçant sur les rails, ils s'aperçurent
que le tambour-major avançait la tête pour mieux
écouter, tandis que le gros homme, qui ne ron-
flait plus, avait dégagé son oreille du foulard dont
elle était emmitouflée.

— Il y a des espions ici? murmura Cadillan.

— C'est ce que j'avais cru remarquer; mais
attendez, mon bon, et surtout ne vous étonnez
de rien.

Marescou se rejeta en arrière pendant quelques
instants, comme cédant à la fatigue; puis, subitement, il eut des soubresauts nerveux.

Sa main, habilement passée dans ses cheveux,
y provoqua un hérissement étrange, que l'on ne
remarqua pas d'abord dans la demi-obscurité du
wagon.

Ses prunelles s'injectèrent peu à peu de sang,
effet qu'il obtint en comprimant avec effort l'air
dans ses poumons, et en l'y tenant emmaganisé
pendant plusieurs secondes, et à différentes reprises.

10

Puis, tout à coup, arrachant son mouchoir de sa poche avec des gestes d'épileptique, il se mit à le mâchonner en jetant autour de lui des yeux hagards.

Tout d'abord, les voyageurs s'étaient poussés du coude en constatant les excentricités de cet original.

Bientôt ils se chuchotèrent à l'oreille leurs observations. La grand'mère surtout n'était pas rassurée ; elle avait entendu parler de fous qui s'échappaient de leurs cabanons par amour des voyages.

Il en était qui, avec l'apparence de la plus grande douceur, avaient des accès de fureur subite, à égorger toute une famille.

Le langage de leur compagnon de route avait paru assez incohérent jusque-là pour justifier de semblables soupçons ; au reste, la gare de Lyon était si près de Charenton !

Cadillan, bien qu'il restât dans la plus parfaite immobilité, prévenu qu'il était par le pied de Marescou, était aussi sujet à caution.

Il devait être voisin de chambre de l'autre dans la maison des fous, mais, grâce à Dieu, il ne semblait pas être dans une heure de crise.

Comme Marescou était occupé à déchirer son

mouchoir à pleines dents, le grand-père se hasarda à lui demander, de sa voix la plus conciliante, s'il était malade et s'il avait besoin de quelque chose.

— Ce n'est rien! répliqua Marescou.

— Monsieur a peut-être fait partie de l'armée d'Afrique, et il en a rapporté les fièvres?

— Vous n'y êtes pas... La cause de mon mal est plus récente et plus grave!

Un nouvel effort de sa mâchoire coupa le mouchoir en deux morceaux.

— Figurez-vous, poursuivit-il, que dans la salle des pas perdus, quelques minutes avant de passer sur le quai, j'ai été mordu par un petit griffon, une bête charmante que je caressais avec amour, car j'adore les chiens, moi!...

— Et vous croyez qu'il était enragé? interrogea la vieille grand'mère, en se penchant vers Marescou, déjà livide de peur.

— Hélas! je ne le crois pas, Madame, j'en suis sûr! répliqua le jeune homme d'une voix sombre.

Le pot à tabac, de son côté, n'avait fait qu'un bond et se trouvait à présent juché sur le bras de séparation, laissant près de deux places entières à Cadillan.

Quant au grand-père, il avait vivement réveillé

les petits et largué les hamacs. En même temps,
il recommandait à sa fille et à sa femme de
cacher autant que possible la nourrice, en lui
servant de paravent, de crainte que la carnation
robuste de cette fille des champs ne fût une ten-
tation à la mâchoire de leur compagnon de
voyage. Les enfants seuls, dont le sommeil avait
été brusquement coupé, semblaient désapprouver
ces sages précautions !

Enfin le sifflet retentit, sifflet de délivrance
annonçant Montereau, une station où l'on avait
cinq minutes d'arrêt. Tous les voyageurs se précipitèrent d'un même mouvement sur leurs bagages, non sans avoir toujours un œil fixé sur
Marescou, qui déchiquetait les débris de son
mouchoir. Le gros homme, voisin de Cadillan,
avait même découvert le moyen de s'amincir
d'une façon sensible. Il avait une manière de
rentrer son proéminent abdomen et de le protéger
de ses deux bras courts et épais, qui eût tiré des
larmes de joie aux deux jeunes gens, s'ils ne se
fussent mordu les lèvres pour ne pas lui éclater
de rire au nez.

Le malheureux semblait avoir maigri de
moitié.

Le train avait à peine ralenti sa marche que

déjà le tambour-major s'élançait sur le quai, son parapluie en avant comme pour avoir un point d'appui, en cas de chute.

En ce moment, un cri de terreur retentit dans le compartiment.

Marescou, sans laisser le temps à personne de suivre la prudente retraite du major, s'était précipité à la portière en lui criant :

— Monsieur ne s'en va pas, n'est-ce pas? Il n'aurait pas la cruauté de m'abandonner dans mon épouvantable situation?

L'autre, tout en s'éloignant, répondit qu'il allait seulement au buffet, pour revenir tout de suite.

— C'est un beau caractère ! murmura Marescou en reprenant sa place, toujours son mouchoir contre la bouche.

Le gros monsieur, plus mort que vif, avait jeté ses bagages sur le trottoir, mais il n'osait s'échapper, redoutant un coup de dent sur la partie la plus charnue de son individu.

Pourtant la situation n'était pas tenable.

— Vous permettez que j'aille chercher mes affaires qui sont tombées là sur le quai, en face de nous? demanda-t-il humblement à Marescou.

— Parfaitement, Monsieur, à condition que

10.

vous ne me refuserez pas vos secours, tout à
l'heure, car je sens que je vais en avoir besoin…
J'ai comme du feu qui me coule dans les veines.

Ces derniers mots produisirent l'effet d'une
explosion de dynamite, et envoyèrent du coup
promener l'énorme projectile sur le quai, non
sans quelques froissements de pieds, dont il ne
s'aperçut même pas.

Ses victimes, en revanche, portèrent machinalement la main à l'empeigne de leurs bottines, pour
atténuer la douleur, s'il était possible, mais pas
un cri, pas un murmure ne sortit de leur gorge.
Les enfants eux-mêmes, comme s'ils avaient reçu
le mot d'ordre, ne soufflaient mot, tremblant de
tous leurs membres, ainsi que leurs parents et
grands parents.

Marescou, en présence de cette stupeur, crut
prudent d'intervenir.

— Il ne faut pas que je vous empêche de prendre
l'air, dit-il, de sa voix la plus douce ; Monsieur
Cadillan va me rester pendant ces quelques
minutes d'arrêt.

— Fort bien, Monsieur, je ne veux pas vous
contrarier, et nous allons tous faire un petit
tour ; ça dégourdira les jambes de ces pauvres
enfants ! balbutia le grand-père.

En un clin d'œil, toute une cargaison de sacs
de nuit, de valises, de petites malles, de néces-
saires, avait été tirée par la grand'mère, la mère
et la nourrice, de dessous les banquettes, de
l'intérieur des filets, et même d'entre les jambes
des deux mioches ; le grand père, sa couverture
enroulée autour de son corps, comme cuirasse,
se tenait en arrière, protégeant la retraite.

— Fais descendre la nourrice et les petits...

— Oui, mon ami.

— Allons plus vite que cela, nourrice !

— Si Monsieur croit que c'est commode, avec
tout ce qu'on porte !

La nourrice ne portait pourtant rien que ses
avantages naturels, mais il paraît que cela
suffisait pour l'embarrasser.

On lui passa le bébé, quand elle fut à terre.

— Maintenant à Eulalie ! fit le grand-père,
résolu à demeurer le dernier, au milieu des périls,
comme un capitaine de vaisseau sur le pont de son
navire préside au débarquement de son équipage.

Eulalie était la jeune femme, la mère du petit
pensionnat ; petite et boulotte, elle eut bientôt
roulé à terre.

— Maintenant à toi, Gertrude ! fit le vieillard

d'une voix vibrante d'émotion, en poussant sa vieille femme vers la portière.

Mais celle-ci se retourna, et, avec un geste plein de résignation :

— Non, à toi d'abord, Aristide ! s'écria-t-elle. Ta vie est trop nécessaire aux tiens !

— Mais je ne veux pas t'exposer à une mort aussi horrible, ma pauvre amie !

— Et moi je ne me pardonnerais de ma vie, de t'avoir sacrifié !

Ils tombèrent dans les bras l'un de l'autre, et des larmes, de véritables larmes coulèrent le long des revers d'habits du grand-père et du corsage de soie de l'aïeule.

On se fût cru sur un vaisseau, au moment où il ne reste plus qu'une place pour deux dans la barque de sauvetage.

Marescou, qui voyait s'écouler les cinq minutes d'arrêt, expectora tout à coup un grognement si caverneux, que les deux vieillards se précipitèrent d'un même mouvement sur le quai, et qu'ils ne surent jamais lequel des deux était passé le premier ; alors, Cadillan courut à la portière et la referma.

— Eh bien ! je crois, maintenant, qu'ils n'auront plus l'envie de se mêler à notre conversation, dit-il.

— Où vont-ils se réfugier?

Les deux jeunes gens se penchèrent aux fenêtres, et aperçurent la malheureuse famille, forcée de se désunir, montant au hasard, moitié en seconde classe, moitié en première ; quant au vieux monsieur, à force d'avoir cherché un vaste emplacement pour y étaler ses formes, il fut forcé, après le coup de sifflet du départ, d'escalader un wagon de troisième classe, hissé par deux hommes de peine.

Marescou et Cadillan s'adjugèrent chacun une des banquettes, levèrent l'appui-coude mobile du milieu, amenèrent contre la paroi l'un des coussins, transformé en oreiller, à son extrémité, et s'étendirent tout de leur long, avec un soupir de satisfaction.

— Comme on fait son lit, on se couche ! dit Cadillan en s'enroulant dans sa peau de lama.

— Oui, mais ça manque de sommier ! observa Marescou en cherchant une position stable.

Pour un moment, les anciens amis avaient oublié leur différend : ainsi deux partis politiques s'allient pour conjurer un danger national, mais,

l'étranger chassé du territoire, on s'empresse de
vider les querelles intestines.

— Il est malheureux que nous n'ayons pas
apporté des épées avec nous, commença Marescou ;
nous eussions été si bien ici pour nous battre !...

— Même au pistolet, riposta Cadillan. Vous
n'en avez pas une paire, dans votre valise ?

— Hélas, non !

— Nous ne pouvons pourtant pas nous saisir
à bras le corps comme des portefaix !

— Ni nous jeter sur la voie ! On traduirait le
survivant en cour d'assises.

— Évidemment, nous n'avons pas de témoins.

— Et puis, nous ne sommes pas en Amérique ;
il est des modes de duels qui n'ont pas cours en
France.

— C'est dommage.

— Enfin faisons contre fortune bon cœur, conclut Marescou, et si vous m'en croyez, en attendant que nous trouvions l'occasion de nous occire
à l'aise, nous allons conclure une petite associa-
tion.

— J'y suis tout disposé.

— Puisque nous poursuivons une même femme,
la tâche sera bien moins ardue, si nous réunis-
sons nos efforts !

— Incontestablement.

— Donc, je vous propose d'arranger notre nuit de la façon suivante : pendant les trois premières heures, l'un montera la garde, c'est-à-dire restera éveillé, épiera les moindres mouvements qui se produiront dans le coupé Mélinot, descentes, excursions au buffet, et surtout le départ définitif...! tandis que l'autre dormira tout son saoûl et sera même libre de se livrer aux rêveries les plus douces, comptant sur son camarade pour l'avertir à la moindre alerte ! Puis, après ces trois heures de faction, les rôles seront intervertis, le veilleur deviendra le dormeur, et réciproquement.

— Entendu !

— Et pas de trahison, surtout?

— C'est juré ! firent les deux ennemis en se serrant la main.

— Je prends la garde tout de suite, déclara Cadillan.

— En ce cas, bonsoir, je tombe de sommeil... et surtout s'il voulait monter un importun, dites-lui bien que je suis enragé, n'est-ce pas!...

Marescou voulait dire encore quelques mots, mais sa langue s'épaissit, ses yeux se fermèrent, et sa tête roula sur le rebord du coussin.

Cadillan alluma une cigarette, parcourant un journal qu'il avait acheté à la gare de Lyon, feuilleta l'indicateur, prit quelques notes sur un carnet, en un mot, essaya de tuer le temps, dans son corps de garde improvisé.

Puis il se mit à songer à Mme Mélinot, à cette adorable créature, dont l'image était toujours si présente à son esprit, qu'il ne cessait pour ainsi dire pas un instant de la voir en imagination.

C'était vraiment une bien étrange femme que cette jeune mariée qui, par moments, vous avait l'air d'être folle de son mari, et qui, dans d'autres, se jetait presque à la tête des gens; car, il n'était pas douteux qu'elle ne fit à Marescou absolument les mêmes avances qu'à lui, Cadillan.

Quel pouvait bien être le mobile de ce camé-léon?

Et, comme contraste à l'attitude actuelle de Mme Mélinot, lui revenait à l'esprit la contenance modeste et réservée de Mlle Bartholin.

Lui qui avait cru jusqu'ici qu'il y avait de ces regards qui ne trompaient pas! Ah! il lui fallait en rabattre, maintenant.

— Oh! femmes, femmes, qui sondera jamais la tortueuse profondeur de vos cœurs!

Comme il finissait sa troisième cigarette, dans

un épais nuage de fumée, il baissa la glace de la portière pour s'accouder sur le rebord, les yeux perdus dans le noir de la nuit.

On filait à toute vitesse, à travers les riches côteaux de la Bourgogne, et l'on apercevait par-ci par-là, entre des bouquets d'arbres, de longues traînées de vignes, avec leurs innombrables échalas, dont les bizarres silhouettes se perdaient à quelques pas dans une ombre profonde.

Tout à coup, tandis qu'il était perdu dans cette vague contemplation, qui tient un peu de la somnolence, il lui sembla entendre comme des éclats de voix, qui arrivaient jusqu'à lui, affaiblis par la distance. Il prêta l'oreille.

— Oui, mon Henri, je t'aime, et toute ma vie sera consacrée à ton bonheur, car je ne sache pas au monde un être plus noble, plus loyal, plus tendre que toi !

— Chère adorée ! murmurait le jeune mari.

Cadillan eut un serrement de cœur violent ; une sorte de jalousie l'étreignit aux entrailles.

Il hésitait entre le désir d'apparaître à la portière du coupé pour rappeler à la jeune femme qu'il était là, et l'envie de lui crier : « Vous avez bien raison de vous aimer tous deux, car il n'y a que cela de vrai ! » Et comme finalement il allait se

11

précipiter sur le marche-pied extérieur, au risque
de se casser les reins, il remarqua, projetés sur le
sol par la lumière vive du coupé, les deux pro-
fils de Mme Mélinot et de son mari, échangeant un
chaste baiser, un de ces baisers que l'amoureux
donne à sa fiancée, au détour d'une allée, un
baiser qui peut s'échanger à la face de tous. Et
presque en même temps, la voix de Mélinot dit
doucement :

— Je suis sûr que tu es mal assise, ma pauvre
chérie, c'est ce qui te fait t'éveiller à chaque instant; mais je veux que vous dormiez pour être
bien vaillante demain matin, Madame !

Cadillan referma brusquement la vitre de la
portière, et se laissa tomber dans un coin, où il
resta perdu dans une avalanche de réflexions,
toutes plus discordantes les unes que les
autres.

A Dijon seulement, il se décida à descendre,
mais quelle ne fut pas sa surprise, en apercevant,
massées devant son compartiment, une cinquantaine de personnes. Le grand-père, le tambour
major et l'homme gras avaient raconté, d'un bout
à l'autre du train, l'aventure qui leur était arrivée, et tout le monde accourait voir l'enragé et
son compagnon.

— Hector ! ne t'approche pas trop, suppliait une femme en tirant son mari par le pan de sa redingote, s'il allait avoir un accès !...

On se haussait sur la pointe des pieds pour entrevoir le dormeur, mais de loin, à distance respectueuse.

— Voulez-vous le contempler de plus près ? fit tout à coup Cadillan, en ouvrant la portière toute grande ; il dort, il n'est pas dangereux !

Cette manœuvre du jeune homme produisit un mouvement de recul dans la foule, qui bientôt prit la fuite. Quelques voyageurs même demandèrent à parler au chef de gare, disant qu'il n'était pas concevable que l'on admît dans les voitures des malades aussi dangereux.

Alors, Cadillan, que cette comédie égayait beaucoup, eut l'idée d'en faire profiter Marescou, et le secoua vigoureusement. Celui-ci, réveillé en sursaut, se dressa d'un bond, la face couperosée et semée de raies rouges incrustées par les liserés du coussin sur lequel sa figure s'appuyait depuis près de deux heures, et se précipita comme pour sauter sur le quai, en demandant d'une voix rauque :

— Quoi ! quoi ! Qu'y a-t-il ?

Ce fut une débandade générale.

Le chef de gare lui-même, qui était planté sur le seuil de son cabinet, s'enferma brusquement, décidé à n'intervenir que quand la crise serait passée. Au surplus, Cadillan, qui arpentait le quai, maintenant désert, se fit conduire jusqu'à ce digne fonctionnaire, auquel il expliqua la petite comédie qui avait été jouée par son camarade, et le plein succès qu'elle avait eu auprès des voyageurs.

Il risqua un œil dans le coupé, tout en regagnant son propre compartiment, et put voir, assis l'un vis à vis de l'autre, la main dans la main, Mᵐᵉ Mélinot et son mari, qui, dormant d'un chaste et profond sommeil, avaient encore l'air de se regarder tendrement.

Comme il trouva Marescou bien éveillé, qui avait allumé un cigare, et s'apprêtait à prendre son tour de garde, il s'étendit sur sa banquette, et s'endormit profondément.

Il ne se réveilla qu'à Lyon-Perrache, en entendant Marescou pousser comme un cri de victoire.

— Tout le monde sur le pont, les voilà qui sortent !

Effectivement, en se mettant la tête à la portière, Cadillan aperçut M. Mélinot qui aidait sa jeune femme à descendre.

CHAPITRE XI

UNE JOURNÉE BIEN EMPLOYÉE

L'embarras du choix. — L'hôtel Collet. — Un mari coquet pour sa femme. — Les *Deux Passages*. — Les limiers. — Les achats de Beaulardon et les cigares de Marescou. — A la recherche d'un témoin. — Un déjeuner d'enterrement. — Conclusion inattendue. — Une dame sous cape !

Quelques minutes après, Mélinot, sa jeune femme au bras, se promenait sous la marquise extérieure de la gare de Perrache, passant en revue les omnibus d'hôtels qui stationnaient, les roues au trottoir, les portes ouvertes ; debout contre le marche-pied, des garçons en livrée exaltaient, à grands cris, les mérites des établissements auxquels ils appartenaient.

— Ils sont assourdissants, avec leurs boniments, remarqua Cécile, en pressant le pas.

Elle avait horreur, en voyage, de ces panégyristes payés pour célébrer des louanges qui, neuf fois sur dix, ne sont pas justifiées.

— Allons plus loin ! ajouta-t-elle.

Mais Henri venait de s'arrêter devant la voiture de l'hôtel Collet dans laquelle deux ou trois personnes étaient déjà installées.

Il avait pour principe de s'adresser de préférence aux maisons bien achalandées, se faisant ce raisonnement assez juste, que, du moment que la clientèle s'y portait, c'était qu'apparemment elle y était bien servie.

Cécile, aidée de son mari, se hissa facilement sur le marche-pied, et, à peine furent-ils assis l'un à côté de l'autre, que les chevaux partirent au grand trot.

En quelques minutes, on eut atteint la rue de la République.

L'hôtel Collet ou Continental dressait là sa superbe façade en pierre de taille, en face du nouveau théâtre Bellecour.

Le jeune couple fut reçu par la maîtresse de l'hôtel, une dame d'âge respectable, dont la bonhomie et les manières affables mirent tout de suite Cécile à l'aise. La jeune femme n'avait guère voyagé, et elle éprouvait une crainte instinctive de ces grandes maisons cosmopolites, où des étrangers, des gens qu'on ne connaissait pas hier et qu'on ne connaîtra plus demain, entraient, d'emblée, dans les détails les plus intimes de votre existence. Mme Collet leur montra, avec un orgueil justifié du reste, la cour splendide de l'hôtel, couverte d'un vitrage élégant, ce qui avait donné l'idée d'y établir comme un jardin d'hiver.

Des tables et des chaises d'osier très élégantes, semées çà et là, entre les touffes de plantes exotiques, permettaient au voyageur de boire son café à petites gorgées, tout en parcourant un journal, et en fumant un cigare.

Des publications illustrées et des guides divers y étaient laissés à dessein, un peu partout, occupant les dames et distrayant les enfants.

Plus loin, la spacieuse salle à manger déployait le tapis blanc de ses longues tables toujours dressées sous la voûte savamment décorée de sujets allégoriques par un peintre de talent.

Puis on revenait à l'escalier de pierre, large, monumental, qui menait du rez-de-chaussée aux étages et aux galeries supérieures. Là, tout en leur faisant jeter un coup d'œil sur plusieurs appartements grands et petits, la brave propriétaire tint à leur donner, dès le début, un aperçu des prix modérés de la maison : le logement, la nourriture,

les voitures particulières, toujours à la disposition des clients, revenaient à presque rien.

Enfin, elle apprit aux jeunes mariés qu'ils
étaient à deux pas de la poste et du télégraphe,
— ce qui réjouit fort Cécile, pressée d'envoyer une
dépêche à sa mère; qu'en cas de fatigue, un ascenseur Edensi desservait les différents étages,
que des bains étaient établis dans l'hôtel et qu'il
y avait des interprètes attachés à la maison, ce
qui était un immense avantage pour les étrangers,
mais offrait beaucoup moins d'intérêt au couple
voyageur.

— Sais-tu bien, s'écria Henri sitôt qu'il se vit
seul avec Cécile, dans l'appartement qu'ils avaient
choisi, au second étage, sur la belle rue de la
République, sais-tu bien que la chère femme vous
donnerait l'envie de terminer ses jours ici!

— Les terminer serait peut-être un peu long,
mon Henri, répliqua la jeune femme, mais tout
au moins y séjourner un peu plus longtemps que
nous ne l'avions marqué sur notre itinéraire.
Comment, en effet, visiter Lyon en une demi-
journée?

— Ah! ah! paresseuse! Gageons qu'elle a déjà
assez du chemin de fer?

— Vous n'y êtes pas, Monsieur mon mari,

mais si vous avez bien écouté tout ce que nous a dit la maîtresse de céans, vous avez dû remarquer qu'elle a parlé d'une première représentation au théâtre Bellecour.

— Et Madame, qui n'a pas encore assisté à une première à Paris, voudrait faire ses débuts à Lyon?

— Comment t'y prends-tu pour deviner si bien mes pensées? dit-elle toute joyeuse, en lui serrant les deux mains.

— Je t'aime! répondit-il en l'attirant sur son cœur.

Ils restèrent un instant ainsi, enlacés, heureux de sentir battre leurs deux poitrines à l'unisson.

Cécile était heureuse, pleinement heureuse. Elle n'avait plus aperçu les deux jeunes gens en descendant à la gare de Perrache, et elle espérait qu'ils s'étaient arrêtés en route ou bien qu'ils avaient poussé d'une seule traite jusqu'à Marseille.

Elle ne doutait pas les retrouver, au bout de peu de temps, dans quelque hôtel ou sur quelque quai de départ, car elle les savait limiers assez adroits pour ne pas perdre longtemps sa trace; mais, au moins, elle voulait être tout à son Henri

11.

pendant le temps de répit qu'ils allaient lui laisser.

— Le voyage ne t'a pas trop fatiguée ? lui demanda Henri, en lui appliquant un dernier baiser sur les yeux.

— Oh! que non; j'ai si bien dormi sur ton bras, mon Henri!...

Puis, courant à son petit nécessaire qui ne la quittait jamais :

— Maintenant, nous allons réparer le désordre de ma toilette; il me semble que j'ai les cheveux tout ébouriffés. Je dois être affreuse!

— Quelle idée!

— Vous êtes trop galant pour en convenir.

Comme elle rajustait ses bandeaux à peine défrisés, elle eut un léger cri :

— Madame se tire les cheveux? dit Henri.

— Non! je pense à cette représentation de ce soir...

— Eh bien! tu penses...

— Oh! non, tu dirais que je suis coquette... et tu aurais raison.

— Parle toujours, qu'on sache...

— Non, nous n'irons pas... Tout bien réfléchi, cela vaut mieux.

— Quelle enfant! Vous savez que je suis le

maître, Madame, de par la loi! Je vous ordonne
donc de vous expliquer.

— Si la loi m'y force, il faut que je m'exécute...
Eh bien!...

Puis, se reprenant :

— Non! je t'assure que je préfère ne rien dire.
Mettons que je n'ai pas soufflé mot.

— Je vais aller chercher les gendarmes, s'écria
Henri avec des gestes de haut comique.

Cécile s'exécuta, mais à voix presque basse :

— C'est qu'un costume de voyage pour se
montrer dans une salle de première...

— C'est impossible, c'est absolument impossible, surtout en province! s'exclama Henri.

— Tu vois bien! Ainsi nous n'irons pas.

— Je te priverais d'un désir, le premier peut-
être que tu m'aies formulé depuis que tu es à
moi! Mais, chère enfant, je m'en voudrais toute
ma vie!

Heureux de ne plus avoir à ses trousses le Parisien et le Marseillais, Henri se sentait en humeur de commettre mille extravagances, rien
que pour mériter un merci de Cécile, pour voir
se dessiner, autour de ses yeux aimés, ce sourire
qui l'avait ensorcelé.

Il sonna.

Une femme de chambre parut, alerte, l'œil intelligent, qui demanda ce que désiraient Monsieur et Madame. Cécile ne comprenait pas et regardait son mari, un peu interloquée.

— Mademoiselle, fit celui-ci, connaissez-vous bien la ville?

— Parfaitement, Monsieur, j'y suis née.

— Veuillez alors m'indiquer une couturière qui puisse faire, d'ici ce soir huit heures au plus tard, un costume complet pour Madame.

— Mais tu es fou! s'écria Cécile.

— Fais-moi enfermer tout de suite.

— J'en aurais presque envie!

— Ma foi! répondit la femme de chambre, il n'y a qu'une maison à Lyon où l'on puisse vous promettre un pareil tour de force.

— Et vous l'appelez?

— Ce sont les *Deux-Passages*.

— Est-ce loin d'ici?

— Oh! à deux pas, Monsieur. Vous n'avez qu'à vous pencher à la fenêtre pour apercevoir le magasin de nouveautés dont je parle; bien sûr il est aussi grand que votre Louvre de Paris, car il occupe, du haut en bas, tout un pâté de maisons. Et qu'il y a de belles choses là-dedans : des dentelles, des fourrures, de la soie, des rubans, et du linge donc, et des confections ! Enfin, Monsieur, c'est-à-dire que je n'ose pas m'y aventurer, parce qu'on y a trop de tentations !

Elle allait continuer l'apologie de ce paradis des femmes, mais Henri l'interrompit :

— Dites qu'on nous serve ici deux tasses de café ; nous irons ensuite aux *Deux-Passages*.

— Bien, Monsieur, fit la bonne en se retirant.

Cécile essaya de lutter encore, mais mollement, au nom de la raison et de l'économie. Le voyage allait coûter assez cher sans le grever encore de cette intempestive et coûteuse fantaisie.

Mais Henri ne voulait rien entendre.

Est-ce qu'il n'avait pas le droit de faire ce qu'il voulait de sa fortune ? Ce n'était pas encore pareille bagatelle, qui les ruinerait.

Aussi n'était-ce pas seulement une robe superbe qu'il voulait pour elle, mais un chapeau à la dernière mode. Et toute une toilette assortie, gants, éventail, mouchoir brodé et le reste.

— Je désire que vous représentiez dignement la capitale, Madame !

Après qu'ils eurent bu leur café au lait, Henri prit le bras de Cécile pour l'attirer vers l'escalier, et tous deux prirent la direction indiquée par la femme de chambre. En quelques minutes, ils se

trouvèrent devant la maison des *Deux-Passages*
développant une façade de près de cent mètres,
sur la rue de la République, décorée dans toute
sa largeur et jusqu'à son quatrième étage de fleurs
de bois de chêne très élégantes et portant répétées, dans tous les intervalles compris entre
les fenêtres, les initiales H. P. C. de la raison sociale dirigeante.

De nombreux équipages, depuis la calèche
armoriée, jusqu'à l'humble fiacre, stationnaient
déjà le long du trottoir, en longues files serrées,
attendant la sortie de leurs maîtres. Henri et
Cécile pénétrèrent dans les magasins par l'entrée
principale qui, semblable à une immense ruche
d'abeilles en plein travail, présentait un inces-
sant va-et-vient de public circulant avec peine,
tant la foule était compacte.

Ils passèrent devant les caisses, où l'animation
rappelait celle des plus importantes maisons de
nouveautés de Paris, et, guidés par un employé,
arrivèrent au rayon de la confection.

Mais là, une discussion des plus sérieuses s'éleva
entre le mari et la femme. Cécile voulait acheter le premier costume qu'on lui avait présenté,
quitte à y pratiquer quelques retouches, s'il n'allait
pas bien ; Henri, au contraire, soutenait qu'il fal-

lait à sa jeune femme une robe faite sur mesure, pour que sa mise fût irréprochable.

Ce dernier avis fut celui qui prévalut. Après avoir choisi l'étoffe au rayon de soierie, Cécile passa dans un salon spécial, où l'on devait lui prendre mesure, et lui essayer un premier patron, qui allait être taillé et bâti en quelques minutes dans les ateliers de coupe du cinquième étage, tandis que son mari se faisait conduire par un commis au salon de lecture où il trouva rangés, en ordre sur la table, les principaux journaux politiques de Lyon et de Paris, ainsi que des publications illustrées et de nombreuses feuilles de modes sans compter un piano superbe et un téléphone correspondant avec tous les abonnés du réseau lyonnais. Le jeune homme qui l'accompagnait ne manqua pas de lui faire remarquer les signaux électriques, et les porte-voix à profusion, permettant, par un procédé ingénieux, de correspondre d'une extrémité du magasin à l'autre.

Enfin, Henri apprit, grâce à son cicerone, que la maison des *Deux-Passages*, fondée depuis 1857, n'occupait, dans l'origine, qu'un tout petit emplacement, à l'angle des *rue* et *place Impériales*. Le bâtiment actuel comprenait, alors, trois im-

meubles bien distincts, renfermant trente autres
industries diverses, et plus de cinquante appartements, tandis qu'il ne formait plus à présent
qu'un seul local, d'un ensemble parfaitement
homogène. Mais aussi, ce qu'il avait fallu de travail, de sacrifices et de persévérance, pour en
arriver là ! Le fondateur seul, M. Perrot, le
savait !

Son énergie et son activité ne s'étaient pas dé-
menties un seul instant ! Il avait eu la foi, et,
comme un conquérant, qui agrandit sans cesse
l'étendue de ses domaines, bouleversant de fond
en comble, escaliers, murailles, charpentes, il
avait fini par s'approprier la maison tout entière.
Ce succès, il le devait au nombre infini de ses
comptoirs, aux assortiments sans cesse renou-
velés, à ce principe immuable de ne vendre que
des marchandises de premier choix, et à petit
bénéfice.

Et puis cette situation, au centre de la ville, sur
les lieux même des meilleures fabriques de soie-
ries, ces splendides et fréquentes expositions,
admirées même de ses concurrents, ce personnel
d'élite, composé de plus de cinq cents employés,
vendeurs et vendeuses, ouvriers et ouvrières,
— presqu'une population de petite ville, — dont

le zèle et la complaisance étaient à toute épreuve, enfin, une organisation hors ligne... n'était-ce pas plus qu'il ne fallait pour rivaliser victorieusement avec les principales maisons de Paris ? M. Mélinot n'eût pas eu besoin, du reste, de ces explications du commis, pour se convaincre que les magasins des *Deux-Passages* étaient aujourd'hui à leur apogée, et que leur organisation ne laissait rien à désirer, tant sous le rapport des marchandises que sous celui du confortable.

Henri retrouva Cécile au pied de l'ascenseur qui desservait tous les étages de la maison ; elle avait complété ses achats dans divers rayons, et donnait son adressse à l'une des caisses, pour qu'on pût lui envoyer les paquets dans la journée.

Henri demanda la note des objets que Cécile avait achetés.

Elle montait à cinq cents et quelques francs.

— Eh bien ! vous voilà content, à présent? dit Cécile en essayant de faire une petite moue, pour dissimuler sa réelle satisfaction.

— Je suis enchanté, et je vous offre même de vous prouver, chère amie, que tout cela est d'un bon marché extraordinaire, que les marchandises de cette maison, que j'ai examinées avec attention, sont certainement meilleures, et plus soignées qu'à Paris...

— Cela, je ne le nie pas...

— Et que, par conséquent, nous avons fait une excellente opération! Mais il est tout près de onze heures, allons déjeuner, si vous voulez que cette après-midi, j'aie le temps de vous montrer Fourvières.

Pendant que le mari et sa femme s'installaient, pour dîner en tête à tête dans leur appartement, Marescou et Cadillan prenaient place, l'un devant l'autre, en face de deux couverts qu'on venait de leur dresser dans un des coins de la grande salle à manger de l'hôtel Collet.

Ces deux irréconciliables ennemis, poursuivant un même but, n'avaient rien trouvé de mieux que de faire la paix, jusqu'au jour où ils auraient le loisir de pouvoir se battre sans risquer de perdre la trace de Mme Mélinot, heure décisive, qui devait supprimer l'un, pour laisser l'autre seul maître de la situation; ils l'appelaient toujours de tous leurs vœux, mais ils préféraient, jusque là, tuer le temps, de compagnie, que chacun de leur côté.

Tandis qu'à l'arrêt du train, Cadillan retirait les bagages et ralliait les deux domestiques,

Floche et Beaulardon, Marescou s'était élancé après M. et Mme Mélinot.

Il avait du reste été assez adroit pour ne pas trahir sa présence en filant les jeunes mariés qu'il avait vus monter dans l'omnibus de l'hôtel Collet.

De retour auprès de Cadillan, il se décida d'envoyer en avant Floche et Beaulardon retenir un appartement, audit hôtel, pendant que les deux maîtres s'arrêteraient dans le premier café venu pour s'y faire servir une copieuse tasse de chocolat.

Vers dix heures seulement, les jeunes gens s'étaient diriges vers leur domicile, pour réparer le désordre de leur toilette, et attendre l'heure de la table d'hôte.

Floche et Beaulardon, côte à côte fichés en terre comme des piquets, faisaient la haie devant la table, au moment où les deux amis descendirent.

— Qu'est-ce que vous attendez-là? demanda Marescou.

— Les ordres de ces Messieurs, répondit Floche.

— As-tu du nouveau à nous apprendre? fit Cadillan, regardant sévèrement Beaulardon.

— Je vas vous dire, Monsieur, répliqua Beaulardon... moi je suis trop malheureux, ça m'empêche de bien voir... et puis je pense trop à ma payse, l'amour brouille les idées, mais y a Floche qui a l'œil, et qui les a vus sortir.

— Ils n'ont pas quitté l'hôtel?

— Oh! non, répliqua Floche, les malles sont toujours là ; même qu'il leur faudra s'en procurer encore une, car ils viennent d'acheter un tas d'affaires aux *Deux-Passages!*

— Même que j'ai été obligé, pour ne pas les perdre de vue, interrompit Beaulardon, de faire emplette, aux frais de Monsieur, de quelques chemises de femme, de bas et d'un châle de fantaisie?

— Et à quel usage destines-tu ces objets féminins? demanda Cadillan.

— Oh! j'ai bien pensé que Monsieur n'en avait pas besoin, et je les ai tout de suite envoyés à Paris, à Mariette!

— Tu n'as pas l'esprit si troublé que tu veux bien le dire!

— Ah, Monsieur, quand je pense que nous sommes déjà à plus de cent lieues de Paris!...

— Tu n'es encore qu'au commencement du voyage, mon ami; ainsi prends patience.

Une larme roula silencieusement sur la joue,

et, de là, sur le veston du malheureux Beaulardon.

— Ma pauvre Mariette, murmura-t-il, si encore son cousin le sapeur venait la voir en mon absence, pour la distraire !

Floche avoua aussi avoir fait quelques achats, mais pas pour le beau sexe. Ainsi, il s'était payé une superbe cravate de couleur, un calepin en cuir de Russie où il noterait ses impressions de voyage, et inscrirait les dettes que Monsieur contracterait à son égard, et enfin une canne mascotte, pour porter chance à son maître.

Au reste, il donna quelques précieuses indications à ces Messieurs.

Il avait longuement causé avec les gens de l'office, ayant pour principe de toujours se mettre bien avec les subalternes. Il possédait pour cela, disait-il, un excellent moyen ; c'était de les combler de cigares provenant de son maître.

Marescou sourit à cette révélation, soupçonnant son domestique de s'offrir beaucoup plus de havanes qu'il n'en distribuait aux autres.

Les libéralités du généreux Floche lui avaient servi à apprendre que Monsieur et Mme Mélinot comptaient aller au théâtre Bellecour, le soir-même, et ne repartir que bien avant dans la

journée du lendemain, si même ils n'attendaient
pas le surlendemain.

— Bravo ! Nous avons vingt-quatre heures à
nous, et nous pourrions nous couper la gorge !
s'écria Marescou.

— C'est à quoi je pensais, riposta Cadillan.

— Oui, mais où trouver des témoins ?

Cadillan laissa tomber un instant les yeux sur
Floche et sur Beaulardon, se demandant s'ils ne
réclameraient pas de ceux-ci le service de les
assister en cette délicate circonstance.

Marescou comprit ce regard.

— Eux ! nos témoins ! C'est impossible ! dit-il.

— D'autant, s'écria Floche en relevant la tête,
que si ces Messieurs se battent, nous nous battrons
aussi, nous autres, n'est-ce pas, Beaulardon ?

— Est-ce que c'est absolument nécessaire ?
demanda le pauvre amoureux de Mariette, tremblant de tous ses membres. C'est que je vas vous
dire, je déteste les armes blanches, ainsi que les
armes à feu d'ailleurs ; et puis ça m'ennuierait de
mourir sans revoir la payse !

— C'est que je ne connais personne à Lyon ;
je n'y ai pas un ami ! reprit Cadillan.

— Oh ! pour cela, moi non plus ! répliqua Marescou.

— Mais j'y pense, et les officiers de la garnison ? Ces Messieurs n'ont pas l'habitude de refuser leur concours, en pareil cas.

— Très bonne idée ! Si tu m'en crois, nous irons nous promener, cette après-midi, du côté du fort Lamotte ou de la Vitriolerie, et c'est bien le diable si nous n'y rencontrons pas deux ou trois militaires de bonne volonté ! Il y a de ce côté de la ville, des champs qui semblent faits exprès pour que l'on s'y aligne !

Ils éloignèrent les deux domestiques, en leur recommandant de toujours monter bonne garde, et se mirent à déjeuner gaiement.

Par moments, ils avaient, en se fixant l'un l'autre, comme des regards d'attendrissement, et, bientôt après, de haine.

Ils ne pouvaient s'empêcher de songer à la fatale coïncidence qui allait les forcer à croiser le fer : le souvenir, chez l'un, des heures si douces passées à Marseille à contempler les beaux yeux de Mlle Bartholin ; chez l'autre, des rares, mais si délirantes apparitions de la même Mlle Bartholin, dans le parloir du couvent, leur montait tout à coup au cerveau, leur donnant comme la sensation de jalousies sanguinaires, de rages de possession sans partage. Alors ils voyaient rouge ;

l'ami n'était plus là devant eux, avec le visage sympathique des années de collège ; le rival seul subsistait, prêt à voler un amour et des caresses auxquels il n'avait pas droit !

Dans ces moments-là, ils se fussent mutuellement tués sans pitié !

Mais ce n'étaient que des éclairs passagers, et les yeux reprenaient vite leur douceur amicale.

Ce ne fut que vers une heure et demie, après avoir savouré, dans la serre, un des délicieux havanes de Marescou, si appréciés de Floche et de ses pairs, qu'ils prirent le chemin du fort Lamotte.

La rue qui y menait était à l'extrémité du pont de la Guillottière, ce lourd massif de maçonnerie, déjà si ancien, et qui résiste toujours victorieusement aux attaques incessantes du courant d'un des fleuves les plus rapides du globe.

Le fort Lamotte était occupé par deux compagnies d'infanterie, une compagnie du génie et un détachement d'une batterie d'artillerie, dont le complément était au fort de la Vitriolerie.

Quand Marescou et Cadillan se présentèrent à la grille du fort, ils aperçurent une cinquantaine de jeunes soldats faisant l'exercice, sous la surveillance d'un capitaine et d'un lieutenant dans la large cour qui s'étend entre le vieux château du gouverneur et les casernes.

— L'heure est mal choisie, pensèrent-ils, nous reviendrons.

A quatre heures seulement, l'exercice fut terminé, et les officiers sortirent.

Le capitaine semblait pressé de s'éloigner du fort, tandis que le lieutenant, un court à l'air bon enfant, s'en allait à petits pas, la cigarette aux lèvres, semblant agiter dans sa tête de réjouissantes rêveries.

— Pardon, lieutenant, fit Marescou en abordant l'officier, mais nous voudrions, mon ami et moi, vous demander un service.

— A vos ordres, Messieurs, s'il est en mon pouvoir de vous le rendre ! répondit le jeune lieutenant, qui, à la prononciation de Marescou, avait sur-le-champ reconnu un compatriote.

Il possédait lui-même le plus pur accent de la Cannebière.

— Il s'agit d'une affaire d'honneur, que les circonstances nous forcent à vider le plus vite possible, et pour laquelle nous aurions besoin d'au moins deux témoins ! intervint Cadillan, qui s'était approché.

12

— Parfait, parfait, j'en suis. Et où sont les adversaires, Messieurs ? interrogea le lieutenant. qui roulait une seconde cigarette.

Marescou et Cadillan se désignèrent mutuellement, en disant ensemble :

— C'est mon ami et moi !

— Alors c'est une partie de plaisir ; une égratignure et tout sera dit. Ah ! palsambleu, je suis des vôtres, de plus en plus, car vous m'avez l'air de deux charmants garçons.

— C'est un duel à mort ! reprit froidement Cadillan.

— A mort ! répéta Marescou.

— Brouh !... s'écria le lieutenant, en secouant les épaules, vous me faites froid dans le dos.

Puis il reprit :

— Mais où a-t-on jamais vu que deux amis. comme vous paraissez l'être, se battent à mort ?

— Quand la cause est grave ! reprit Cadillan.

— Gageons qu'il y a une femme sous jeu. Oh ! je ne vous demande pas de me raconter vos affaires ; mais ces créatures-là. elles ne sont jamais contentes que quand elles vous ont fait du gâchis ! Enfin. je ne me dédis pas. puisque j'ai accepté tout de suite d'être le second d'un de vous. Messieurs ; mais vu la gravité de la rencontre, vous me voyez obligé d'aller chercher trois amis.

Ils étaient arrivés à la rue de la Guillotière. Cadillan avisa une voiture de place qui passait, et pria le lieutenant d'y monter avec eux.

La voiture n'était pas inutile, car des trois officiers, sur lesquels le lieutenant avait jeté son dévolu, l'un habitait de l'autre côté de la Saône, un autre à Serin, et le troisième tout près du grand camp.

La nuit était venue, quand on eut opéré le ralliement complet, et force fut de remettre l'affaire au lendemain, ces Messieurs se refusant à assumer la responsabilité d'un duel nocturne.

Marescou proposa qu'on se réunît à six heures du matin, le lendemain, mais à cette heure il y avait exercice.

Finalement, Cadillan qui cherchait, depuis un moment, le moyen de témoigner sa reconnaissance à ces braves gens qui se dérangeaint ainsi pour eux avec tant de complaisance, proposa une combinaison qui fut tout de suite acceptée.

Marescou et lui attendraient ces Messieurs à déjeuner à l'hôtel Collet, à onze heures, et à une heure, tout en fumant un cigare, on irait se pourfendre dans les fossés du fort Lamotte.

— Quel diable de différend peut donc exister

entre deux jeunes gens qui semblent aussi unis ? se demandaient les officiers, en se séparant, pour regagner leurs demeures respectives.

Le lieutenant déclara que c'était on ne peut plus grave, et qu'il savait que l'affaire n'était pas possible à arranger.

— J'essayerai tout de même demain à déjeuner ! déclara un capitaine de cuirassiers, qui, sous les apparences d'un dur à cuire, avait, en réalité, le cœur sensible.

— Et je vous y aiderai, ajouta un aide-major, qui avait été choisi, en même temps, comme témoin et comme médecin.

— Ma foi, dit le quatrième, un sous-lieutenant à peine échappé de Saint-Cyr, ils sont crânes; ils n'ont pas peur pour leur peau, ça me plaît assez !

— Dans vingt ans, reprit le capitaine, vous ne ferez pas tant fi de la peau des autres, ni de la vôtre, du reste.

Le lendemain, à l'heure dite, les quatre officiers se présentaient à l'hôtel Collet. Le lieutenant avait eu soin, sur la recommandation expresse des deux intéressés, de se munir de fleurets qu'il tenait dissimulés de son mieux sous son manteau.

Marescou et Cadillan, de leur côté, avaient fait

préparer une table, dans leur appartement, de façon à ne pas attirer l'attention des locataires de l'hôtel sur l'étrangeté de ce déplacement militaire occasionné par un simple déjeuner. Les deux amphitryons témoignèrent, dès les premières bouchées, d'une telle gaîté, que leurs convives durent les imiter et remettre à un peu plus tard le speech pacifique qu'ils avaient préparé.

Il n'était pas plus question du duel que du Grand Turc. Marescou avait commencé par conter certaine histoire de pension, tendant à prouver que Cadillan avait attrapé du cachot, en son lieu et place; à quoi Cadillan avait riposté en narrant la façon dont Marescou avait reçu le fouet pour avoir dérobé certaine tarte aux cerises, qui avait bel et bien été dégustée par lui, Cadillan.

Toutes les gamineries de l'enfance et de la première adolescence avaient eu leur tour, rappelées avec bonhomie par l'un ou l'autre champion, depuis les farces jouées aux pions, jusqu'aux coups montés aux agents de police dans le quartier latin; sans en excepter la courte échelle faite par Cadillan à Marescou, ou réciproquement, dans le but d'atteindre le balcon un peu trop élevé des belles dont les maris étaient ombrageux.

12.

Puis vinrent les farces de garnison. Le vieux capitaine ne tarissait pas, et il y mettait une verve, une bonne humeur, un entrain prodigieux.

Le rire vibrait entre les quatre murs du salon, nourri, éclatant, comme en un véritable jour de fête. Et les plats se succédaient, ainsi du reste que les vins fins, au milieu de la joie générale, sans que personne parût songer à la cause qui réunissait la société, et au pénible épilogue qui devait clore le déjeuner.

Tout à coup, une heure sonna à l'horloge de l'hôtel.

— Une heure ! murmura Cadillan.

— Une heure ! répéta Marescou.

Et tous deux reprirent :

— Messieurs. voici l'heure... veuillez prendre quelques cigares, nous allons donner l'ordre de faire avancer les voitures.

— Comment, l'affaire n'est donc pas arrangée ? cria le capitaine en frappant du poing sur la table.

— Moins que jamais, capitaine, répondit Cadillan, mais, soyez tranquille, nous n'abuserons pas de vos moments.

— Mais. tonnerre de tonnerre ! si j'étais le gouvernement, je vous enfermerais, parole d'hon-

neur, pour vous apprendre à parler aussi légèrement de choses aussi sérieuses! De qui diable
voulez-vous que je sois le témoin dans une pareille affaire? Je vous aime déjà autant l'un que
l'autre.

— On tirera au sort, capitaine, dit Marescou,
mais partons; il est de la dernière importance
que l'un de nous soit de retour ici avant une
heure et demie, sans quoi le survivant perdrait
le bénéfice de sa victoire.

— Du diable si j'y comprends quelque chose !
murmura l'aide-major.

— En tous les cas, on peut dire que c'est gai
comme un jour d'enterrement ! ajouta le sous-
lieutenant, qui, à mesure qu'il approchait de
l'heure fatale, trouvait la partie de plaisir moins
drôle que la veille.

— Allons, partons, puisqu'il le faut, conclut le
lieutenant avec un soupir. Mais quel vilain dénoue-
ment de comédie !

Les officiers prirent leurs képis, Marescou et
Cadillan leurs chapeaux, et l'on se prépara
à sortir. Le silence était général. Comme
Marescou allait ouvrir la porte, celle-ci tourna
sur ses gonds, et livra passage à Beaulardon, qui
accourait, la figure bouleversée.

— Monsieur, Monsieur... ils viennent de s'esquiver... dans l'omnibus de l'hôtel... le train part
dans vingt minutes... Floche a pris l'avance pour
ne pas perdre la dame de vue !

— Pas possible, déjà en route ! Alors, boucle
tout, demande la note, retiens une voiture, et,
dans quatre minutes, sois prêt à nous suivre à
Perrache, entends-tu bien, dans quatre minutes !
s'écria Cadillan.

Marescou s'était déjà tourné vers les officiers
et s'excusait d'être obligé, lui et son camarade,
de leur fausser compagnie aussi vite, et surtout
de les avoir dérangés inutilement; mais le duel
n'était plus possible en ce moment, il leur fallait
filer tous deux sur Marseille. En même temps,
Cadillan les priait de leur laisser leurs noms,
ajoutant que lui et son ami leur seraient éternellement reconnaissants de l'intention qu'ils avaient
eue de les assister.

— Si jamais nous repassons par Lyon....
dirent ensemble les deux amis.

— Si jamais vous repassez par Lyon. interrompit le capitaine, vous voudrez bien nous prévenir, car nous vous devons un déjeuner.

Cinq minutes après, les deux jeunes gens
avaient quitté l'hôtel Collet.

— N'importe, murmura le docteur, ce sont deux drôles de corps !

— Vous avez entendu le domestique, qui parlait de *la dame*? fit le lieutenant, tout fier. Je l'avais bien dit qu'il y avait une femme sous cape !

CHAPITRE XII

DEUX HOMMES A LA MER

La toilette de Madame. — Un chapeau difficile à placer. — Première à Bellecour. — Un secret qui vous étouffe ! — Coup de mistral. — En route pour le Prado. — Cécile voit tout en bleu. — Un drôle de bain. — Adieu éternel. — Le chien de Terre-Neuve. — Deux marins d'occasion. — A la Réserve.

Cécile était revenue des magasins des *Deux-Passages*, enchantée, radieuse. Bien qu'elle ne fût pas d'une coquetterie exagérée, elle ressentait, au contact des chiffons, ce je ne sais quel frémissement d'aise auquel bien peu de femmes échappent, surtout quand elles se sentent jolies.

Au reste, n'était-ce pas afin de plaire à Henri qu'elle se voulait belle, le soir, pour se montrer à cette première ?

Elle eut beaucoup de mal à s'habiller après dîner, non pas que la robe qui lui avait été apportée fût défectueuse, en quoi que ce fût, mais Henri la taquinait. Vraisemblablement, il avait dû faire, pendant la journée, lors de leur promenade à Fourvières, une forte réserve de baisers ; la vue, un peu lointaine, pourtant, des glaciers de la Savoie, les avait sans doute momentanément gelés sur ses lèvres, mais il les prodiguait à présent sur les mains et sur les cheveux de sa femme, qui n'en finissait pas de passer son corsage.

— Vous êtes insupportable, Monsieur mon mari, disait-elle en riant et en cherchant à prendre une physionomie sévère, sans pouvoir y réussir ; je vais appeler la femme de chambre si vous continuez à m'aider aussi gauchement !... Et puis, vous verrez que nous ne serons pas là pour le lever du rideau !

— Voilà qui m'est égal, par exemple ! riposta Henri. Au contraire, je veux que nous arrivions après tout le monde, pour que vous fassiez une entrée à sensation ! J'entends que toutes les Lyonnaises enragent de vous voir si élégante et si jolie, et que toutes les lorgnettes soient braquées sur celle dont je suis fier d'être l'époux et presque l'amant !

— Mon ami, vous me tirez les cheveux !

— Pourquoi les avez-vous si longs?

— Vous les couperez à la longueur qu'il vous plaira.

— Non, mais j'en userai le bout à force de les baiser.

La pose du chapeau fut l'objet d'un long débat entre les jeunes mariés.

Monsieur le poussait hardiment sur l'oreille droite, prétendant qu'ainsi placé il donnait à Cécile un air de mousquetaire se préparant à prendre d'assaut la salle du théâtre Bellecour.

Madame le ramenait tout doucement sur le haut de la tête, presque droit, n'ayant pas été habituée par sa mère, alors qu'elle était jeune fille, à de pareils coups de vent!

Bref, on transigea.

— J'ai l'air effronté comme un page! fit la jeune femme en jetant un dernier coup d'œil sur la glace.

— Ah! bah! Personne ne nous connaît ici, répliqua Henri en entraînant sa femme.

Ils avaient loué, dans la journée, une avant-scène du rez-de-chaussée. Ce fut presque une émeute dans la salle quand Cécile apparut par l'ouverture de la loge, dans sa délicieuse robe de satin puce, bordée de perles de même couleur, et

13

coiffée d'un chapeau de feutre d'une ravissante
fantaisie, qui servait de cadre à son éclatante
beauté de vingt ans.

Immédiatement, ce fut un rayonnement général de jumelles venant converger dans ce coin
d'avant-scène où trônait l'inconnue. On se la
désigna discrètement du regard; on chuchota;
comment se faisait-il qu'on ne l'eût pas encore
rencontrée! Mais elle n'avait pas la mise d'une
voyageuse! Et si pourtant elle était de Lyon,
avait-elle donc, jusqu'à ce jour, passé son
existence enfermée chez elle? Et ce monsieur
qui l'accompagnait et qui avait l'air si joyeux du
succès de la dame, personne n'avait jamais vu
sa figure dans le département du Rhône! A l'entr'acte, toute la jeunesse du cru se précipita vers
les couloirs dans l'espérance d'y rencontrer la
belle inconnue. Effectivement Cécile, au bras
d'Henri, faisait son entrée dans le foyer, vraiment
confuse et gênée en passant entre la double haie
de messieurs en gilets à cœur, qui, le monocle à
l'œil, la dévisageaient. De temps en temps pourtant elle se hasardait à regarder autour d'elle, se
demandant si le hasard ne lui ferait pas apercevoir Marescou ou Cadillan, émergeant de cette
foule d'indifférents; mais elle ne les aperçut pas.

Tous deux, blottis dans le fond d'une loge, avaient savouré le succès de la jeune femme; mais, au moment où, mus par un même désir, celui d'aller contempler de près leur divinité, ils s'étaient levés d'un seul élan, leurs deux mains s'étaient réciproquement abattues, l'un sur l'autre, pour se retenir. Chacun d'eux préférait se priver du plaisir d'approcher de Mme Mélinot que de voir son rival goûter ce bonheur ineffable. C'était assez déjà que le mari fût à son bras et les narguât tous deux du haut de son bonheur satisfait.

Cependant les femmes, un peu dépitées de se voir délaissées, essayèrent bien de déshabiller, à leur façon, la nouvelle venue ; mais Cécile ne pouvait que gagner à cette petite cérémonie, et les dames un peu légères, qui formaient la majeure partie du public féminin de cette première, prirent bravement le parti de célébrer sa grâce encore plus bruyamment que les messieurs.

Elles avaient bien vite reconnu, aux chastes regards de la jeune mariée, qu'elle ne serait jamais pour elles une concurrente.

Quand Cécile rentra le soir à l'hôtel Collet, elle tomba presqu'en larmes dans les bras de son mari en se cachant le visage.

— Qu'est-ce donc, mon adorée ? demanda Henri inquiet.

— Oh! c'est bon une fois, s'écria-t-elle la poitrine toute secouée de sanglots, mais on ne m'y reprendra plus. Quand je me suis vue au bout de toutes ces lorgnettes d'hommes, j'ai cru qu'ils me voyaient jusqu'au cœur !

— Enfant! n'est-ce pas encore ce qu'ils auraient vu de mieux !

C'est le lendemain, à déjeuner, qu'ils prirent subitement le parti de s'embarquer pour Marseille.

La motion avait été discutée, et la décision prise sur l'initiative de Cécile.

Elle commençait maintenant à resonger aux deux amis; elle avait peur, par moments, de trop dépister Marescou et Cadillan.

Si elle allait ne plus les rencontrer!

Et puis le souvenir de sa mère, de ses sœurs, auxquelles elle ne pouvait, hélas! que penser tout bas, hantaient son cerveau avec plus de persistance.

Elle se disait qu'en ne s'attardant pas trop en route, elle serait plus tôt de retour à Paris, et peut-être auparavant aurait-elle le courage d'aborder avec Henri la délicate question du rapprochement.

Elle parviendrait au moins à se faire expliquer ce sérieux grief sur lequel il gardait toujours, avec elle, une réserve si impénétrable.

En montant dans le coupé qui leur était réservé, Cécile, bien qu'elle se sentît là, sous le regard d'Henri qui l'aidait à escalader les deux marches, jeta un coup d'œil rapide à droite et à gauche, mais elle n'entrevit la silhouette d'aucun des deux amis.

— Et dire que je ne puis parler, que j'ai là un secret qui m'étouffe, qui empoisonne ma vie, et que la crainte de voir s'écrouler d'un mot les délicieux châteaux en Espagne que j'ai bâtis dans ma tête, m'oblige à tout garder pour moi !

A Marseille à la descente, pas plus de Marescou ni de Cadillan qu'à Lyon !

Ah ! décidément, il fallait brusquer le voyage, doubler les étapes, chauffer à toute vapeur !

Et cependant, il était politique, de sa part, d'accepter toutes les courses, toutes les excursions que lui proposait son cher Henri, car n'était-ce pas dans la commune contemplation de toutes ces choses si nouvelles pour elle, que se créait avec son mari, cette intimité, cette réciproque

confiance, dont elle espérait de si heureux
fruits !

Le premier jour, ils firent ensemble, malgré
les bouffées de mistral qui emportaient aux
quatre points cardinaux la robe de Cécile, le
tour du port et la promenade de la jetée.

La jeune femme trouvait une âpre satisfaction,
à se sentir si brutalement éventée. Elle se serrait
avec amour au bras de son mari, comme pour
bien lui persuader que lui seul l'empêchait d'être
emportée par la tourmente, et, elle regardait,
bien en face, la mer toute chargée d'écume, dont
les vagues venaient se briser à ses pieds, rejail-
lissant en fines gouttelettes jusqu'à sa figure
qu'elles perlaient.

Puis ils descendaient sur les quais, et passaient en revue les énormes paquebots des bassins de la Joliette, suivant avec intérêt le travail
des grues tournantes, qui vidaient ou emplis-
saient à volonté les énormes ventres de ces
colosses auxquels il fallait, pour repas, une cargaison.

Puis c'étaient les ponts mobiles, qui, comme
au Havre, faisaient ouvrir de grands yeux à
Cécile, et, plus loin, les voiles que les mousses,
grimpés au haut des vergues, tiraient avec effort.

cherchant à les dépaqueter pour les faire sécher au soleil, et redescendre ensuite le long des cordages comme de véritables singes.

Une des choses qui avaient surtout frappé la jeune femme, c'étaient, dans la Cannebière, ces immenses auvents en toile double, qui se manœuvraient avec des moufles, comme les voiles d'un navire, et qui, fixés à des barres de fer scellées dans les murs, égayaient, de leurs tons bigarrés et de leurs rayures multicolores, les devantures des magasins, tout en les protégeant des rayons ardents du soleil.

Le vent faisait rage dans ces toiles mal tendues, mais sans jamais y causer d'avaries, et c'était un clapottement de drapeaux flottants, agréable à l'oreille.

Le soir, ils rentrèrent exténués, n'en pouvant plus, heureux de respirer enfin librement, et de dîner à l'écart dans un des coins de la superbe salle à manger de l'hôtel de Noailles, non sans jouir, de loin, du mouvement de la table d'hôte, qui, ce soir-là, semblait en proie à une gaieté communicative.

De la journée, Cécile n'avait pas eu le temps de penser aux deux jeunes gens.

Le soir seulement, en remontant à son appar-

tement, leur souvenir lui revint tout à coup :
mais où les chercher à présent, et d'ailleurs,
Henri parlait d'une jolie promenade, celle du
Prado, pour le lendemain.

D'après lui, on ne pouvait se dispenser d'aller
contempler la mer de cet endroit.

Elle avait pourtant un espoir : le mistral dure-
rait peut-être encore le lendemain matin, et en
ce cas, Henri ne la forcerait pas à l'affronter une
seconde fois.

Malheureusement, au réveil, la femme de
chambre se hâta d'annoncer à Monsieur et à
Madame que le vent était complètement tombé,
et que le temps était superbe.

On partit après déjeuner, vers midi, dans une
bonne voiture, louée chez un carrossier recom-
mandé par l'hôtel.

Le ciel était pur comme un lac d'Écosse.

En passant devant le champ de course, Mélinot, qui aimait les chevaux, fit stopper et descendit, pour que sa femme le visitât.

Il était deux heures, quand ils arrivèrent au
Prado. Alors, ils firent prendre le pas au cheval,
dans la direction du superbe rocher qui forme
l'anse à gauche, en laissant, derrière eux, l'établissement des bains.

Cécile qui, tant qu'elle avait été à l'intérieur de la ville, n'avait cessé de jeter des regards investigateurs de côté et d'autre, interrogeant du coin de l'œil les visages des passants, scrutant les tournures, et contrôlant les démarches, était maintenant tout entière absorbée par le spectacle qu'elle avait devant elle.

Cette mer bleue, si bleue que le ciel semblait pâle à côté d'elle et n'être qu'un de ses reflets, s'étendait toute nue à ses regards, avec la confiance de la beauté parfaite qui sait qu'elle ne sera pas discutée.

Le soleil jetait bien çà et là de longues traînées d'or et d'argent, cerclant les rochers de la côte comme une ceinture dorée enroulée sous la poitrine d'une prostituée, mais cet anneau tranchait sur l'épiderme, sans en altérer la pureté; à gauche un îlot tout ensoleillé, touchant presque au continent, lançait à pic dans les airs la dentelle de Bruges de ses arêtes qui semblaient contournées à la main, pour servir de portant à quelque gigantesque décor d'opéra, tandis qu'à droite le château d'If, les pieds éternellement dans l'eau, mettait comme un point noir aux angles mal définis dans la pénombre, bien qu'il fût plongé dans un bain de lumière.

13.

Au fond, projetant vers le ciel le dard aigu de sa haute tour blanche et ronde, un phare éloigné de près de sept lieues, seul sur un rocher à fleur d'eau, sentinelle perdue en avant de Marseille.

Enfin, passant à l'horizon, des vapeurs toujours pressés, des voiliers tirant des bordées, et des petits remorqueurs affairés, sans compter les barques de pêcheurs avec leur grande voile blanche, ressemblant aux ailes des oiseaux de la côte.

— Ah! Henri! Henri! s'écria la jeune femme en serrant la main de son mari avec force, que c'est beau! que c'est beau!

Et ses yeux se repaissaient de ce spectacle grandiose, avec délice.

— Admire! répliquait le jeune homme, il y a assez de beautés, dans ce coin de la terre, pour nous enivrer tous les deux, car j'en prends ma part, crois-le bien!

Ils restèrent silencieux un moment, puis comme la route tournait dans les terres, M. Mélinot donna l'ordre au cocher de revenir sur ses pas.

En quelques minutes, on eut atteint l'établissement des bains.

Une femme, qui gardait les cabines pendant

la morte saison, était accoudée sur une des balustrades, fixant, à quelque distance, la surface
de la mer.

Machinalement les yeux de Cécile suivirent la
même direction.

— Tiens, regarde donc, un nageur ! fit-elle en
désignant du doigt, à son mari, une tête qui paraissait et disparaissait alternativement derrière la
vague.

— Il y en a même deux ! remarqua Henri qui
venait, entre deux lames, d'apercevoir une seconde tête.

Il fit arrêter et descendit.

— Eh ! mais... tu ne vois pas, Cécile ?... Il y
en a un, celui de droite, qui n'en peut plus !

— On le dirait, en effet ! Quelle imprudence !

— Mais, il va couler, le malheureux ! Comment
n'appelle-t-il pas ?

— D'ici on ne peut sans doute pas bien juger...
il faut espérer que tu te trompes... murmura la
jeune femme d'une voix presqu'étranglée par
l'émotion.

— Mais il se noye !...

Henri, avait à peine poussé ce cri, qu'il avait
mis bas sa redingote.

— Henri! tu vas rester près de moi! cria Cécile d'une voix suppliante, en essayant d'enlacer le corps de son mari.

Mais déjà celui-ci s'était dégagé, et se précipitait à la mer.

Cécile, pétrifiée par la crainte, le vit disparaître jusqu'aux épaules, au milieu des vagues, et tirer vigoureusement sa coupe dans la direction des deux nageurs.

Elle poussa un cri déchirant, comme un adieu suprême à son mari, puis, ses yeux se fermèrent, ses jambes se dérobèrent sous elle, et elle s'affaissa doucement sur le sable.

Le cocher ne comprenant rien à la scène qui se passait sous ses yeux, était sauté à bas de son siège, en voyant tomber Cécile.

Il courut à elle, et fut bientôt rejoint par la femme des bains, qui avait détourné la tête, surprise par l'exclamation perçante de la jeune femme.

— On dirait qu'elle est morte! fit l'automédon, en soulevant le bras inerte de Mme Mélinot.

— Ce serait vraiment fâcheux, une jolie créature comme elle! répliqua la vieille, en essayant de faire revenir la malade avec de petites tapes dans les mains.

— Si nous la portions dans la voiture? dit l'homme. Elle serait toujours mieux sur les coussins que sur la dure.

Il la saisit sous les aisselles, tandis que la vieille, rassemblant les jupes, soulevait la jeune femme par les jambes.

— On dirait la Vierge de Notre-Dame-de-Grâce avec ses beaux atours ! remarqua la femme, en montrant le visage tout décoloré de Cécile qui retombait sur la poitrine, avec une grâce et une candeur de transfigurée.

Ils l'étendirent dans la voiture, dont le cocher avait relevé la capote pour garantir la tête de la jeune femme de l'ardeur du soleil.

— Mais quelle diable d'idée a pris à son mari de se jeter à l'eau pour ces deux fous qui sont en train de se noyer là-bas? On n'a pas idée de se baigner à cette époque, et surtout de s'aventurer si loin quand on n'est pas très bon nageur ! Regardez ! le voilà qui approche des deux baigneurs. Bien sûr, ils vont s'enfoncer tous les trois, car les deux premiers m'ont l'air, depuis un moment, de boire de rudes coups, et plus souvent qu'à leur tour ! Si encore c'était en saison, il y aurait François avec sa barque, et on pourrait pousser de l'aviron jusque là, mais baste, la plage est déserte !

Heureusement Cécile, toujours évanouie, n'entendait pas ces sinistres paroles. Le cocher avait couru jusqu'à un traiteur voisin et avait rapporté du vinaigre avec lequel une dame de Marseille, qui passait par là, frottait les tempes et le front de la jeune femme.

Là-bas, en pleine mer, on distinguait Henri, maintenant, d'une main, hors de l'eau, la tête de celui qu'il voulait sauver, tandis que, de l'autre, il nageait, avec force, dans la direction de la terre.

Mais, comme il passait à peu de distance de l'autre baigneur, il sembla changer de manœuvre.

Une vingtaine de personnes étaient maintenant assemblées, qui, autour de Cécile, laquelle recommençait à donner des signes de vie, qui, occupées à suivre tous les détails du sauvetage.

— Voyez donc, disait un spectateur, le voilà qui retourne à l'autre à présent !

— Il n'a pas tort, car l'autre n'en a plus pour longtemps à se maintenir la bouche dehors. Voilà, deux fois qu'il coule : la troisième sera la bonne...

— Ils sont donc muets, ces gens-là ! qu'ils n'appellent pas au secours. Ah ! bien, si j'étais à leur place...

— Plutôt que de rester là à deviser, vous feriez

mieux de courir jusqu'au bas du rocher, et de détacher une barque! dit une femme du peuple, très émue.

— C'est cela, à dix minutes d'ici! Il y a long-temps qu'ils auront fait connaissance avec les crabes, quand on pourra les atteindre! Et puis vous êtes bonne, vous, j'aime mieux voir...

— Sans cœur! murmura la femme, qui ne cessait de crier: « Courage, mon brave monsieur... je vas vous jeter une corde, moi! »

Effectivement, elle avait couru jusqu'aux cabines, et avait saisi un rouleau de cordes, prête à le lancer; mais celui à qui elle s'adressait était encore trop éloigné de la côte pour pouvoir profiter de ses bons offices.

— Attention! le voilà qui saisit l'autre de sa seconde main! comment va-t-il faire pour nager à présent?

— Je ne sais pas, mais c'est tout de même un brave!

Alors, pendant quelques instants, on vit comme une lutte suprême entre ces trois hommes, et, chose singulière, il semblait que les deux malheureux, que tenait M. Mélinot, tentassent de se dégager de l'étreinte de leur sauveur pour regagner la pleine mer. Peu à peu, pourtant, on crut remarquer

que Henri avançait; on le voyait tantôt sur le dos,
tantôt sur le ventre, tantôt sur le côté, changeant
de position le plus souvent possible, pour ne pas
user ses forces; mais il était évident que la mer
était plus vigoureuse et surtout plus tenace que
lui, et qu'il succomberait, avant d'atteindre le
bord, s'il persistait à ne pas abandonner les deux
hommes.

— Je vous dis qu'il n'en a pas pour trois minutes; il doit râler! fit le monsieur qui aimait les
spectacles à sensations.

La femme, debout sur la passerelle des bains,
tenait toujours sa corde enroulée, prête à la jeter
au moment opportun.

Tout à coup les trois nageurs disparurent.

— Cette fois-ci, c'est le coup de la fin! fit le
cocher.

Mais quelques secondes après, la tête et les
bras d'Henri reparaissaient; il n'avait pas lâché
les deux autres.

Un frémissement d'admiration parcourut les
assistants, tandis qu'une voix lugubre criait avec
force, à trois reprises différentes :

— A moi...! à moi...! à moi!

En ce moment, moment suprême, une petite
barque, manœuvrée par deux hommes, qui n'a-

vaient pas l'air d'être très habitués à ce genre d'exercice, bien qu'ils y missent toute leur énergie, avançait rapidement vers le groupe en péril.

— Courage, Messieurs, nos bons maîtres ! criaient les voix des deux rameurs. — Nous ne voulons pas que vous mourriez ! qu'est-ce que nous deviendrions ?... Nous voilà ! nous voilà !

Leurs rames battaient plus souvent l'air que l'eau, mais ils avaient tant fait d'efforts, qu'ils ne se trouvaient plus qu'à quelques mètres des nageurs.

En ce moment, Henri les aperçut.

La vue de cette bouée de sauvetage qui tombait si miraculeusement à ses côtés, lui rendit des forces, et, en quelques brassées, il eut atteint la barque.

Il se cramponna à la quille de toute l'énergie qui restait à ses bras fatigués, pendant que les deux rameurs tiraient de l'eau et asseyaient sur les banquettes les deux baigneurs plus morts que vifs.

Cécile venait de rouvrir les yeux et jetait autour d'elle des regards étonnés en voyant tant de monde réuni.

Tout à coup, elle se souvient.

— Henri ! mon mari ! cria-t-elle en se soulevant, encore toute pâle, pour interroger l'horizon. Ah ! s'il est noyé, pourquoi ne m'avez-vous pas laissé mourir avec lui !... Mon Dieu ! mon Dieu !

Elle faillit une seconde fois s'évanouir, mais la brave femme qui n'avait pu utiliser sa corde, venait d'arriver auprès d'elle.

— Mais non, vous voyez bien qu'il est sain et sauf, regardez-le, cramponné à l'avant ! Tenez, voilà qu'ils l'aident à sortir de l'eau !

— C'est lui ? vous ne me trompez pas ? vous en êtes bien sûre ? Ah ! merci, ma brave dame !

Elle sanglota, mais c'était de joie : la réaction s'opérait entremêlée de larmes et d'éclats de rire.

Elle voulut s'approcher tout près de l'eau, pour être la première à recevoir son mari dans ses bras : elle ne faisait pas attention que la lame arrivait jusqu'à ses bottines, et mouillait le bas de ses jupes ; elle battait des mains, elle sautait de joie.

— Henri, parle moi ! cria-t-elle quand elle fut certaine d'être à portée de la voix.

— Me voilà, ma chérie !

— Tu ne souffres pas, tu n'as pas froid ?

— Non !... je suis un peu las, mais cela passera vite, sois sans inquiétude.

A peine eut-il mis pied à terre, qu'elle lui
sauta au cou.

— Oh! que c'est beau ! que c'est bien ! et comme
tu grandis à mes yeux, cher Henri !... Je te savais
pourtant intrépide, mais, de là à courir à la mort,
comme tu l'as fait !... Non, j'en ai le frisson,
quand j'y pense, et pour qu'il ne te prenne pas la
fantaisie de recommencer, tu vas me jurer que
jamais plus tu ne t'exposeras ainsi !

Et comme Henri se refusait à prêter ce serment :

— Songe donc, si j'étais devenue veuve !

Il lui ferma la bouche par un baiser.

En ce moment, les deux imprudents nageurs,
que la barque avait déposés à l'établissement des
bains, venaient de sortir de leur cabine presque
entièrement habillés, mais encore très impar-
faitement remis de leurs plongeons trop répétés.

Ils se dirigeaient vers leur sauveur pour le remercier et lui demander par quel moyen ils
pourraient s'acquitter envers lui.

— Oh! c'est trop fort ! murmura Henri, en reconnaissant dans ses obligés, les deux jeunes
gens de Paris, les deux cauchemars de son bon-

heur conjugal, que, dans l'ardeur de l'action, il
n'avait pas reconnus.

Quant à Cécile, elle ne put retenir ce cri
étouffé :

— Ce sont eux ! Quel bonheur !

Et certes, en ce moment, elle savait encore bien
plus de gré à son mari de son acte de courage,
qui lui rendait deux êtres dont la vie lui était
si chère !

C'étaient bien, en effet, Marescou et Cadillan,
la figure un peu plus pâle que d'ordinaire, les
yeux légèrement enfoncés dans leurs orbites, la
tenue moins correcte que de coutume.

Ils étaient arrivés la veille à Marseille, et
avaient, de loin, suivi le ménage Mélinot,
exécutant les mêmes marches et contre-marches
que lui.

Le soir, Floche, toujours aux aguets, avait
appris de la femme de chambre de l'hôtel de
Noailles, qu'une voiture était commandée pour
le lendemain midi, devant mener le couple au
Prado.

Immédiatement le Parisien et le Marseillais
avaient retenu une voiture pour suivre de loin
le véhicule qui carosserait leur commune bien-
aimée.

Arrivés en face de l'établissement des bains, pendant que la voiture de Cécile tournait à gauche, ils avaient mis pied à terre, décidés à attendre son retour, certains qu'elle repasserait par la route de la Corniche.

C'est alors, qu'attirés par la limpidité bleue de l'eau, et un peu énervés par la chaleur du soleil extraordinaire pour l'époque, l'idée leur avait pris à tous deux de se donner la jouissance d'un bain pour tuer le temps qu'ils avaient à perdre.

— Mais au fait ! observa Marescou, Mme Mélinot ne va pas repasser tout de suite ; nous pourrions bien liquider notre duel.

— Et les armes ? demanda Cadillan.

— Écoute bien, reprit Marescou, avec une réelle émotion dans la voix, nous aimons la même femme, c'est vrai, mais malgré la jalousie féroce que tu m'inspires, je t'avoue qu'il me serait pénible de percer la poitrine à un vieil ami comme toi !

— Et moi, crois-tu donc que la pointe de mon épée pénétrerait dans tes chairs sans me déchirer le cœur du même coup ?

— Eh bien alors ! cherchons un duel moins sauvage ! Que le hasard seul décide de la mort de l'un ou l'autre de nous, mais que celui qui

survivra n'aie pas à traîner, toute sa vie, les remords dont sont torturés les meurtriers. Aussi
vais-je te faire part d'une idée qui vient de me
pousser.

— Je t'écoute.

— Nous sommes aussi bons nageurs l'un que
l'autre ?

— Absolument.

— Il n'y aura donc infériorité pour aucun de
nous deux. Or, si tu y consens, nous allons demander un costume à cet établissement de bains,
nous nous mettrons à l'eau, nous gagnerons le
large, et le premier qui verra disparaître l'autre
reprendra le chemin de la côte.

— Soit. Mais à une condition, c'est que chacun
restera impitoyable, quelqu'appel déchirant et
suprème que l'autre exhale.

— Tope-là !

Les deux amis se tapèrent réciproquement
dans la main, en signe d'acquiescement.

Puis ils demandèrent des costumes à la femme
des bains, qui fit quelque difficulté pour les leur
donner, prétendant que personne ne se baignait à
Marseille à cette époque de l'année.

Au moment de se précipiter dans la mer, ils
échangèrent une dernière poignée de main, une

larme roula au bord de leurs paupières, puis, résolûment, ils prirent le large.

Par bonheur, Beaulardon et Floche avaient eu l'idée de prendre le tramway et de se faire conduire, eux aussi, au Lido, avec l'intention de se promener, tout comme leurs maîtres.

Le tramway les avait déposés sur la demi-lune qui domine les bains, au moment où Marescou et Cadillan, en costumes de circonstance, échangeaient leur dernière poignée de main ; ce geste, qui avait toutes les apparences d'un *de profondis*, avait paru bizarre aux deux valets. Ils avaient d'abord appelé, mais leurs voix n'avaient pas été entendues de leurs maîtres qui poussaient de l'avant sans se retourner.

— Je flaire un malheur ! avait dit Beaulardon, sans bouger.

— Alors courons, imbécile ! s'était écrié Floche en s'élançant dans la direction d'un rocher, éloigné de trois cents à quatre cents mètres environ, au pied duquel il avait avisé une barque retenue par une chaîne.

Sa crainte était de n'y pas trouver d'avirons, mais, lorsqu'il fut tout près, il constata que ceux-ci étaient rentrés sous les bancs.

Restait une difficulté : c'était de rejoindre la barque, qui se balançait à cinq ou six brasses du bord.

Floche découvrit un rocher à fleur d'eau, à deux ou trois mètres au-dessous de lui, d'où il pourrait atteindre la chaîne à laquelle la barque était attachée.

Il enleva vivement sa jaquette.

— Tiens-la solidement! dit-il à Beaulardon. Et se laissant glisser le long de la falaise de pierre, cramponné à la manche de son vêtement, il gagna l'une des pointes du rocher, attira le bateau à lui, le détacha et sauta dedans.

— Allons, à ton tour! cria-t-il à Beaulardon, en s'approchant d'un point de la falaise moins escarpé.

Beaulardon prit place sur l'un des bancs et tous deux se mirent à ramer vigoureusement.

— A présent ils sont trois! dit Floche, qui venait de se retourner.

— Du diable si j'y comprends quelque chose! grommela Beaulardon.

— N'importe, allons-y toujours, et du nerf!

C'est à ce moment qu'ils s'étaient mis tous deux à crier à leurs maîtres des paroles d'encouragement.

Sitôt qu'ils les eurent remontés dans le canot, ils avaient voulu retirer leurs propres vêtements pour les donner à ces messieurs, mais Marescou et Cadillan, qui n'avaient pas un seul instant perdu la tête, vu que les forces seules les avaient trahis, déclarèrent qu'ils attendraient que l'on fût arrivé à l'établissement des bains pour se sécher et remettre leurs vêtements. Mieux valait, disaient-ils, s'occuper de leur sauveur.

Henri, de son côté, n'avait alors qu'une pensée, regagner le bord, et se rendre aux tendres appels de Cécile, dont il avait entendu le cri perçant, au moment où il s'était échappé de ses bras pour se précipiter à l'eau.

Cependant, la femme des bains avait apporté à M. Melinot une chemise de grosse toile ainsi qu'une culotte de marin, en laine épaisse, pour lui permettre de faire sécher ses effets au soleil.

Quant aux deux amis, ils étaient très entourés, et très interrogés, mais ils gardaient tous deux le silence, ne voulant pas s'expliquer sur la cause de leur bain intempestif.

Quand Henri fut complètement remis de ses émotions, bien à l'aise dans son accoutrement de marin, tous deux s'approchèrent de lui et de

14

Cécile, et Marescou, de sa voix la plus engageante, pria M. Melinot de vouloir bien accepter une collation, ou en tout cas, quelque boisson réconfortante bien nécessaire après une semblable secousse.

Mélinot remercia poliment et fit même mine de vouloir s'éloigner sur-le-champ.

Mais Cécile ne se laissait entraîner que malgré elle, et opposait au bras de son mari une résistance inconsciente, mais réelle.

Henri tourna la tête.

— Vous ne pouvez refuser à deux hommes, que vous venez de sauver, de prendre le temps de vous témoigner leur reconnaissance! dit Cadillan.

— A moins que vous n'aimiez mieux nous voir recommencer? fit Marescou, en se tournant d'un air délibéré du côté de la mer.

Cécile eut un tremblement d'angoisses.

Soit, Messieurs! dit Henri. Mais je ne vois guère de café par ici...

— Si fait, se hâta de dire Marescou, croyez-en un Marseillais pur sang, notre voiture, en cinq minutes, nous conduira *A La Réserve*.

Vous n'avez pas, je puis le dire, de meilleur restaurant à Paris, et comme point de vue, il y a de quoi satisfaire le poëte ou le peintre le plus exigeant !

— *A la Réserve*, alors ! dit Mélinot, en remontant en fiacre avec Cécile, tandis que Cadillan et Marescou donnaient le même ordre à leur cocher.

CHAPITRE XIII

DISPARITION

Amour pur. — Le cœur d'une femme. — Les Lilliputiens. — Choix d'un menu. — Les rougeurs de Madame. — Garçon, les cigares ! — *In caudâ venenum*. — Un serment bien gênant. — Deux heures en panne ! — Comment Floche s'y prend pour attendre les ordres de son maître. — Séparation. — La coquille et le Léviathan. — Une vision décourageante.

Les deux voitures partirent au grand trot.

Cécile avait passé son bras gauche autour du cou d'Henri et l'attirait tout contre elle.

— Tu n'as pas froid au moins, mon Henri ?

— Froid ? avec un pareil soleil !

— Oh ! avoue-le, tu dois bien avoir encore quelques frissons. Rien qu'en pensant au danger que tu as couru, moi j'en ai !

— Poltronne !

— C'est que, vois-tu, je t'aime tant !

14.

— Cécile !

— Tu n'es pas seulement courageux, toi, tu es bon, tu es délicat, tu sais deviner une pensée à un signe, à un regard, à un rien, enfin ! et quelqu'ennui que tu en éprouves, tu exauces tous mes désirs, avant même que je les aie exprimés.

Elle le remerciait ainsi, indirectement, d'avoir accepté l'invitation de Cadillan et de Marescou, n'osant pourtant les nommer, ni même rendre l'allusion trop directe.

Pour elle, une telle concession, faite par un esprit naturellement jaloux, avait tout le mérite d'un grand sacrifice ; elle lui en savait presqu'autant de gré que de son sauvetage.

Henri, qui avait compris, ne put s'empêcher de murmurer à demi-voix :

— Oh ! femmes ! femmes ! Alors même que vous êtes charmantes, délicieuses, dévouées, honnêtes, il y a toujours certains replis de votre cœur que nous ne connaissons pas, que nous ne pouvons comprendre !

Cécile lui mit la main sur la bouche.

— Mon Henri, supplia-t-elle, pas de vilaines paroles, pas de vilaines pensées ! Ne gâte pas un si beau jour, un jour où tu fais de moi la plus heureuse des femmes ! Je suis certaine que tu ne doutes pas de moi, car tu sais que mon cœur est tout à toi, et s'il reste quelques petits secrets dont tu n'as pas encore ta part, patiente, mon adoré ! ils te seront confiés, au fur et à mesure que notre bonne intimité grandira.

Elle eut, à ces derniers mots, un profond soupir, et une larme imperceptible brilla au coin de son œil.

Henri ne s'en aperçut pas, mais lui prenant les mains :

— Je t'attendrai, dit-il, car je t'aime, et je me sens aimé ! Que veux-tu que je désire de plus ?

Ils montaient à présent le long des rochers, avec la mer à gauche à vingt mètres à pic au-dessous d'eux, tandis qu'à droite un mur de pierre dressait son arête vive à plus de cent pieds de haut, servant de terrasse au parc d'un superbe château.

On voyait distinctement, devant soi, se démasquant les uns les autres dans une buée chaude de rayons lumineux, les îlots du groupe du château d'If, et le soleil couchant caressait de ses rayons rougeâtres les dentelures des rochers qui s'échelonnaient tout le long de la route de la Corniche.

Un bâtiment, revenant de l'extrême Orient et soufflant ses dernières bouffées de vapeur, découpait son élégante silhouette noire sur le bleu

de la mer ; tous les passagers étaient sur le pont,
agitant déjà leurs mouchoirs ; le capitaine, immobile sur sa passerelle, causant avec un second,
les hommes, à leur poste, prêts à exécuter la manœuvre pour entrer dans le port, tous ressemblant, à distance, à autant de Lilliputiens en route
pour un voyage autour du monde.

Des bateaux de pêche, sortes de brigantins à
deux mâts, rentraient par compagnies de quatre
ou cinq, semblables à des voitures dans un chemin
creux dévalant par les mêmes ornières.

Et là-bas, tout au bout du golfe de Lion, semblant stationnaires, quelques fantômes blancs de
grands voiliers, qui couraient sous le vent vers
des pays inconnus.

— On passerait bien sa vie en face de ce tableau
de maître signé du Créateur ! dit tout à coup
Cécile rompant le silence.

— Surtout si l'on avait toujours votre main
dans la sienne, comme maintenant ! répondit
Henri en serrant à les meurtrir les petits doigts
effilés de sa femme.

Les voitures venaient de s'arrêter en face d'une
grande grille ouverte, au-dessus de laquelle on
lisait écrit, en lettres dorées : *A la Réserve !*

— C'est ici ! cria Marescou.

Et d'un bond, il avait rejoint Cécile, prêt à lui offrir la main pour qu'elle mît pied à terre.

Mais Henri l'avait prévenu.

Il prit le bras de sa femme et s'engagea, avec elle, dans les allées sablées, toutes bordées de massifs, jusqu'à la terrasse, qui s'étendait au-dessus de la route de la Corniche.

C'est sur cette terrasse que s'élevait l'élégante construction du restaurant avec sa serre fermée au rez-de-chaussée, son immense salon au premier étage, et sa galerie ouverte en loggia sur la mer.

Marescou et Cadillan choisirent une table en face d'une des arcades du milieu, et firent ouvrir tout grands les stores, pour mieux jouir de la vue du panorama. Puis ils invitèrent Cécile à commander le menu.

Il était environ cinq heures un quart, heure très raisonnable pour dîner, d'autant que les fortes émotions du jour, en se dissipant, avaient creusé tous les estomacs.

Cécile se récusa, prétendant être de très mauvais conseil en pareille matière, et Henri, consulté, déclara qu'il s'en rapportait absolument à ces messieurs.

Ceux-ci, tout occupés à contempler la jeune

femme, s'en remirent au maître de l'établissement pour dresser la carte.

Pendant les premiers moments qui suivirent l'installation, l'embarras fut assez sensible de part et d'autre.

Henri, très correct, mais froid, recevait avec des hochements de tête les remercîments de ces messieurs.

Ils disaient avoir trop compté sur leurs forces, et ne pas s'être aperçus qu'ils s'éloignaient du bord ; c'était en se retournant pour regagner la terre, qu'ils avaient été effrayés par la distance, et qu'ils avaient tous deux perdu la tête.

Leur mort eût été inévitable, sans M. Mélinot qui avait montré, en cette occasion, un courage au-dessus de tout éloge.

Cécile éprouvait une singulière volupté à entendre des étrangers parler ainsi de son mari ; son cœur battait d'orgueil, et elle les eut volontiers embrassés tous deux pour ces bonnes paroles.

Henri, sentant que son attitude était par trop glaciale, se décida à répondre, et dit, qu'après tout, il ne leur avait pas rendu un si grand service, puisque, sans leurs domestiques, qui étaient

arrivés si à propos, il eût été enseveli avec eux
dans le grand linceul bleu.

Ces derniers mots causèrent une douloureuse
impression à Cécile, qui demanda, en souriant,
que l'on parlât d'autre chose.

Ces messieurs ne souhaitaient que cette occasion de changer de sujet, et Marescou s'empressa
d'amener la conversation sur Marseille.

Après avoir passé en revue les monuments, le
port, les promenades, il se mit à faire le panégy-
rique des habitants.

Le Marseillais avait bien des défauts : il était
vantard, bavard, *esbrouffeur*, cela n'était pas douteux ; mais il avait, du moins, une grande, très
grande qualité, c'était son souci de rester fidèle
à ses amitiés et à ses amours, au contraire des
Parisiens, et surtout des Parisiennes, qui ou-
bliaient avec une légèreté inconcevable. Et en
prononçant cette dernière phrase, il appuya sur
les mots, en lançant à Cécile un coup d'œil signi-
ficatif.

Celle-ci rougit en baissant les yeux.

Alors il ajouta, mettant à profit l'impression
produite :

— Vous qui semblez si attachée à M. Mélinot,
Madame, vous ne pouvez me soupçonner de vous

associer aux Parisiennes de cet acabit, et je suis
certain que vous me comprenez et que vous
m'approuvez.

— Oh!... moi... je n'ai pas d'opinion là-dessus,
répliqua vivement Cécile, ayant grand'peine à
dissimuler son trouble.

Quant à Henri, il opinait de la tête, sans trop
écouter ce que disait Marescou; il avait l'esprit
ailleurs, et ses lèvres s'agitaient comme s'il eût
préparé *in petto* un grand discours.

Cadillan attendit que Marescou eût terminé sa
diatribe contre la légèreté parisienne pour risquer, lui aussi, ses observations.

Ce n'était pas tant la Parisienne femme que la
Parisienne jeune fille qui était volage; on élevait
si singulièrement les demoiselles depuis quelques
années !

Il avait un de ses amis intimes, mais là tout à
fait intime, qui avait commis l'imprudence de
s'éprendre d'une jeune fille, avant même qu'elle
eût quitté le couvent...

Et comme Cécile levait les yeux sur lui, un
peu inquiète, il s'interrompit pour s'écrier :

— Oh! je ne nommerai personne.

Puis il continua, d'un ton moitié badin, moitié
sérieux :

— Le malheureux jeune homme avait commis l'imprudence de tomber tout de suite amoureux. Et pourtant qui ne l'eut imité à sa place, se croyant payé de retour? Car, maintes fois, la jeune pensionnaire lui avait fait comprendre par signes qu'elle n'était pas insensible à ses attentions; des baisers discrets, envoyés du bout des doigts, avaient été échangés, accompagnés de regards qui semblaient dire : « C'est à la vie, à la mort! » Et il avait suffi de quelques mois, de quelques semaines passés sans se revoir, pour que le jeune homme trouvât la pensionnaire mariée et devenue indifférente. Et cependant, je vous jure que le jeune homme n'avait en rien démérité de la jeune fille, oh! en rien!

— Vous vous méprenez... je veux dire le jeune homme s'est mépris assurément..., balbutia Cécile.

— De qui parle Monsieur? fit subitement Henri en relevant la tête et semblant sortir d'un rêve ou d'une profonde méditation.

Mais, du regard, Cécile sembla supplier Cadillan de ne pas répéter l'histoire à son mari.

— De personne, mon ami! se hâta-t-elle d'ajouter. Monsieur affirme simplement que les jeunes filles sont mal élevées dans les couvents.

15

— Oui, dit à son tour Marescou, nous devons bien ennuyer Madame, car nous avons l'air de lui faire un cours de physiologie féminine qui n'a rien d'intéressant pour elle.

On achevait le dessert; Mélinot demanda des cigares et pria ces messieurs de l'accompagner à l'autre bout de la terrasse, pour ne pas enfumer Madame.

Cécile s'accouda sur le balcon, les yeux fixés sur le disque vermillon du soleil, dont une moitié plongeait déjà dans la Méditerranée, tandis que l'autre projetait ses rayons ardents tout alentour.

Ah! pourquoi n'avait-elle pas déjà parlé? Pourquoi sentait-elle qu'elle n'oserait pas encore aujourd'hui, ni demain, ni après, ni un autre jour, ni tant que son mari n'aurait pas chassé certaines idées...

Elle resta pendant quelque temps absorbée dans une contemplation inconsciente de ce coucher de soleil, l'esprit envahi par un mélange bizarre de pensées tristes et gaies, qui, tantôt lui arrachaient des larmes, tantôt éclairaient ses yeux d'une douce joie.

Cependant les trois hommes, le cigare aux lèvres, dégustaient leur café, à petites gorgées.

Quand le garçon se fut retiré pour ne plus repa-

raître, Mélinot pria ces messieurs de lui accorder
quelques minutes d'attention. Ce n'était pas sans
raison qu'il les avait menés à l'écart : il avait à
les entretenir sérieusement.

Il espérait bien, qu'à partir de ce jour, la petite
comédie qu'ils jouaient autour de lui allait
prendre fin.

Ils avaient tous deux la mine et les manières
de galants hommes et d'hommes intelligents, ils
devaient donc comprendre qu'un mari ne pouvait
souffrir longtemps certaines assiduités ou certaines attentions, et que du jour où on parviendrait à trop les apercevoir, il se verrait obligé
d'y mettre fin, par quelque moyen que ce fût.

— Mais, Monsieur !... firent ensemble les deux
jeunes gens.

— Oh ! il ne s'agit point ici de provocation, ni
de duel intempestif. Aujourd'hui, avouez que
nous serions ridicules de nous aligner sur le
pré, moi vous ayant sauvés, et vous me devant la
vie, puisque vous persistez à dire que, sans moi,
vous couliez à fond ?

— C'est exact.

— Eh bien ! donc, je compte que, pour prix de
ces deux existences que je vous ai rendues par le
plus grand des hasards, vous voudrez bien ne

plus continuer à me rendre la mienne intolé-
rable. Promettez-moi simplement que, après mon
départ qui va avoir lieu dans quelques instants,
vous ne chercherez en aucune façon à me suivre
pendant deux heures, et que vous ne vous adres-
serez à âme qui vive pour connaître la direction
que j'aurai prise.

— Je ne sais si nous pouvons nous engager...
murmura Cadillan.

— Êtes-vous mes débiteurs, oui ou non?

— C'est vrai, firent les deux hommes, en baissant la tête.

— J'emporte donc votre parole, reprit Mélinot,
et j'y ai pleine confiance.

Marescou et Cadillan restaient immobiles, un
peu interloqués. Le coup porté avait été trop rapide pour être paré.

— Ma chère enfant, dit Henri en prenant sa
femme par le bras, je viens de prévenir ces Messieurs que nous partions; ils désirent te présenter leurs hommages.

Les jeunes gens s'inclinèrent un peu penauds,
et Mélinot disparut, entraînant vers l'escalier
Cécile qui n'eut pourtant demandé qu'à prolonger
l'entrevue.

Restés seuls, Cadillan et Marescou se regardèrent.

— Nous sommes roulés ! s'exclama le Marseillais.

— Ni plus ni moins, fit l'autre.

En même temps ils entendaient partir au galop, dans la direction de Marseille, la voiture qui emportait le jeune ménage.

Floche et Beaulardon accoururent.

— Messieurs ! Messieurs ! cria Floche, vous les laissez donc s'échapper !

— Nous y sommes bien obligés, répondit Marescou.

— Si vous voulez, moi je vais courir après eux ?

— Garde-t-en ! observa Cadillan. Nous avons juré de rester ici pendant deux heures ; nous sommes prisonniers.

Leur inaction forcée leur créant des loisirs, ils purent se recueillir et réfléchir à leur situation.

Pour la première fois, Marescou avait éprouvé une sensation étrange, en entendant parler Mme Mélinot. Il lui semblait que ce ne fût plus tout à fait cette voix, dont il avait religieusement gardé le timbre dans son oreille. Et pourtant, à part ce détail, qui l'intriguait et le déroutait un peu, c'était bien là M{{ile}} Bartholin.

Quant à Cadillan, il ne savait pourquoi les yeux de M{{me}} Mélinot lui avaient paru moins grands et moins profonds, que du temps du couvent, et si les cheveux n'étaient pas moins beaux, ses souvenirs les lui représentaient plantés d'autre façon.

Les deux jeunes gens se communiquèrent leurs observations, mais ils se trouvèrent réciproquement incrédules, chacun des deux accusant l'autre de vouloir l'induire en erreur, en lui persuadant que M{{me}} Mélinot n'était pas la vraie M{{ile}} Bartholin.

Floche et Beaulardon avaient profité de la préoccupation de leurs maîtres pour s'approcher de la table non encore desservie, et déguster chacun un plein verre de pomard.

Ce fut Floche qui, en claquant vigoureusement la langue, avec une évidente satisfaction, attira l'attention de Marescou.

— Qu'est-ce que tu fais là ? demanda celui-ci.

— Monsieur le voit, j'attends patiemment Monsieur, déclara Floche, en déposant le verre qui était vide.

— Est-ce que nous allons revenir à Paris ? hasarda Beaulardon. Ah ! si Monsieur Cadillan

le permettait, je partirais en avant, afin de tout
apprêter pour le retour de Monsieur.

— Tu as donc à te plaindre de moi ?

— Oh ! non, certes !

— Eh bien ! si tu continues à me bien servir
pendant mon voyage, je te promets de doter ta
payse, à mon retour à Paris.

— Monsieur est plein de bontés pour moi,
mais comme Monsieur n'attend qu'une occasion
de se battre en duel, et qu'il sera certainement
tué, par l'excellente raison, que moi, porte-guigne,
je serais intéressé à ce qu'il vécût, je me contente
de remercier Monsieur de ses bonnes intentions
qui ne se réaliseront jamais.

Au mot de duel, les deux jeunes gens s'étaient
regardés en souriant.

— C'est fini, n'est-ce pas ? demanda Cadillan.

— Le fait est que pour le moment nous avons
encore un peu trop présent à l'esprit le souvenir
de notre noyade de la journée ; et puis, notre intérêt ne nous engage-t-il pas plutôt à rester unis,
pour faire pièce au mari de notre bien-aimée ?
Lui, évincé, il sera toujours temps de nous disputer sa femme.

— Puissamment raisonné, dit Cadillan.

— Encore cinq minutes, les deux heures seront
écoulées ! cria triomphalement Marescou.

Et il ajouta, s'adressant au garçon qu'il venait
de sonner :

— Vite, vite, l'addition !

Quelques heures après, ils entraient dans Marseille.

Ils descendirent à l'hôtel de Noailles, et déjà
Marescou se préparait à donner un louis au portier pour qu'il l'informât de la route 'prise par
les jeunes mariés, lorsque Marescou le retint.

— Un instant, nous avons juré !

— Sapristi, c'est vrai. Ah ! cet homme nous
tient !

— Moi j'ai idée qu'ils vont tout bonnement
prendre le chemin de fer de Marseille à Vintimille.
et, comme depuis deux heures il n'est parti aucun
train pour pareille destination, je vais tout bonnement planter ma tente à la gare en attendant leur
passage.

— Et moi, on ne m'ôtera pas de la tête que
leur projet est au contraire de voyager par mer.
pour mieux dépister nos poursuites : aussi de ce
pas je cours au port, et je n'en bouge plus.

— Il est bien entendu, n'est-ce pas. que si l'un

de nous *la* revoyait, il en avertirait l'autre immédiatement ?

— Convenu !

Ils se séparèrent, Marescou remontant du côté de la gare, avec Floche, tandis que Cadillan se dirigeait vers la mer en compagnie de Beaulardon.

Comme il longeait le vieux port, il lui sembla remarquer que la foule se pressait dans la direction de la sortie des Bassins.

En même temps, l'avant d'un navire se dessinait dans l'ombre de la nuit, qui tombait rapidement, dépassant le fort Saint-Jean, et montrant peu à peu sa longue silhouette noire, surmontée de ses deux cheminées rouges, et de sa mâture élégante, dont les voiles étaient encore carguées.

— Si les Mélinot s'étaient embarqués à bord de ce vapeur ? pensa Cadillan.

C'était fou, c'était invraisemblable, mais la peur de les perdre eût fait germer dans le cerveau du jeune homme les suppositions les plus extravagantes.

Il fit signe à un marin dont la barque était attachée à un anneau scellé dans le quai.

— Allons ! vite en mer, et toutes tes voiles dehors ! fit-il. Il faut suivre ce vapeur qui sort,

15.

et s'en approcher le plus près possible ; ce sera
le prix que tu voudras.

Le marin disposa immédiatement ses rames,
et, détachant deux des ficelles qui tenaient la voile
enroulée, il la hissa sur le petit mât, tout étendue
et prête à se gonfler au moindre souffle.

— Allons, saute dans la barque mon garçon!
dit Cadillan à Beaulardon.

— Moi, Monsieur, moi qui ai le mal de mer
rien qu'à la regarder, sauter là-dedans pour aller
je ne sais où !

Il était devenu tout pâle.

— Mais vas donc, poltron! reprit Cadillan en
l'entraînant, et en prenant place lui-même sur
le banc d'arrière, à gauche de la barre.

La barque d'un coup d'aviron, gagna le large,
et, prenant vent presqu'immédiatement, se mit à
filer assez rapidement dans la direction du vapeur.

La pointe extrême de la jetée, vis-à-vis de
laquelle on passait, était noire de monde; on entendait des cris, des appels, des réponses; une
vieille femme, les yeux gros de larmes, agitait
son mouchoir, tout en s'exclamant d'une voix
suppliante :

— Tu reviendras, dis, mon fils, tu reviendras bientôt ?

Une autre, toute jeune, avec un enfant à la main et l'autre au sein, se tamponnait les yeux avec son châle tout en envoyant des baisers à un homme qui, courbé sur les sabords, lui répondait les deux mains sur les lèvres.

On entendait des échanges de noms, des cris joyeux de « Bon voyage ! », et une rumeur sourde de paroles s'élevait du pont où fourmillait une masse grouillante.

En ce moment la voix du capitaine commanda un changement de manœuvre, et la petite barque put prendre un peu d'avance.

Comme on était à cinq ou six mètres de l'arrière du bâtiment, Cadillan eut un cri étouffé et se dressa de toute sa hauteur sur le banc d'avant, accroché à la voile. Il venait d'apercevoir, au milieu de l'obscurité, surplombant sa frêle embarcation de toute la hauteur de la poupe du paquebot, Mélinot et Cécile, enlacés par la taille, et appuyés du coude sur un des sabords. Il crut même remarquer dans l'ombre qu'ils souriaient l'un et l'autre d'un air de triomphe.

— Arrêtez ! cria-t-il, devenant fou... Capitaine ! Messieurs !... je vous en prie...... arrêtez !

Mais la manœuvre était terminée, et le navire s'éloignait avec rapidité laissant bien derrière lui le malheureux Cadillan et sa coquille de noix.

— Mais vous ne marchez pas, tonnerre ! dit-il au patron de la barque.

— Si Monsieur s'imagine que nous allons suivre ce paquebot jusqu'en Chine ?

— En Chine ! il va en Chine ?

— Sa première escale n'est pas avant Naples.

— Dire, qu'à quelques minutes près, pensa le jeune homme, je sautais dans le paquebot avec les Mélinot !

— Allons, retourne ! dit-il avec colère au marinier, je n'ai plus rien à faire en cette ville, qu'à prévenir Marescou.

Au bout de quelques minutes, il sautait sur le quai, payait l'homme, hêlait une voiture et se faisait conduire à la gare.

CHAPITRE XIV

DÉSESPOIR D'AMOUR

L'hôtel Terminus. — Un chef de gare intègre. — Les mariés du
numéro 7. — Gracieux couple. — Une piste perdue. — Le cours
Belzunce. — Souvenirs d'innocence. — *Michel Strogoff* aux
Variétés. — Une salle de bal au fond d'une loge. — Souper
fin et fin de souper.

A leur arrivée à Marseille, Cadillan et Marescou avaient scrupuleusement examiné la longue
liste des hôtels de cette ville, ne sachant sur lequel
jeter leur dévolu.

Ils craignaient, en se décidant trop précipitam-
ment pour l'un d'eux, de choisir un hôtel tellement éloigné de celui des jeunes mariés, qu'il
leur devînt impossible de surveiller les agisse-
ments de Mme Mélinot.

Aussi avaient-ils été enchantés de trouver
établi, en pleine gare, au-dessus même du buffet,

l'hôtel Terminus dépendant du chemin de fer, et créé par la compagnie Paris-Lyon-Méditerranée pour la plus grande satisfaction des voyageurs de passage à Marseille.

Ils y avaient aussitôt arrêté un appartement au premier étage, remerciant le sort et la Compagnie de les avoir logés tout à côté de cette gare par où Mme Mélinot devait fatalement passer, soit qu'elle reprît le chemin de Paris, soit qu'elle continuât le voyage projeté en Italie.

Au reste l'hôtel Terminus — maison de premier ordre — est intelligiblement agencé, très confortablement meublé, et pourvu de tous les perfectionnements modernes : vastes escaliers, ascenseurs pour tous les étages, etc. La réelle modicité des prix fait de ce luxueux établissement le séjour le plus agréable pour quiconque ne compte demeurer que quelques heures à Marseille, et sa situation permet aux voyageurs de trouver, à la descente du train, bonne table, bon gîte et le reste.

C'est donc vers l'hôtel Terminus, où les deux amis avaient établi leur résidence, que Marescou, suivi de Floche, s'était dirigé à pas précipités, tandis que Cadillan gagnait le port, plein d'espoir.

Marescou arriva juste à temps pour se voir

fermer au nez la porte des salles d'attente par
un employé qui venait de lancer un dernier et
solennel appel aux voyageurs pour la ligne de la
Corniche.

— Monsieur, ouvrez-moi !... cria-t-il à l'employé, en se ruant sur la porte avec l'énergie
d'un prisonnier qui veut briser la serrure de son
cachot.

— Avez-vous votre billet? demanda l'homme.

— Non, mais j'ai de l'argent; tenez, prenez!
Vous voyez que la Compagnie peut être tranquille, elle ne perdra rien avec moi !

En même temps, il tirait de son gousset de l'or
et des billets qu'il mettait, sans les compter, dans
les mains de l'employé.

— Le guichet est fermé, et je n'ai pas de
billets dans mes poches ; reprenez donc votre
argent. Je ne peux rien pour vous! répétait l'employé impatienté.

— Mais je vous dis qu'il faut que je parte, ou
tout au moins que je passe ce train en revue...
C'est ma mère... je veux dire ma sœur.., je veux
dire ma femme... enfin, peu vous importe; mais
quelqu'un doit être là qu'il est essentiel que je
voie.

— Demandez à M. le chef de gare, fit l'homme,

enchanté de se débarrasser de cet énergumène.

Et il lui indiqua le grand couloir qui menait au bureau de son supérieur.

Marescou s'y précipita.

Il recommença son boniment en présence du fonctionnaire galonné qui le reçut debout, avec une extrême politesse, mais lui montra, à travers le vitrage, le train qui s'ébranlait, et dont les voitures roulaient déjà sur les rails.

— Quelques secondes plus tôt, ajouta le chef de gare, je vous accompagnais sur le quai, où vous eussiez eu tout loisir de vous livrer à vos recherches.

Mais Marescou n'entendait plus ; les yeux et le nez collés à la vitre, il fouillait du regard les compartiments éclairés, essayant de surprendre un visage, un costume, au passage.

Vains efforts ! Les vitres des portières se suivaient déjà avec une telle vitesse, que c'était à peine si l'on distinguait les cases pleines des cases vides.

Un moment, une main se montrait, envoyant des saluts dans la direction du quai.

Marescou eut un battement de cœur :

Si c'était Mme Mélinot qui lui adressait ses adieux !

Le train était déjà à une grande distance, que Marescou était encore en contemplation devant la voie, maintenant libre.

Quelques mots du chef de gare le rappelèrent à lui-même.

— Allons, fit-il, le guignon s'en mêle !

Il salua et s'élança vers le buffet.

Les dames de comptoir et les garçons le connaissaient comme locataire de l'hôtel Terminus, d'abord, et puis comme consommateur.

En effet, Cadillan et lui s'étaient fait servir la veille un excellent dîner pour se remettre des fatigues contractées à la poursuite de M. et Mme Mélinot, à travers les quais de Marseille.

— Vous n'avez pas vu entrer ici des jeunes mariés ? demanda-t-il brusquement à l'une des caissières.

— Des jeunes mariés ? fit celle-ci, ne comprenant pas.

— Eh oui ! des jeunes mariés ! Ça se reconnaît bien, ils vous ont un petit air...

— Sans doute !... sans doute ! fit la jeune femme en rougissant. Je crois bien, en effet, que nous avons remarqué deux personnes qui avaient cet air là !...

— Et où sont-elles ?

— Jean! où sont les jeunes mariés? demanda-t-elle au garçon qui passait, portant une pile d'assiettes.

Ce fut au tour de Jean de paraître absolument ahuri.

— Les jeunes mariés...? murmura-t-il.

—Eh oui! fit la caissière, les jeunes mariés!... vous savez bien les gens... qui ont un petit air...

— Parfaitement! fit le garçon. Ils sont à l'hôtel, là haut; ils viennent de Paris, n'est-ce pas?

—Oui... une blonde... dit vivement Marescou.

— Blonde... tirant sur le châtain...

— Tirant sur tout ce que tu voudras!... avec son mari... un brun...

— Crépu?...

— Mettons crépu...

— Grand?

— Grand!... enfin... plus grand que ceux qui sont plus petits que lui!

— Tu connais leur numéro?

— Je crois que c'est le 7.

— Fort bien! Tiens voilà pour toi!

Le Marseillais remit dix francs au garçon, puis se tournant vers Floche :

— Tu vas faire sentinelle devant le grand esca-

lier, lui dit-il, et tu n'en bougeras que quand tu
les auras aperçus.

— Bien, Monsieur... Monsieur n'oubliera pas
de me faire passer quelques réconfortants pendant ma faction?

— Garçon, vous donnerez à mon domestique
tout ce qu'il vous demandera.

— Compris, Monsieur.

— Ah! encore un mot... Pensez-vous qu'ils
descendent bientôt? interrogea Marescou.

— Les jeunes mariés?

— Indubitablement!

— Monsieur, je suis en train de dresser leur
couvert; ils doivent se mettre à table à neuf
heures.

— Où cela?

— Dans ce coin, où Monsieur voit les chaises
renversées.

— De quel coté sera placée Madame?

— Sur la banquette, Monsieur, naturellement.

— Bien, tu me serviras un kümmel sur cette
autre table, pour que je me trouve en face d'elle.

Il s'assit, et se mit à déguster, à petites gorgées, son petit verre. Il était décidé à se dissimuler le visage à l'arrivée du mari, et à ne se
démasquer qu'après que le couple serait bien

installé, de façon à pouvoir dévisager Mme Mélinot et à lui adresser des signes d'intelligence
sans être aperçu d'Henri, qui lui tournerait le dos.

Puisque la chance voulait que ce fût lui, et non
Cadillan, qui eût suivi la bonne piste, il était de
bonne guerre qu'il en profitât de son mieux, en
attendant que son rival vînt le rejoindre.

Oh ! la délicieuse soirée qu'il allait passer, les
yeux dans les yeux de sa bien-aimée ! Puisque
les deux heures étaient écoulées depuis longtemps, il n'avait plus de scrupules à présent !
Tant pis pour le mari, s'il n'avait pas su amener
sa femme assez vite, ni assez loin !

— Les voilà ! les voilà ! dit tout à coup le garçon, en s'approchant de Marescou.

— Alors reste-là, devant moi, et fais semblant
de causer avec moi ; tu ne te retireras que quand
le mari sera assis.

Le garçon exécuta fidèlement l'ordre qui lui était
donné.

Mais, quand il découvrit Marescou, celui-ci, en
relevant la tête, eut un geste de profond désap-
pointement. La femme qui était devant lui, et à
laquelle il avait décoché son plus gracieux sourire, était une grande fille sèche et rousse, avec
des yeux de lapin blanc, une taille d'Anglaise,

les épaules d'homme, le teint couperosé, le nez
et les mains démesurés ; quant au mari, il rappelait, à s'y méprendre, un pot à tabac, et il avait,
en guise de cheveux, comme l'avait dit le garçon,
une tignasse crépue digne d'être mise en parallèle
avec la laine des plus purs négrillons.

Marescou se leva ; il ressentait un impérieux
besoin de prendre l'air ; la déception était vraiment trop grande !

En sortant, la première personne qu'il rencon-
tra, ce fut Cadillan, la tête basse, suivi de Beau-
ardon radieux.

C'était toujours l'effet que produisait l'approche
d'une gare au domestique de Cadillan, parce
que, chaque fois, il s'imaginait qu'on allait retourner sur Paris.

Malheureusement pour lui, l'illusion n'était
jamais de longue durée.

Cadillan et Marescou tombèrent dans les bras
l'un de l'autre.

— Perdue ! murmuraient-ils.

— Partie sans nous ! ajouta Cadillan.

— Pour Nice ?... Vintimille ?... murmura Marescou.

— Mais non,... pour Naples ! dit Cadillan.

— Ah! si on était sûr qu'elle y allât d'une seule traite !

— Mais à moins qu'elle descende en pleine mer... je ne vois pas...

— Comment, en pleine mer ?..

— Sans doute, je les ai surpris, tout à l'heure, sur le pont du navire; ils semblaient me narguer ou plutôt nous narguer, car c'était à toi, aussi bien qu'à moi, que s'adressaient leurs ironiques adieux !

— Tu es sûr que c'étaient bien eux ?

— Hélas! comme je suis sûr que tu es en ce moment devant moi, mon pauvre Marescou.

— Alors que faire?

— Que faire ?.. nous ne pouvons les suivre par mer, et le paquebot prochain ne partira qu'à la fin de la semaine ! Ils auront déjà quitté Naples à notre arrivée; quant au chemin de fer, il mettra au moins trois grands jours pour nous mener là-bas ! Et puis, va donc dépister deux êtres qui se cachent dans cette grande fourmillière qui s'appellent Naples... trois cent cinquante mille habitants ! C'est vouloir retrouver une aiguille dans une botte de foin ! Vois-tu, mon pauvre vieux, nous n'avons plus qu'à attendre leur retour à Paris, et alors... qui sait s'ils ne changeront pas de maison, de quartier même, et s'ils ne deviendront pas invisibles à tous les yeux !.. Tiens, nous ne la reverrons jamais !.. Pour moi, je suis las de cette chasse sans espoir, et j'éprouve le besoin de me distraire, de m'étourdir...

— C'est peut-être une idée ! répondit Marescou, qui lui, aussi sentait comme un vague désir de dompter ses nerfs, par quelque extravagance insolite.

— Toi, qui es né à Marseille, tu dois connaître quelque lieu de félicité, quelque maison hospitalière, où l'on vous serve, à discrétion, le fameux haschich des Orientaux qui, tout en vous faisant oublier vos peines, vous transporte, en imagination au moins, dans un paradis peuplé de houris enivrantes.

Les deux amis se promenaient en silence le long des lauriers roses qui ornaient les massifs des jardins de la gare. Tout à coup ils se trouvèrent en face de l'escalier menant à la rue Lafayette.

— Allons droit devant nous au hasard, mais remuons-nous ! fit Marescou.

Ils descendirent les degrés de pierre, et, au bout de quelques minutes, se trouvèrent en pleine ville de Marseille.

— Comme c'est lugubre ces grands arbres, abritant ces contre-allées mal éclairées, avec des femmes à l'attitude de caniche dans toutes les encognures, observa Cadillan en suivant le cours Belzunce !

— Le fait est que notre superbe cours ne m'a jamais paru aussi morose !

La Cannebière, en revanche, leur semblait trop bruyante, trop gaie, trop illuminée. Cette exubérance de vie contrastait douloureusement avec leur mélancolie, et leur causait une douloureuse impression.

— Ah ! ils trouvent l'existence drôle, ces gaillards-là ! remarqua Cadillan. C'est sans doute qu'ils n'ont pas femme en tête !

— La femme est un monstre, opina Marescou, créé et mis au monde uniquement pour nous torturer ! La meilleure, vois-tu, ne vaut pas le dernier des hommes ! Quand elle rit, c'est qu'elle vous a fait quelque mal ; quand elle pleure, c'est qu'elle veut obtenir de vous quelque service ; quand elle est belle, c'est qu'elle a fait pacte avec le diable pour mieux vous ensorceler !

Ils s'engagèrent dans la rue Paradis.

Tantôt se parlant l'un à l'autre, tantôt murmurant des mots inintelligibles, ils maudissaient tous deux le hasard qui les avait fait se rencontrer avec Mlle Bartholin.

C'était là, tout près, rue de la Darse, que Marescou avait entrevu pour la première fois cette jeune fille à l'air si chaste, au maintien si réservé, au regard si franc.

C'était là, dans le petit appartement du premier étage, qu'habitait la marraine de la jeune fille. C'était là qu'il avait dîné aux côtés de la bonne dame, effleurant les doigts roses de la ravissante enfant. C'était là qu'avaient eu lieu ces interminables causeries du soir avec celle qui s'appelait maintenant Mme Mélinot, et qui n'eut jamais dû porter qu'un nom, celui de Marescou, auquel elle s'était tacitement engagée à donner sa foi.

Les serments faits par les yeux, par l'attitude, par ce magnétisme inconscient qui attire deux âmes l'une vers l'autre, devaient pourtant avoir plus de force, être plus sacrés encore que ceux prêtés par la seule parole ; car, dans les premiers, c'était l'être tout entier qui se donnait librement !

Oh ! Mlle Bartholin, de quelle pâte était donc pétri votre cœur ? Comment n'avait-il pas jailli de votre poitrine pour protester contre votre per-

fidie, le jour où votre main s'était placée, pour la
vie, dans celle de ce M. Mélinot?

Quant à Cadillan, il accusait presque sa sœur
d'être l'unique cause de son infortune. S'il ne
fût pas allé la voir au couvent, il ne se fût pas
rencontré avec celle qui brisait son existence.

Il eût passé auprès de Mme Mélinot sans ressentir
la moindre émotion, son cœur n'eût pas senti un
battement de plus ; et il n'eût pas emporté partout
avec lui cet ineffaçable souvenir de la petite camarade de sa sœur, entrant toute rougissante au
parloir, et s'arrêtant tout interdite en l'apercevant. Sans doute elle n'avait pris aucun engage-
ment vis-à-vis de lui ; mais, un jour, au moment
où elle se retirait derrière ses parents, n'avait-
elle pas tourné la tête, porté ses deux mains à la
bouche et envoyé au jeune homme un double
baiser, accompagné d'un sourire plein d'amour.

Et ce papier qui tombait par mégarde de sa
poche quelques jours après, et sur lequel était
écrit d'une main tremblante : « Je vous aime ! » Ah !
il l'avait embrassé bien souvent, ce cher billet,
et il lui avait semblé trouver, à toutes les lignes,
la trace parfumée des chastes baisers qu'y avait
déposés la jeune fille avant de lui adresser ce naïf
aveu.

Est-ce que l'on trahissait un souvenir pareil !
Est-ce qu'on prostituait d'aussi suaves souvenirs
entre les bras d'un Mélinot !

Tout en se remémorant ce passé si charmant,
ils avaient parcouru une grande partie de la rue
Paradis.

Ils se trouvaient à présent en face d'un grand
bâtiment, éclairé d'une rampe de gaz et tout ba-
riolé d'affiches, portant en gros caractères :
Théatre des Variétés, représentations de *Michel
Strogoff*.

·— Entrons là-dedans, veux-tu ? fit Cadillan ;
ce sera peut-être un dérivatif à nos lugubres
pensées.

— Oh! j'en doute fort, dit Marescou, en suivant son ami.

Cadillan prit au bureau une baignoire d'avant-
scène, traversa le foyer bas, ménagé sous la salle,
et, toujours accompagné de Marescou, entra dans
la loge que lui désigna l'ouvreuse ; il se laissa
tomber sur une chaise comme une masse, tandis
que Marescou refermait doucement la porte et
s'asseyait au fond, derrière son ami.

Monté sur son âne, qui n'était certes pas aussi
gros que son cavalier, l'acteur, jouant le rôle de
l'Anglais Blount, exprimait dans son jargon cos-

mopolite, à la grande hilarité du public, la difficulté qu'il avait à se séparer de sa monture.

Il appelait vainement l'hôtelier dans tous les
idiomes connus, et se démenait, se battait les
flancs avec l'assurance du comique de province
qui connaît ses traditions et est sûr de ses effets.

Deux femmes, venues seules, et qui occupaient
l'avant-scène voisine de celle des deux jeunes
gens, riaient encore plus fort que les autres spectateurs, de ce rire strident fait pour attirer l'attention, se couchant sur la balustrade de velours,
découvrant toutes leurs dents blanches, prêtes à
mordre à même tous les portefeuilles bien garnis,
et se livrant à un jeu d'éventail des plus émous-
tillants.

Malgré eux, les deux amis avancèrent un peu
la tête pour lorgner leurs bruyantes voisines, qui,
aussitôt, leur décochèrent leurs plus agaçantes
minauderies.

Marescou et Cadillan reprirent leurs places avec
une gravité solennelle.

Mais les yeux de ces dames ayant fait, à plusieurs reprises, des incursions hardies par dessus
le mur mitoyen, la gravité de ces messieurs fut
bientôt forcée de sourire.

— Il n'y a encore que celles-là de sincères, ob-

serva Cadillan ; avec elles, du moins, on sait que
le cœur n'est pas de la partie.

— Ah ! comme tu dis vrai ! On ne risque pas,
pour leurs beaux yeux, de se noyer comme des
imbéciles ou de se trouer la peau comme des spadassins !

— Ces Messieurs nous feront-ils la grâce de
nous accorder la première polka ou la première
valse? dit tout à coup l'une des deux femmes,
en paraissant de nouveau au-dessus de la balustrade, coiffée d'un chapeau à plume d'une fantaisie outrée.

— Une polka ou une valse?... volontiers, répliqua Marescou ; mais encore faudrait-il...

— La musique ! fit la seconde des femmes ;
mais voilà le ballet qui commence.

— Eh bien ! et la place? remarqua Cadillan.

— Oh ! quant à ce qui est de la place, mon
amie et moi nous sommes bien logées, sans ca-
lembour, et, dans le salon de notre avant-scène,
nous possédons tout l'espace nécessaire pour pi-
quer un petit cavalier seul.

Effectivement les deux portes de communica-
tion s'ouvrirent, et, quelques secondes après,
Marescou et Cadillan étaient entraînés, chacun
avec une de ces dames, dans le tourbillon d'une

16.

valse échevelée jouée par l'orchestre du théâtre.

— J'espère qu'on nous donnera un cachet, dis donc, Noémie, après cet exercice-là !

— Le fait est, ma chère Flora, que nous voilà du corps de ballet à présent.

— Il est vrai que nous avons eu d'excellents maîtres de ballet, reprit Noémie en désignant les jeunes gens.

— C'est nous qui ne demandons qu'à prendre des leçons ! riposta Marescou.

— Eh bien ! nous, déclara Flora, nous aimerions mieux encore prendre... quelque chose de plus résistant... J'ai mal dîné ; je n'avais pas faim.

— Et moi, j'ai mangé chez ma mère ; c'est te dire...

— Oui, je les connais les dîners de chez ta mère : une douzaine de clovis et une orange !

— N'est-ce qu'une petite ripaille qui manque à votre bonheur ? dit Cadillan. Il est facile de vous rendre heureuses. Nous-mêmes nous avons pris un bain un peu long dans la journée, ajouta-t-il en regardant Marescou, et nous serions bien aises de nous restaurer.

Ces dames ne se firent nullement prier pour

remettre leurs manteaux et suivre ces messieurs dans un restaurant de la Cannebière.

On prit un cabinet particulier, et Flora et Noémie se mirent à table immédiatement après avoir préalablement détaché deux ou trois boutons de leur corsage, qui, disaient-elles, les étranglait.

Mentionnons, du reste, à leur éloge, qu'elles avaient toutes deux la taille fine et la gorge fort présentable. Au surplus, elles s'occupaient beaucoup plus du menu que des Messieurs, et commandaient au garçon une liste interminable de plats, tout en croquant les hors-d'œuvre épars sur la table.

Peu à peu, la première fringale calmée, toutes deux se mirent à conter des histoires drôles.

Cadillan et Marescou riaient aux éclats.

Ah ! si Mme Mélinot eût pu les voir en ce moment, c'eût été leur vengeance !

Mais ils se promettaient bien, à défaut du tableau vivant à lui mettre sous les yeux, de lui envoyer le récit détaillé de la cérémonie.

Cependant le souper se traînait en longueur.

— Mais cette salle est lugubre ! cria tout à coup

Marescou au garçon. Allumez donc toutes ces bougies.

— Et montez-nous votre meilleur champagne, ajouta Cadillan.

— Ils sont drôles, murmura Noémie à l'oreille de Flora, dont les yeux papillottaient déjà légèrement.

— Ce sont des nababs débarqués ce matin à Marseille, par le paquebot d'extrême Orient.

— Faut pas les lâcher de quinze jours au moins ! J'ai toujours rêvé de renvoyer un nabab dans son pays, nu comme un petit saint Jean.

Marescou et Cadillan tenaient tous deux une bouteille de chaque main et en versaient, en même temps, le contenu dans les verres de ces dames.

— Vous savez que ça fait mal à Flora, le champagne !

— Le fait est que je ne peux pas en boire plus de deux ou trois bouteilles, sans voir tout à l'envers.

On commençait à manger dans les assiettes les uns des autres, et on se regardait avec des petits yeux vagues, brillants et frisottants.

— C'est drôle, c'est très drôle ! dit de nouveau Noémie.

— Personne ne veut plus de glace ? demanda

Flora, qui avait pris la bombe entière devant elle et l'attaquait résolûment.

— Non, j'aime mieux des amandes ! répliqua Noémie.

Et en trouvant deux dans une même cosse :

— Ah ! voilà une philippine; c'est pour toi, mon chéri ! dit-elle en mettant presque de force une des amandes dans la bouche de Marescou.

— Je t'en ferai croquer une aussi tout à l'heure ! cria Flora à Cadillan.

— Ils sont charmants, mais ils ne nous ont pas encore embrassés, faut les apprivoiser ; fais comme moi ! souffla Noémie à l'oreille de Flora.

En même temps, elle se penchait sur Marescou, tandis que Flora faisait de même avec Cadillan, et toutes deux ensemble déposaient sur les lèvres des jeunes gens un baiser aviné, empesté de l'odeur des victuailles absorbées.

Ils les repoussèrent, dégoûtés, honteux d'eux-mêmes, repris du souvenir de la pure et angélique Mlle Bartholin d'avant le mariage. Leur folie, à peine ébauchée, les écœurait déjà.

Cadillan sonna.

— Une carafe d'eau fraîche, dit-il au garçon.

Deux secondes après, ils avalèrent, d'un trait, un énorme verre d'eau, et quittaient le cabinet, en jetant sur la table, pour chacune de ces dames, un billet de cent francs.

— En voilà des types ! s'écria Flora, sitôt qu'ils eurent refermé la porte.

— Ma foi, je les trouve très gentleman, moi, fit Noémie, et je voudrais bien en rencontrer tous les jours de pareils.

Les deux amis sautèrent en voiture et se firent conduire à l'hôtel Terminus.

Floche et Beaulardon les attendaient à la porte de leurs appartements.

— Quels sont les ordres de ces Messieurs ? demanda Floche.

— Nous partons demain, répondit Marescou.

— Pour Paris ? dit Beaulardon, en se frottant les mains.

— Non, répondit Cadillan, pour l'Italie.

— A la bonne heure, grommela Floche, je n'éprouve pas encore le besoin de revoir ma femme.

CHAPITRE XV

Le lendemain, à huit heures du matin, le train de Vintimille emportait à toute vapeur Marescou, Cadillan et leurs deux domestiques, au grand désespoir de Beaulardon, qui commençait à songer sérieusement au suicide, en voyant tous les jours s'augmenter la distance qui le séparait de Mariette.

— Maintenant, déclara Cadillan, je ne m'arrête plus que quand j'aurai rejoint Mme Mélinot, dussé-je faire le tour du monde ! Et alors je m'attacherai

à ses pas, comme le créancier à son débiteur ; je
veux que ce mari ne puisse plus se retourner une
fois sans m'apercevoir. Je veux que sa femme
entende mes pas derrière les siens , et que je
hante sa pensée comme un remords vivant !

— Elle nous payera cher ses dédains ! dit à son
tour Marescou.

Ils en étaient venus tous deux à détester celle
qu'ils avaient tant aimée ; ils ne rêvaient plus
pour elle que persécutions et outrages , avec la
même énergie, la même puissance de volonté,
qu'ils avaient souhaité, quelques semaines auparavant, l'entourer de toutes les joies de l'existence,
et se prosterner devant elle, comme devant leur
reine chérie et vénérée.

Étendus l'un en face de l'autre, sur les coussins de drap gris, les mains nerveuses, les jambes
croisées, agités d'un tremblement convulsif, ils
passèrent, insensibles, devant le joli rocher de la
Ciotat et à travers les sauvages gorges d'Ollioules.

Le train sifflait, s'arrêtait, repartait, franchis-
sait les tunnels, montait ou descendait des rampes,
sans même qu'ils s'en aperçussent. En quittant
Toulon, ils mirent machinalement la tête à la
portière, et jetèrent un regard distrait sur le port
et sur la rade, mais c'est à peine s'ils remar-

quèrent les cinq ou six gros cuirassés précédés des deux avisos qui servaient de mouches à l'escadre, effilés, élégants, comme des animaux taillés pour la course rapide.

Leurs yeux virent bien défiler les batteries à fleur d'eau, les Deux-Frères, le Lazaret, la nouvelle jetée, et tout le bras de mer jusqu'à la pointe de l'île Fouquerolles ; mais leur cerveau en ce moment ressemblait à un cliché photographique enfermé dans son châssis de bois : les impressions ne s'y gravaient pas. Vers deux heures et demie, à Nice, la faim les talonna ; ils entrèrent au buffet et avalèrent hâtivement un bouillon et un fruit qu'ils arrosèrent de deux ou trois verres de vin de chasselas du pays.

La vigne du Seigneur aidant, leurs idées s'éclaircirent, et chacun comprit bientôt la sottise qu'il y avait à se rendre malheureux pour une femme qui s'était donnée à un autre, aussi légèrement que l'avait fait Mme Mélinot. Ils n'auraient pas toute leur vie vingt-cinq ans, et leur fortune ne leur avait pas été laissée par leurs parents tout exprès pour enrichir, par leurs pérégrinations insensées, les actionnaires de chemins de fer ou les armateurs de bateaux à vapeur. Pour des

17

hommes qui se croyaient intelligents, ils se con-
duisaient en véritables nigauds !

En passant à Villefranche, ils ne purent s'empêcher de se communiquer l'admiration que leur
inspirait le pittoresque coup d'œil offert par cette
vieille ville de pêcheurs, avec ses maisons grises,
aux pieds éternellement trempés dans la cuvette
bleue du golfe ; ils se penchaient maintenant de
tout leur corps, pour jouir de la vue des hauts
contre-forts des Alpes dressant leurs crêtes majestueuses à perte de vue, et qui, bien assis sur
leur base de marbre et de granit, attendaient, iné-
branlables, l'attaque incessante de la mer.

— Voilà bien le plus beau coin de la terre que
j'aie jamais vu, dit machinalement Cadillan. Ils
doivent être vraiment heureux ceux qui contem-
plent tous les jours ces pays bénis du ciel !

— Ici, riposta Marescou, on ne doit jamais
penser à cet être malfaisant que l'on appelle la
femme, et si l'on a une maîtresse à qui l'on tient,
ce ne peut sûrement être que la Méditerranée !

Tout à coup le rocher de Monaco émergea des
flots, au sortir d'un tunnel, tout baigné des rayons
du soleil qui baissait à l'horizon.

Le panorama était superbe.

Tout en haut, la tour carrée de l'Horloge ; puis

le Palais, formant une enfilade de fenêtres de l'est à l'ouest, et gracieusement encadré par les grappes de verdure de ses jardins ; les vieux remparts garnis d'antiques pièces marines enclouées, portant des noms d'Altesses royales ; les boulets rangés en piles comme les boules d'un jeu dont les canons eussent été les quilles ; les guérites dans lesquelles les agavés montent leur garde en guise de factionnaires, barrant l'entrée de leurs bouquets de baïonnettes pointues ; les riches plantations de la pointe de la presqu'île, le rocher tombant à pic jusqu'au plus profond de l'eau, et enfin le golfe et la pointe Focinan, — le tout dominé, à plusieurs centaines de mètres de hauteur, par la gigantesque Tête-de-Chien.

Les deux jeunes gens, après avoir contemplé, pendant quelques minutes, cette vue peut-être unique sur les côtes de la Méditerranée, échangèrent tout à coup un regard dont la signification ne fut pas douteuse : car, se levant d'un même mouvement, ils prirent chacun leur valise dans le filet, la bouclèrent à la hâte et sautèrent sur le quai de Monte-Carlo, devant lequel le train venait de s'arrêter.

— Il ne sera pas dit que nous aurons passé devant le paradis sans le visiter ! s'écria Cadillan.

— D'autant plus que nous sortons de l'enfer, riposta Marescou.

Ils appelèrent Beaulardon et Floche qui, enfermés dans un compartiment de seconde classe, étaient aux prises avec un énorme cervelas et un litre de vin achetés à Nice.

— Allons, à terre, vite ! cria Marescou.

Quelques minutes après, les deux amis, bras dessus bras dessous, gravirent les premières terrasses du casino de Monte-Carlo.

Pour le moment, ils ne songeaient plus guère à leur ci-devant M\ue Bartholin ; ils n'avaient pas trop de leurs yeux pour tout voir.

Le sol sur lequel ils s'avançaient, légèrement en pente, était sablé de petits cailloux plats, provenant du lit d'un des paillons voisins, tandis que de chaque côté de la route, des massifs aux plantes exotiques étendaient leurs bras, de formes bizarres, jusqu'à la moelleuse bordure de mousse qui entourait la plate-bande.

Coloris et feuillage étaient habilement mariés pour le régal des yeux.

On voyait, artistement groupés, les palmiers, dattiers et cocotiers, les cactus chargés de petites figues de Barbarie avec leur enveloppe de reptile, les agavés aux cent lances, et vingt espèces de lauriers, sans compter le latania de Bourbon, le sabal de la Floride, la mélia, sorte de lilas des Indes, l'aralia du Japon, le cérasus de Crimée, l'araucalia des îles Norfolk, le viburnum de la Perse, mêlant leur élégance ou leur étrangeté au flot de verdure de ces massifs.

Cadillan, l'homme du Nord, était surtout séduit par cette végétation inconnue dans ses climats. Marescou, lui, admirait plutôt les travaux d'art merveilleux qu'avait nécessités l'établissement de ces terrasses, les plus belles, peut-être, qu'il y ait au monde, supputant le nombre de mines qu'il avait fallu pratiquer pour égaliser le rocher, dont la pierre, dure comme le marbre, soutenait les premières assises de ces longues balustrades. Car ces constructions élégantes et ces massifs tout rembourrés d'une épaisse couche de terre végétale, cachaient une charpente, abrupte et stérile.

— Retourne-toi donc et regarde par ici, dit-il tout à coup à Cadillan qui, l'esprit et le cœur noyés de poésie, s'oubliait à contempler la mer, et à suivre à l'horizon les voiles blanches en route pour l'inconnu.

Cadillan, comme tiré d'un rêve, pivota sur ses talons, mais ce fut pour tomber dans une nouvelle extase, en face du décor de la grande féerie qui se déroulait devant lui.

Le théâtre de Monte-Carlo, bâti par Garnier, s'élevait à quelques pas, dominant toute la presqu'île. Il lançait hardiment vers le ciel bleu ses deux grandes tours carrées de minaret garnies de fenêtres, de balcons et de balustrades et flanquant, de chacun de ses côtés, le dôme de bronze central, un peu surbaissé, mais sans lourdeur. Des faïences semblables à des mosaïques byzantines, éclatantes sous le soleil, décoraient, de leurs teintes multicolores, tout le haut de la façade, et tombaient en jets lumineux entre les cintres des trois grandes baies du milieu, rehaussant ainsi l'effet des colonnes de marbre gris, un peu plus sévères de ton. Partout des lyres chères à l'architecte, des masques de théâtre grimaçants, des médaillons et des urnes ; et, à chaque baie cintrée, d'élégantes clefs de voûte supportant des colliers de bronze à pendeloques, de l'effet le plus heureux.

Puis, comme pour jeter la vie et le mouvement sur cette masse de pierre, de marbre et de bronze, deux adorables groupes, femmes et enfants, étaient nichés presque au ras du sol, dans les soubassements des tours.

— Allez déposer nos valises à l'hôtel de Paris,
dit Cadillan à Floche et à Beaulardon, après
quelques moments passés à examiner la façade
du théâtre ; nous vous y rejoindrons pour dîner.
J'ai vraiment besoin de détailler une à une toutes
les merveilles qui m'entourent, mais c'est à condition de ne pas avoir, dans ces domestiques,
deux statues de chair et d'os rivées à mon dos et
à mes enthousiasmes. Qu'en penses-tu, Marescou ?

Celui-ci approuva, et les deux valets prirent le
chemin de l'hôtel de Paris, avec recommandation
expresse d'y arrêter l'appartement le plus confortable.

Quand les deux amis se furent rassasiés de la
vue de la mer et des terrasses, ils contournèrent
le théâtre et les bâtiments de l'administration,
et se trouvèrent en face de l'entrée du casino.
Un perron très large, d'une douzaine de marches,
les mena d'abord à un vestibule orné de hautes
colonnes cannelées, de chaque côté duquel étaient
installés, à droite le vestiaire, et à gauche le bureau où se délivraient les cartes d'admission.

Marescou et Cadillan, après avoir déposé leurs
cannes et leurs chapeaux, durent donner leurs
noms et reçurent chacun un carton rose, qui devait leur servir de *sézame-ouvre-toi* auprès du

garçon montant la garde à l'entrée des salons de jeu.

Ils pénétrèrent dans la grande salle des Pas-Perdus, où les joueurs vont fumer ou causer au sortir de la roulette.

Rien de sévère, et en même temps de gracieux, comme cette longue salle avec ses vingt-huit colonnes de marbre à chapiteaux de bronze, son plafond coloré de riches arabesques, sa balustrade de marbre courant tout le long de la galerie supérieure, ses lustres de bronze, ses deux fontaines garnies de plantes toujours vertes et éclairées par un puissant réflecteur, ses deux grandes peintures représentant des sujets fort simples, mais encadrés dans les plus beaux sites des environs.

Une porte au fond, à droite, donnait dans la salle de spectacle ; il y avait concert de jour.

Marescou, grand amateur de musique, y entraîna Cadillan.

Les jeunes gens se faufilèrent assez avant dans les rangées des fauteuils d'orchestre, très larges, très élégants, espacés à souhait, et s'assirent au beau milieu de ce parterre de velours, décidés à se donner le plaisir des yeux en même temps que celui des oreilles.

Le plafond, tout d'abord, attira leurs regards

avec ses quatre génies, aux bras étendus, semblant porter sur les palmes, qui sortent de leurs
mains, la coupole de l'édifice. Au reste, toute la
décoration en or mat et café au lait offrait à l'œil
une harmonie parfaite ; mais ce qui captivait,
peut-être plus encore que la décoration de la salle,
c'était la scène, encadrée d'une grecque en or,
très simple, dans l'intérieur de laquelle se dérou-
laient des imitations de fresques pompéiennes,
dont les motifs avaient trait au théâtre ancien
et jetaient une note grave au milieu de cette débauche de glaces et de dorures.

En arrière de la salle, des colonnes en marbre
rouge séparaient les derniers rangs de fauteuils
de l'entrée extérieure, tandis que les grandes
loges, ménagées aux quatre angles, avançaient
leurs balcons hardis au dessus de culs-de-lampe,
de bas-reliefs et de niches du meilleur goût.

Le concert terminé, la salle se vida. Les uns
regagnèrent les terrasses, tandis que d'autres,
Marescou et Cadillan en tête, se dirigeaient vers
les salons de roulette ; après avoir présenté leur
carte à un garçon galonné, les deux amis traversèrent, sans s'y arrêter, le premier salon, rouge
et or, orné de larges glaces et garni de divans,

17.

et allèrent droit au grand salon algérien, où l'on était en pleine partie.

— Très originale, cette décoration, remarqua Cadillan, en montrant à Marescou les tons un peu bigarrés des murs et des tentures, les colonnettes torses qui séparaient les glaces, et les lustres à breloques composées de boules rouges, noires et jaunes, rappelant évidemment la petite bille de la roulette.

Pas une exclamation, pas un éclat, dans cette grande salle où pourtant deux ou trois cents personnes perdaient ou ramassaient l'or à pleines mains.

Seul le bruit des pièces poussées sur le tapis, à l'aide de petit râteaux, rompait le silence, ainsi que la voix monotone des croupiers alternant entre le : « Faites vos jeux », — le : « Rien ne va plus », et l'annonce du numéro pair ou impair et de la couleur.

Quatre tables étaient disposées dans ce salon, comportant chacune une douzaine de places assises, sans compter celles des quatre croupiers de droite et de gauche, et des deux surveillants installés à chaque bout, pour que toute erreur dans la répartition des masses pût être évitée.

Marescou et Cadillan, après avoir jeté quelques louis au hasard, à la rouge ou à la noire, et au pair ou impair, sans succès ni insuccès sensibles, pénétrèrent dans le salon de trente et quarante, situé à l'extrémité du salon algérien.

L'attention des deux jeunes gens fut tout de suite attirée par l'originalité des huit panneaux allégoriques, apposés sur les murs.

A droite, en entrant, la *Course*, de Clairin, représentant une amazone en élégant costume gris, la main droite appuyée crânement sur le pommeau de la selle. Le *Croquet*, également de Clairin, étude très réussie de rouge sur rouge, où une jeune femme, le pied posé sur une boule, s'apprête à la lancer sur son maillet. Un peu plus loin, l'*Escrime*, de Boulanger, qui nous montre deux gentils tireurs féminins, la poitrine couverte, hélas ! de leurs épais plastrons, le fleuret menaçant à leur petite main ; et la *Pêche de nuit*, du même : le fourneau allumé en tête de la barque, qui glisse le long des rochers géants, éclaire de reflets bizarres deux pêcheuses, qui pourraient bien être en même temps des pêcheresses, l'une le trident, l'autre les rames en main.

La *Chasse*, où une Diane du dix-neuvième siècle, en jupe rose et corsage bleu-tendre, tient un arc à la main, tandis que le fil du carquois qu'elle porte en bandoulière, passant entre ses deux seins, dessine sa poitrine bien plus redoutable pour le gibier mâle, que ses traits acérés, est due au pinceau de Émile Saintain, ainsi, du reste, que les *Touristes*, deux voyageuses, armées de leurs alpenstock (la canne des Alpes). Enfin le *Tir* et les *Régates*, de J. Lenepveu: dans le premier, deux jolies échappées de la Renaissance ou des Bouffes, se livrent, bras nus, au plaisir de la chasse à la carabine, et, dans le second, des jouteuses séduisantes laissent, dans l'ardeur de la lutte, voltiger leurs écharpes, à la grande satisfaction des spectateurs du tournoi.

— Si Monte-Carlo est un paradis, dit gaiement Marescou, il est évident qu'ici est le coin de Mahomet.

— Au moins ces houris-là ne trompent pas! répliqua Cadillan. Et il ajouta: Viens-tu tenter la chance? J'ai idée que le trente-trois va sortir, 33, les deux bossus! Les bossus ont toujours de la veine.

Ils regagnèrent la salle de jeu. Quelqu'un sans doute les avait entendus s'entretenir du numéro prédestiné, car une main, la main d'une femme, poussa hardiment une pile de neuf louis sur le trente-trois.

Quant à Cadillan, il n'avait pu s'approcher assez tôt du tapis pour pouvoir exécuter son intention; il lui eût fallu rompre le cercle des joueurs, et déjà la bille ricochait sur les crans de la roulette.

— Rien ne va plus ! cria le croupier.

Et quelques secondes après :

— Trente-deux, rouge, pair et passe !

— Perdu ! murmura une voix qui fit tressaillir les deux amis.

En même temps, un mouvement se faisait dans le groupe d'où s'était avancée la main qui avait poussé les neuf louis, et Mme Mélinot s'éloignait, précédée de son mari, qui remettait dans sa poche son portefeuille complètement plat, tandis qu'elle serrait son porte-monnaie absolument vide.

Marescou et Cadillan s'effacèrent pour livrer passage à Cécile et à Henri, qui ne les virent pas.

— Ce n'est donc pas eux que j'ai aperçus sur le paquebot, à Marseille ? murmura Cadillan.

Les jeunes mariés semblaient très préoccupés

et très las. Ils devaient être attablés là, depuis
plusieurs heures, et avoir essuyé une forte perte,
car Marescou et Cadillan entendirent très distinctement Henri dire à Cécile :

— Alors, il ne te reste plus rien, à toi non
plus ?

Et la jeune femme de répondre :

— Rien !

— Nous avons joué comme des écervelés, conclut Mélinot en prenant le bras de sa femme
et l'entraînant vers la sortie. Maintenant il va
nous falloir rester en panne à Monte-Carlo,
jusqu'à ce qu'on nous envoie de l'argent de
Paris.

A ce moment, une voix partant de la table de
jeu demanda :

— A qui ces dix francs payés sur pair ?

— C'est à cette dame qui a perdu au moins
trois ou quatre mille francs, et qui vient de se
lever avec son mari.

Marescou allait se précipiter sur les pas de Mélinot et de sa femme, enchanté que le couple fût
dans le besoin, et par conséquent à sa discrétion,
mais Cadillan le retint, et s'adressant au croupier :

— Ces dix francs sont à moi, cria-t-il.

On lui poussa les deux écus, et il prit la place occupée un instant auparavant par Mme Mélinot.

— Laisse-moi faire, dit-il à Marescou, j'ai mon idée.

Il jeta les dix francs sur le trente-trois, sans hésiter ; il avait confiance en ses deux bossus.

Deux minutes après, la voix du croupier annonçait :

— Trente-trois, noir, impair et passe !

On ʃpaya à Cadillan, trente-six fois sa mise, c'est à dire dix-huit louis.

— Mais cet argent n'est pas à toi ! lui souffla Marescou à l'oreille.

— Je le sais bien, mais encore une fois laisse-moi faire. Je t'affirme que mon plan est excellent. Et si tu m'en crois, pendant que je joue, tu vas suivre les Mélinot, de loin, bien entendu ; il est essentiel que nous sachions où ils logent. Dans un quart d'heure au plus tard, rendez-vous à l'hôtel de Paris. Est-ce convenu ?

— Soit ! Mais je ne comprends pas plus maintenant que tout à l'heure. En tout cas, un conseil : Ne t'emballe pas !

— Sois sans crainte ! Au reste, je me sens en veine, je crois à la série !

Et il poussa cinquante francs sur ses deux bossus.

Le trente-trois sortit pour la seconde fois.

— Oh! dit un joueur, les veines se suivent et ne se ressemblent pas! La dame, qui était là avant Monsieur, a perdu follement tout son argent sur ce numéro, et voilà que le même trente-trois fait la fortune d'un autre!

Cadillan, après avoir compté avec soin les dix-huit cents francs que le croupier venait de lui remettre, en retira cinq louis qu'il poussa encore sans hésitation sur son numéro de prédilection.

— Quel estomac! dit un voisin.

— Parbleu il a gagné, il a raison! C'est un joueur intelligent! S'ils étaient tous comme lui, les banques auraient bientôt fait de sauter.

— Fiez-vous y donc! grommela un autre.

— Rien ne va plus! glapit l'huissier. La bille, rejetée d'angles en angles, avec un bruit sec, fut quelque temps avant de s'arrêter.

— Trente-trois, rouge, impair et passe.

Pour la troisième fois, Cadillan gagnait au numéro plein.

En trois coups, il avait fait venir, avec dix

francs, et sans compromettre une seule fois son gain, près de six mille francs.

— En voilà assez, fit-il en se levant après avoir fourré l'or et les billets dans toutes ses poches. Il se leva, courut au vestiaire et de là à l'hôtel de Paris, où Marescou, déjà nerveux, l'attendait sur les marches d'entrée, mâchonnant son cigare fiévreusement.

— Eh bien? demanda-t-il à Cadillan, du plus loin qu'il l'aperçut.

— Donne-moi ton chapeau.

— Pourquoi faire?

— Donne toujours.

Marescou tendit son chapeau, et Cadillan y déversa les louis et les billets à pleines poignées.

— C'est le produit des dix francs? fit-il tout ébahi.

— Des dix francs seuls !

— Alors tout est pour les Mélinot?

— Tout.

— Je comprends maintenant. Tu es un homme de génie.

Ils escaladèrent, par deux marches à la fois, l'étage menant à l'appartement de M. et Mme Mélinot, qui, eux aussi, étaient descendus à l'hôtel de Paris.

Ce fut Cadillan qui frappa.

— Entrez ! fit la voix douce de Cécile.

Dès le seuil du salon, Marescou et Cadillan aperçurent la jeune femme, assise sur un canapé, le front légèrement plissé. tandis que Mélinot, installé devant la table, écrivait une lettre, d'une main fébrile.

Tous deux redressèrent la tête.

— Encore vous autres ! cria Mélinot d'une voix furieuse, en se levant.

— Eux ! murmura la jeune femme en accourant à son mari, prête à le retenir et à lui tout révéler, s'il faisait mine de provoquer les deux jeunes gens.

— Vous avez laissé sur le tapis dix francs qui ont fait des petits ; nous vous les rapportons, dit simplement Marescou en vidant le chapeau sur la table.

— Mais, Messieurs, pensez-vous donc que j'en sois réduit à demander l'aumône ? Croyez bien que la distraction est tout ce que je cherche dans le jeu et que perte ou gain me sont indifférents ! répliqua Mélinot.

— Cette somme est à vous, et nous serions des voleurs si nous ne vous la restituions pas ; vous pouvez, comme preuve à l'appui, interroger vos voisins de table de jeu, ils seront tous unanimes à confirmer notre assertion.

— C'est vrai ! dit Cécile se souvenant tout à coup. J'avais mis dix francs à pair, mais quand j'ai vu mes derniers deux cents francs perdus, je n'ai même plus songé à ramasser le reste.

— Eh bien ! ce reste, dit triomphalement Cadillan, nous l'avons jeté au hasard, et voici ce qu'il a produit.

Mélinot était très contrarié que sa femme eût avoué avoir oublié cette pièce sur le tapis ; il eût si volontiers sacrifié ce misérable argent, pour que les deux jeunes gens ne restassent pas un instant de plus à dévisager Cécile !

— Alors vous tenez absolument à me les rendre ? dit-il brusquement.

— Absolument, répliquèrent Cadillan et Marescou, en lançant, à la dérobée, un regard des plus tendres à Mᵐᵉ Mélinot.

— Eh bien ! soit, j'accepte, mais je crains bien que vous vous repentiez avant peu de m'avoir remis cet argent.

— Parce que? interrogèrent Marescou et Cadillan.

—Je n'ai pas à vous répondre, fit Mélinot, sèchement.

Et il les reconduisit, avec une froide politesse, jusqu'à la porte, qu'il referma vivement sur eux.

CHAPITRE XVI

DEUX VEINARDS

Une duperie. — Comme chez Nicolet. — Le salut des mouchoirs. — Une espérance à la mer ! — La *Thérèse* for over ! — Un portier bien étonné. — Encore les deux bossus. — Les pauvres millionnaires ! — Beaulardon et Floche capitalistes. — Une correction paternelle. — La justice du jeu. — Le songe de Cadillan.

Marescou et Cadillan sortirent un peu penauds du salon des Mélinot.

Il leur semblait que le service qu'ils venaient de rendre au jeune ménage valait mieux que cet accueil froid et presque impertinent qu'ils en avaient reçu.

Rien pourtant ne les obligeait à ramasser ces dix francs, et encore moins à les faire fructifier !

Ah ! ça, est-ce que par hasard ce Monsieur Mélinot se croirait tout permis envers eux, parce qu'il leur avait sauvé la vie ?

Ils n'étaient pas satisfaits non plus de l'attitude de la jeune femme qui n'avait guère répondu à leurs regards pleins de flammes! Car, après tout, cet argent sauvait le ménage de la situation critique de décavés. Et cette situation, n'eût-elle duré qu'un jour ou deux, le temps au mandat postal ou télégraphique d'arriver de Paris, que Mᵐᵉ Mélinot n'eût peut-être pas échappé plus qu'une autre aux sourires de protection des garçons, ou aux suppositions blessantes des fournisseurs auxquels il eût fallu demander du crédit!

Somme toute, Marescou et Cadillan se sentaient plus indépendants, car ces six mille francs, gagnés si à propos, diminuaient de beaucoup leur dette morale vis-à-vis de leur sauveteur.

Maintenant ils pouvaient lui disputer hardiment sa femme, sans crainte d'être taxés d'ingratitude.

Réconfortés par cette pensée, ils avisèrent le concierge de l'hôtel, lui glissèrent chacun vingt francs dans la main, et lui en promirent quarante autres, à condition qu'il les préviendrait du départ des voyageurs du n° 6, — c'était le numéro de l'appartement des Mélinot, — à quelqu'heure du jour ou de la nuit que ce fût.

L'homme promit à ces Messieurs qu'ils seraient

informés à temps. Au reste, Floche et Beaulardon reçurent l'ordre de veiller comme de coutume.

— Tu sais qu'il est sept heures passées ? Il serait temps de dîner, mon gaillard ! fit Marescou.

— En effet, le voyage, le jeu, les émotions, tout cela creuse ! opina Cadillan,

Ils traversèrent le vestibule, et se dirigèrent vers le restaurant de l'hôtel.

Quelques personnes étaient déjà installées, et des chaises vides, penchées devant les couverts, le long des tables dressées, attendaient les retardataires encore égarés dans les jardins ou retenus autour de la roulette ou du trente et quarante.

— Toujours de mieux en mieux ! C'est comme chez Nicolet, dans ce pays-ci ! fit Cadillan en pénétrant dans la grande salle au plafond orné de peintures de style pompéien et aux lambris couleur bois foncé relevé d'or mat.

Au dessert, après avoir fait largement honneur au clos-Vougeot et au château-Yquem de l'établissement, les deux jeunes gens tombaient d'accord sur ce point, que le lendemain même, dans la journée, ils enlèveraient de vive force Mme Mélinot, et se donneraient à leur tour le luxe de se faire poursuivre par le mari.

Ils sortirent de table, fort gais, fumèrent un gros cigare sur la terrasse du bord de la mer, rentrèrent au casino, gagnèrent une centaine de louis, entre deux séances du concert du soir, et furent se coucher, la tête pleine de rêves délicieux dont l'accomplissement ne pouvait se faire attendre bien longtemps.

Le lendemain, en s'éveillant vers les huit heures et demie, leur premier soin fut de s'assurer que leur proie ne leur avait pas échappé pendant la nuit, et comme aucun ordre de départ n'avait été donné par Mélinot pour le train de neuf heures, et que le suivant ne partait que beaucoup plus tard, ils accordèrent campo pour la journée à leurs deux domestiques. Puis, sautant en voiture, ils se firent conduire à Monaco.

Comme ils gravissaient la route qui mène à la petite ville, sur le flanc du rocher dominant toute la baie de Monaco, un bateau de pêche quittait le petit port, et sa grande voile latine, gonflée par le vent, fendait rapidement les eaux.

En même temps, à la proue, tout à côté du marin qui dirigeait la barre, appuyés sur le petit cabestan et enlacés l'un à l'autre, se tenaient un monsieur et une dame qui agitaient leurs mouchoirs, en guise de salut, dans la direction même des deux jeunes gens.

— Par le diable ! fit Marescou, j'espère que je me leurre, mais on dirait M. et Mme Mélinot !

— C'est impossible, répondit Cadillan, se souvenant qu'une fois déjà il avait cru les apercevoir sur le bateau en partance pour la Chine. Il arbora son binocle pour lorgner avec attention l'arrière du petit bâtiment. Il y eut un silence, pendant lequel les cœurs des deux amis battaient à fendre leurs poitrines ; quant au cocher, il avait arrêté ses bêtes sur l'ordre de ces Messieurs, ne comprenant rien à leurs exclamations, et trouvant tout naturel qu'un bateau sortît du port pour gagner la pleine mer.

— Mais pardieu oui, ce sont bien eux ! reprit Cadillan, qui, cette fois, était sûr de son fait.

— Ramenez-nous au port, et ventre à terre ! ordonna Marescou au cocher.

— Où peuvent-ils bien aller ? grommelait Cadillan.

— Ils tentent encore de nous échapper, déclara Marescou.

Et, emportés à fond de train par les chevaux lancés au galop, ils songeaient tous deux à ces

18

mots de Mélinot : « Je crains bien que vous vous repentiez de m'avoir remis cet argent ! »

Au bas de la rampe, ils sautèrent à terre, et coururent au port pour interroger les ouvriers sur la destination du bateau. Aucun d'eux ne put leur répondre ; mais, un petit gamin, qui pêchait des pieuvres au bout d'un crochet de fer, leur apprit que la barque était partie pour plusieurs jours. Les gens, qui l'avaient louée à son père, — un monsieur et une dame — avaient emporté des provisions, après avoir obtenu du patron qu'il les conduisît jusqu'en Italie sans prendre terre.

— Et ils n'ont pas désigné l'endroit où ils comptaient s'arrêter ? demanda Marescou.

— Non, Monsieur, répondit l'enfant.

— De toute façon ils n'iront pas plus loin que Bordigherra ou Vintimille, déclara Cadillan.

— Oh ! que si Monsieur ! Papa a déjà poussé avec la *Thérèse* jusqu'à Spezzia, et même jusqu'à Livourne.

— Jusqu'à Livourne ! s'écrièrent ensemble les deux amis.

— Oh ! mais ils pourront bien en avoir assez à Savone ou à Gênes, quand ils auront passé une nuit là-dedans, surtout que la dame n'a pas l'air bien fort.

— Et y a-t-il un autre bateau dans le port avec lequel on pourrait les rattraper ?

— Pour moi, dit vivement le petit monégaste, je n'en connais point, Monsieur. La *Thérèse* est le plus solide à la mer et en même temps le plus rapide à dix lieues à la ronde ; demandez plutôt à M. le douanier.

Marescou et Cadillan s'adressèrent au douanier, qui confirma, mot pour mot, l'assertion du petit pêcheur.

Au reste, le voilier, poussé par un excellent vent arrière, détalait prestement, diminuant de grandeur d'instant en instant et gagnant le large dans la direction de Bordigherra.

— Je commence à me demander si ce sont vraiment eux, dit Marescou.

— Il faut nous en assurer, ajouta Cadillan, espérant encore s'être trompé.

Ils remontèrent en voiture et les chevaux gravirent au galop la route de Monte-Carlo.

En arrivant à l'hôtel de Paris, ils trouvèrent le portier à son poste.

— Eh bien ! ils sont partis ?

— Non, Monsieur, sortis simplement avec un

petit paquet pour aller jusqu'à Villefranche, où ils connaissent, paraît-il, du monde...

— Mais ils vous ont mis dedans, mon pauvre garçon ! Ils sont, à l'heure qu'il est, en route pour l'Italie !

— Ah ! pas par le chemin de fer, en tout cas !

— Non, mais par mer, ce qui, pour nous, revient absolument au même.

— Par mer ?... Et moi je vous dis que leurs malles sont encore là haut, affirma le portier, devenant tout pâle à la pensée que ses quarante francs allaient lui échapper.

Il monta aussitôt au premier, frappa, et ne recevant pas de réponse, pénétra dans l'appartement du n° 6... Une lettre était ouverte sur la table à côté d'un billet de cent francs, avec ordre d'acquitter la note de l'hôtel et d'adresser les colis en gare de Naples.

— Ah! le tour est bien joué, s'écria Marescou, et c'est avec l'argent que nous leur avons gagné qu'ils vont achever leur voyage d'Italie !.. Ils nous ont salués avec leurs mouchoirs. pour nous narguer ! Avons-nous été assez jobards !

— Et encore, disait Cadillan, si nous savions en quelle ville ils vont s'arrêter, nous sauterions en chemin de fer et nous arriverions à temps pour les recevoir à leur débarquement; mais ils se sont sauvés, sans rien dire, ne laissant pas plus de traces que leur bateau sur les flots de la Méditerranée !

Ils quittèrent le portier, sans lui adresser un mot de reproche; tout le monde se fût laissé prendre à pareil stratagème ; Mélinot avait été plus fort qu'eux; ils n'avaient qu'à s'incliner.

— Tiens, vois-tu, le mieux est encore de nous en retourner à Paris, et d'attendre qu'ils y reviennent, car je ne pense pas qu'ils aient l'intention de courir, toute leur vie, les grands chemins.

— Pars pour Paris si tu veux ; quant à moi je ne bouge pas d'ici !.. Tiens, je vais commettre des folies !.. Je vais faire sauter la banque, si je peux ! On dit souvent : « Malheureux en amour, heureux au jeu ! » Viens donc jouer avec moi, car nous devons avoir une royale veine aujourd'hui, si le proverbe dit vrai !

Il entraîna Marescou, et tous deux se mirent à ponter en insensés, acharnés après ce trente-trois qui avait donné des résultats si merveilleux, la veille.

Mais les tours de roue se succédaient, et les deux fameux bossus s'obstinaient à ne pas se montrer.

18.

Marescou et Cadillan entassaient louis et billets
de banque sur ce damné numéro, et chaque fois
le râteau inflexible attirait au croupier la pile
perdue! Dans une minute d'affolement, Cadillan
éparpilla les quatre ou cinq cents francs qui lui
restaient sur des cases prises au hasard, puis il
attendit les mains croisées, la tête basse, dans
l'attidude d'un condamné à mort, que le croupier
eût prononcé la sentence.

Aucun de ses numéros ne sortit.

— Décavé! fit-il en se levant. Et il gagna la salle
d'entrée où il alluma un cigare, qu'il fuma, en
se promenant fiévreusement, plus indigné contre
Mme Mélinot que contrarié de sa perte.

Moins d'un quart d'heure après, Marescou était
devant lui, retournant ses poches vides, avec un
geste expressif.

— Nettoyé, n'est-ce pas? interrogea Cadillan.

— Complètement! déclara Marescou en riant.

— Décidément, le jeu ne nous réussit pas plus
que l'amour!

— Eh bien! et l'hôtel, et le dîner, et le retour,
qu'est-ce qui va nous payer tout cela? demanda
Marescou, d'un air goguenard.

— Ah! ça m'est bien égal, par exemple!

— Et ce qu'il y a de plus cocasse, c'est que.

nous voilà — et cela grâce aux Mélinot — dans
la situation d'où nous les avons tirés hier !

— Oui, oui, nous sommes de jolis benets !

— Si tu veux savoir mon opinion, cette petite
mésaventure ne me déplaît pas ; il arrivera ce
qu'il arrivera, mais je ne demanderai pas d'argent
à mon notaire ; je veux tâter un peu de la misère !
Ce sera peut-être plus gai que la fortune ; on a
tout avec elle, excepté ce qu'on voudrait avoir !
Tiens, dans certains moments, j'échangerais
volontiers toutes mes rentes contre la situation
d'un garçon de ferme : au moins le gars épouse
la gardeuse de dindons qui lui fait envie !

— A qui le dis-tu, cher ami, que l'amour ne
s'achète pas !

— Allons mettre nos montres au clou ; c'est
encore ce que nous avons de mieux à faire,
pauvres millionnaires que nous sommes !

— Et nous tâcherons de trouver pour dîner un
bon restaurant à vingt-cinq sous, ajouta l'autre
dans un éclat de rire nerveux.

Comme ils descendaient mélancoliquement les
marches du casino, deux hommes en sortaient
derrière eux, faisant un grand tapage, distribuant
les louis à la valetaille, marchant la tête haute,
les poches et les goussets débordants de papier

monnaie, et escortés par cinq ou six personnes, curieuses de suivre les démonstrations de cette joie exhubérante.

— Tiens, Beaulardon et Floche! dirent les deux jeunes gens.

Et s'approchant de leurs domestiques, ils les invitèrent à témoigner leur contentement d'une façon un peu moins bruyante.

— Monsieur est décavé? répliqua Floche en toisant son maître; la vue des heureux le chagrine! Je comprends cela!

— Oui, ajouta Beaulardon, ces Messieurs ont eu la guigne! Par compensation, nous sommes à la tête de dix mille francs gagnés en moins d'une heure! Demain, nous en aurons cent mille; et, après demain, comme nous serons certainement plus que millionnaires, nous pourrons prendre ces Messieurs à notre service, et leur offrir de bons gages!

— Mais il faudra que le service soit fait avec exactitude! ajouta Floche.

— Nos bottes bien cirées...

— Notre linge en place...

— Et qu'on ne boive pas trop notre vin fin, en mettant ou en débarrassant le couvert!...

— Sans quoi, nous nous verrions dans l'obligation de prier ces Messieurs de chercher une autre place!

— De vivre d'un autre pain que le nôtre !

— Et ça ne traînerait pas !

— Dame, quand on a été domestique, c'est bien le moins qu'on sache se faire servir !

Enfin, mettant le comble à l'effronterie, Floche conclut, d'une voix pleine de dédain, en s'adressant aux deux jeunes gens :

— Mais nous n'avons pas le temps d'écouter vos jérémiades en ce moment; faites-nous plutôt avancer une voiture !

Marescou et Cadillan avaient d'abord trouvé extrêmement amusante la morgue de ces deux valets que les hasards de la roulette avaient enrichis en quelques minutes; mais, peu à peu, quelques mots de ces maladroits avaient assez fortement égratigné leurs épidermes sensibles, et ils se tenaient à quatre pour ne pas les rosser, comme au bon temps.

Ce qui les en avait empêchés, c'était la galerie, qu'égayait fort l'audace de Beaulardon et de Floche.

— Avant de monter en voiture, voudriez-vous qu'on vous dise deux mots derrière ce bosquet? leur demanda Marescou, tandis que Cadillan

poussait devant lui les deux valets en rupture de
service.

Une lueur de respect leur passa par le cerveau
de laquais, car ils n'osèrent se refuser à suivre
leurs maîtres.

— Ces Messieurs veulent sans doute nous em-
prunter quelques louis pour passer le reste de la
journée? fit Beaulardon.

— Non, dit Cadillan quand il jugea que personne ne pouvait plus les voir, nous ne vous
demandons rien, mes gaillards, nous tenons au
contraire à vous donner quelque chose!

Et, d'un même mouvement, Cadillan et Marescou assénèrent à chacun d'eux un vigoureux coup
de pied dans le derrière.

Beaulardon et Floche s'échappèrent du bosquet, en boitant légèrement.

Quelques minutes après, ils n'en hélaient pas
moins à haute voix un cocher, et se vautraient,
tout de leur long, dans la voiture, après avoir
allumé des cigares de trente centimètres de long.

Le soir, ils se firent servir un dîner de cent
cinquante francs à l'hôtel de Paris, et s'en retour-
nèrent au casino, décidés cette fois à n'en sortir
qu'avec une cinquantaine de mille francs au
moins.

— C'est pas difficile de gagner! disaient-ils. On n'a qu'à lancer l'argent sur le tapis... là où il faut, et ça rapporte... à preuve !

Et ils jetaient une pile d'or, au hasard.

Les premiers coups furent heureux, mais, une heure après, la chance tourna brusquement. Une fois dans l'engrenage de la perte, les deux cupides domestiques risquèrent toute leur petite fortune, et, au lieu des cinquante mille francs rêvés, s'en allèrent le gousset plat.

Le lendemain matin, Marescou et Cadillan, qui s'étaient tous deux presque complètement refaits à la roulette, grâce à un billet de cent francs retrouvé par le Marseillais dans une des poches de son portefeuille, furent réveillés par un coup discret frappé à la porte de leur appartement.

— Entrez ! cria Cadillan en sautant à bas du lit.

La porte s'entrebâilla, et Floche parut tout penaud, suivi de Beaulardon, aussi humble que lui.

— Ah ! c'est vous ? dit Cadillan.

— Oui, Monsieur Cadillan, c'est nous, dirent les deux pauvres diables d'une voix imperceptible.

— Venez-vous encore nous proposer de l'argent ?

— Oh ! non, Messieurs, nous venons vous supplier, à genoux, d'oublier nos impertinences...
C'est que, voyez-vous, comme vous nous aviez donné campo, nous avions un peu copieusement déjeuné, et le gain, avec cela, nous avait monté la tête !... Mais nous vous jurons...

— A votre tour, vous êtes donc à sec ? demanda Marescou.

— Hélas ! monsieur !

— Allons, il y a quelquefois une justice dans le jeu ! dit Cadillan.

— Soit. Nous consentons à vous pardonner, déclara Marescou, puisque vous voilà nus comme de petits saint Jean. Mais comment diable êtes-vous parvenus à vous introduire dans l'intérieur du casino ?

Beaulardon et Floche avouèrent, mais bien bas, qu'ils avaient chacun emprunté une jaquette, un chapeau et une carte de visite à leurs maîtres, et qu'ils avaient pu ainsi obtenir l'entrée du salon de jeu.

— Mais nous nous repentons bien sincèrement ! murmura Floche.

— Alors, allez vite préparer nos malles ! or-

donna Marescou aux deux laquais, qui se reti-
rèrent à reculons, l'échine ployée.

Nous partons aujourd'hui même pour Gênes,
ajouta-t-il, en s'adressant à Cadillan.

Celui-ci, tout surpris d'une détermination aussi
subite, répéta :

— Pour Gênes ?

— Oui, pour Gênes ! J'ai rêvé cette nuit que
c'était là que nous retrouverions Mme Mélinot.

— Et tu crois aux songes ?

— Toujours, ils ne m'ont jamais trompé;
d'ailleurs tu crois bien aux deux bossus, toi !

— Soit ! partons pour Gênes ! dit Cadillan in-
crédule.

CHAPITRE XVII

AH! QUE LA MER EST BELLE!

Une fuite. — Serment d'ivrogne. — L'hôtel de Paris. — Toujours
les deux Bossus. — La nuit porte conseil. — Un projet machiavélique. — La Corniche à vol d'oiseau. — Un voyage au long
cours. — Enthousiasme! — Les eaux italiennes. — En route
pour Gênes. — Un coucher de soleil. — Virons de bord. —
Paquet de mer et paquet d'effets.

En quittant le restaurant de *la Réserve*, à
Marseille, Mélinot et sa femme s'étaient fait conduire au grand trot à l'hôtel de Noailles.

Afin de ne pas être importunés plus longtemps
par Marescou et par Cadillan, Henri avait profité
des deux heures d'avance qu'il s'était réservées
sur le Parisien et le Marseillais pour décider sa
femme à faire en voiture la première étape de la
route de la Corniche.

Cécile eût bien voulu refuser, pour ne pas
dépister trop complétement les deux jeunes gens;

mais son mari avait une manière si charmante
de proposer, que ses désirs semblaient être comme
des prières que la jeune femme était heureuse
d'exaucer.

Une voiture attelée de deux bons chevaux,
très large et très commode, leur avait été fournie
par l'hôtel et les avait menés d'une traite, eux et
leurs bagages, jusqu'à la Ciotat, où ils avaient
passé la nuit.

Le lendemain, vers midi, après avoir fait le
tour du petit port, l'un des plus pittoresques de
la côte, ils avaient pris l'express, avaient brûlé
Toulon, Cannes et Nice, où ils se proposaient de
séjourner quelques mois, à un prochain hiver-
nage, et ne s'étaient arrêtés qu'à Monte-Carlo.

Leur première visite, après avoir toutefois
parcouru et admiré en détail les terrasses, les
jardins et la superbe vue de la mer et de la montagne, avait été pour le casino.

Sans doute en chemin de fer ils s'étaient juré
mutuellement de ne pas risquer le moindre louis
sur la rouge ou sur la noire; ce devait être tout
au plus s'ils se permettraient de pénétrer dans
les salons de jeu.

Cependant, à l'hôtel de Paris, tout en réparant
le désordre de leurs toilettes, ils avaient, d'un

commun accord, résolu d'exposer une cinquantaine de francs, histoire de s'amuser, et puis
pour ne pas être obligés d'avouer au retour aux
amis et amies, qu'ils avaient traversé Monte-Carlo
sans tenter la chance.

Enfin, à force de se faire des concessions que
chacun avait l'air de se laisser arracher par
l'autre, Cécile et Henri avaient affronté la table
de la roulette, munis chacun de deux cent cinquante francs, somme qu'ils ne devaient dépasser
sous aucun prétexte.

Cécile, un peu éblouie par le défilé enivrant
de piles d'or devant ses yeux, avait imprudem-
ment forcé ses mises, alors qu'elle était en pleine
déveine, et Mélinot lui avait remis, en dépit de
leurs conventions antérieures, un billet de mille
francs, qu'elle avait immédiatement changé et
entamé.

Mélinot n'était guère plus heureux que sa
femme, et se voyait également obligé de pratiquer à son portefeuille plusieurs emprunts de
cinquante ou soixante louis. Les quatre ou cinq
mille francs que le jeune homme avait sur lui
avaient été dissipés en quelques minutes, et
c'était sur les deux bossus, évoqués par une voix
partant de derrière elle, que Cécile avait jeté, en

vraie folle, les deux cents derniers francs de la
communauté, décidée à se refaire d'un coup ou
à tout perdre.

Malheureusement, elle avait tâté de ce numéro
un peu trop tôt, et elle s'était levée se croyant
« décavée » et ne pensant même plus à ses derniers dix francs qu'elle avait lancés négligem-
ment sur le pair. En rentrant à l'hôtel de Paris,
les deux jeunes mariés n'avaient pu se regarder sans rire, non comme des augures qui
venaient de dire des sottises, mais qui venaient
d'en commettre.

Puis Cécile s'était jetée dans les bras d'Henri
en lui déclarant d'une voix moitié sérieuse, moitié
plaisante, qu'elle seule était coupable, qu'elle
avait délapidé le bien de son mari et qu'un jour
elle le ruinerait. Mais comme, en se condamnant
aussi sévèrement, elle tenait en même temps son
mari enlacé, celui-ci ne pensait déjà plus à sa
perte, qui ne le mettait sur la paille que pro-
visoirement.

Il venait d'expédier sur-le-champ une dépêche
à son notaire pour le prier de lui envoyer de quoi
se libérer envers l'hôtelier, et continuer le voyage.

C'est en train de rédiger le télégramme, que
Marescou et Cadillan l'avaient surpris.

Certes, en ce moment, il eût bien préféré avoir essuyé une perte encore dix fois plus forte, que de voir apparaître ces deux inséparables *Banco* dont il croyait fermement être débarrassé depuis Marseille.

C'était uniquement par déférence pour Cécile qu'il ne les avait pas jetés brutalement à la porte, et qu'il avait accepté la restitution des six mille francs gagnés, avec l'intention bien arrêtée de les faire parvenir à ces Messieurs dès son retour à Paris.

Au reste, il ne s'était résigné à recevoir cette somme qu'après avoir réfléchi que cet argent lui était indispensable pour soustraire Cécile à la poursuite des deux amis ; mais, tout machiavélique que fût son projet, il avait tenu, par honnêteté, à les avertir qu'ils se repentiraient tôt ou tard de leur démarche. La nuit portant conseil, il s'était levé de très bonne heure, le lendemain matin, décidé à user d'une innocente ruse à l'égard de sa femme, pour l'arracher à Monaco, à son insu.

Aussi lui avait-il proposé une excursion sur mer, mais une longue excursion, une excursion qui pourrait peut-être durer une grande partie de la journée, sinon la journée tout entière.

Ils loueraient un bateau tenant bien la mer, et pourvu de provisions de bouche, pour plusieurs repas, et d'un matelas dans l'entrepont, où l'on pût se reposer, si besoin était.

Il parlait d'explorer, d'un même coup, les côtes, à quinze ou vingt lieues à la ronde, depuis les montagnes de l'Estrelles, en passant par le Mont-bazon, la presqu'île de Saint-Jean, Éza, Monaco, le colossal bloc de granit de la Tête-de-Chien, le cap Martin et Bordighera. Ils pourraient d'ailleurs faire, séparément, les jours suivants, chacune de ces excursions, dont tous les gens du pays leur avaient parlé avec enthousiasme.

Cécile bondit de joie à cette proposition. La mer avait toujours eu pour elle un attrait extraordinaire. Au reste, comme elle le disait, pour expliquer cette ardente passion, deux de ses oncles et son grand-père avaient été marins; c'était dans le sang! En moins d'une demi-heure, elle fut prête, charmante dans son costume de laine bleu foncé, à grand col rabattu, qui lui donnait l'air d'un marin d'opérette.

Henri avait eu soin de transporter lui-même le ballot qu'il avait préparé, il n'y avait pas seulement enroulé son paletot et celui de Cécile, mais une couverture, un peu de linge, et tout ce

qu'il fallait pour ne pas être pris au dépourvu dans
l'endroit où ils aborderaient, fût-ce le dernier
village de France ou d'Italie. Puis, il avait pré-
texté auprès des gens de l'hôtel de Paris une
excursion à Villefranche, et était monté ostensiblement en voiture, après avoir fait prix avec le
cocher, pour toute la journée. C'était seulement en
arrivant près du port de Monaco qu'il avait
détrompé l'automédon, et lui avait donné, en le
quittant, un gros pourboire : l'homme était re-
parti fort content, à la recherche de quelqu'autre
client, laissant Mélinot en grande conférence avec
le propriétaire de la *Thérèse*. Cécile n'avait assisté
que de loin à la conversation d'Henri et du
pêcheur, ce qui avait permis à ceux-ci de convenir entre eux que le voyage aurait Gênes pour but,
mais que, vis-à-vis de la jeune femme, il ne serait
question que d'une promenade le long des côtes.

Un quart d'heure plus tard, le patron de la *Thérèse* revenait, avec deux de ses fils, les frères aînés
du petit pêcheur de pieuvres ; tous trois avaient
embarqué quelques provisions, une manière de
matelas, une vieille toile de voile molle, pour étendre dessus quelques paniers, et des lignes pour
pêcher, si Monsieur ou Madame désiraient se don-
der cette distraction.

19.

Une demi-heure avait suffi à tout préparer, et, vers neuf heures, la *Thérèse*, légérement couchée sur le flanc, par un bon vent de sud-ouest, avait cinglé vers la pointe de Focinan.

C'était à ce moment que Mélinot avait reconnu Marescou et Cadillan dans la voiture qui gravissait la rampe de Monaco, et qu'il n'avait pu résister au plaisir de leur envoyer de loin ses adieux, et surtout ceux de sa femme.

— Qui donc salues-tu ainsi? avait demandé Cécile intriguée, sa vue un peu basse ne lui permettant pas de distinguer les physionomies d'aussi loin, même avec une jumelle.

— Ce sont des amis que tu ne connais pas, avait répondu Henri, mais tu peux leur dire adieu, toi aussi, ajouta-t-il, en prenant le bras de Cécile et en l'agitant dans un éclat de rire.

— Et si tu te trompais? Si ce n'étaient pas les gens que tu penses? interrogea la jeune femme.

— Eh bien! nous ne serions pas morts pour les avoir salués! répondit Mélinot, riant encore de son espièglerie.

Mais déjà le petit voilier avait doublé la pointe de Focinan, et voguait en plein sur le cap Martin, avec les allures d'une grande mouette blanche se reposant sur l'eau, les ailes étendues.

Roquebrune, dominée par les ruines de son antique château, un vieux nid de Sarrasins au moyen âge, étageait à mi-côte, dans le fond du golfe, ses grappes de maisons, accrochées au flanc de la montagne, au milieu de riches plantations d'orangers et de citronniers.

Un peu plus loin, le Borigli, torrent toujours à sec, étalait la tache blanche de son embouchure tapissée de sable fin, au milieu des roches noires de la côte, à côté de la rivière du Poncret qui marquait le commencement de la chaîne des terrasses ensoleillées de Menton.

Cécile, toujours debout à l'arrière, enlacée à Henri, regardait défiler, dans une contemplation muette, ce superbe panorama, signé de la main de Dieu.

Elle en ressentait un de ces bien-être puissants, une de ces extases qui touchent aux larmes, et qui vous remuent le cœur jusqu'à ses dernières fibres.

— Ah! c'est beau, c'est beau! s'écria-t-elle tout à coup, en serrant convulsivement le bras de son mari. — Ah! mon Henri! c'est grâce à toi que j'éprouve tant de vrai bonheur; mais pourquoi faut-il qu'il me soit impossible de te rendre tout ce que tu me donnes d'enivrements délicieux? Ah! que la nature est grandiose, et que

Dieu est bon quand il vous permet de contempler à deux d'aussi superbes choses !

Elle se retournait du côté de la pleine mer, et c'étaient encore de nouveaux enthousiasmes à la vue de cet immense horizon bleu que tachetaient quelques bouillons d'écumes, causés par le heurt de deux lames qui se brisaient, ou la silhouette brunâtre d'une voile latine, rapiécée du haut en bas, ou le panache grisâtre d'un vapeur courant au loin de toutes les ailes de son hélice.

Quelquefois un serrement de mains silencieux suffisait à prouver mutuellement aux deux époux qu'ils s'étaient compris, et que la même admiration, la même sensation, avait à la fois traversé leurs deux cœurs.

Le vieux pêcheur qui, autrefois, avait longtemps fait le cabotage entre Savone et Toulon, connaissait à merveille toute la côte, et désignait de la main les points les plus intéressants.

Après la gracieuse Menton, c'était Vintimille adossée d'un côté au lit pierreux de la Roja, et de l'autre à un des derniers contreforts des Alpes.

Maintenant, on naviguait en pleines eaux italiennes, en face de Bordhighera, la ville aux vents doux et chauds, au climat délicieux, et bientôt apparaissaient le cap Nero et San-Réo, la nouvelle station d'hiver à la mode, si bien garantie de tous les vents du nord par le mont Bignone et ses ramifications.

C'est entre San-Rémo et Port-Maurice que les deux voyageurs déjeunèrent, de grand appétit, d'un pâté, d'un poulet froid, d'une grappe de raisin et d'une bouteille de vin blanc, récolté sur les flancs de la Tête-de-Chien, et provenant du village de la Turbie.

— Où allons-nous? demanda Cécile, en achevant de grapiller, de ses doigts mignons, les derniers grains de raisin noir.

— Toujours droit devant nous! répondit gaiement Henri.

— Alors, au bout du monde! reprit Cécile en riant. Je veux bien!

— Que diriez-vous, Madame, si je vous prenais au mot?

— Avançons toujours, je suis brave, moi! affirma-t-elle, d'un petit air crâne.

— Oh! vous ne passeriez certainement pas une nuit dans cette barque, une de ces belles nuits de la Méditerranée, calmes comme un de vos sourires?

— Je vous répète qu'il ne s'agit que de me mettre à l'épreuve.

—Vous n'auriez pas peur ?

— Avec vous, jamais !

— En ce cas, nous ne nous arrêterons qu'à
Gênes ! fit Henri, tout joyeux, en s'adressant au
patron de la barque.

— Ce sera comme Monsieur voudra, et nous
y serons demain matin, à condition que le vent
ne change pas ! répondit le vieux marin, auquel
Henri avait fait la leçon.

— Et nos malles? demanda brusquement
Cécile, nos malles qui sont restées à Monaco?...

Elle venait de songer à Marescou et à Cadillan,
qui encore une fois allaient être perdus pour
elle.

—Je suis homme de précaution, j'ai laissé un
mot à l'hôtel de Paris, avec ordre de les expédier
sur Gênes, si nous n'étions pas rentrés ce soir,
répliqua vivement Henri.

Il n'y avait rien à répondre, la jeune femme
s'était laissé prendre au piège ; elle poussa un léger
soupir, puis murmura, de façon à n'être entendue
de personne : « Ah! si j'osais au moins tout lui
avouer, cette nuit, dans la barque! »

Elle s'en voulait à la fin d'être aussi timide,
car, en vérité, ses intérêts et son cœur n'étaient
pas seuls engagés.

Vraiment, c'était une faiblesse impardonnable d'ajourner ainsi un aveu, sous prétexte qu'il pourrait être froidement accueilli par Henri !

Elle commençait à sérieusement s'accuser d'égoïsme... Dût-il lui en coûter un regard sévère de son mari, une bouderie même de quelques heures, qu'était-ce que cela? Un nuage plus ou moins long passant sur son bonheur !

— Tu parleras ce soir, il le faut, sous peine d'être lâche ! conclut-elle à voix basse.

En reprenant sa place auprès d'Henri, à côté du cabestan, le vieux marin avait recommencé son énumération des divers points habités de la côte.

Port-Maurice apparaissait tout blanc à l'horizon avec sa cathédrale du dix-huitième siècle, tranchant sur la montagne toute grise d'oliviers. Puis venaient Oneglia, avec son pont coquet, sa prison cellulaire, le cap Delle-Male et le cap Santa-Crose, et, entre eux, Cerve, Caigueglia, Alassia, Albenga avec les restes de ses ponts romains, ses vieilles tours de familles nobles et son île jadis fortifiée de Gallinara.

Toutes ces villes, pittoresquement jetées entre les rochers de la côte, étageaient leurs maisons à terrasses pittoresquement peinturlurées d'arabesques, avec leurs campaniles et leurs dômes comme couverts d'écailles brillantes, leurs persiennes entr'ouvertes de bas en haut et leurs toitures en tuiles rondes réunies par des joints de plâtre, colorés qui en vert, qui en bleu.

La journée s'avançait.

Le soleil couchant jetait à présent, sur les montagnes et sur les rochers découpés de la côte, la riche coloration rouge-orange de ses derniers rayons.

On l'apercevait là-bas du côté de Monaco, grand comme un disque de chemin de fer, embrasant tout l'horizon, et prêt à se plonger dans la mer pour jusqu'au lendemain.

Ce spectacle de la nature faisant sa toilette de nuit, aux reflets d'une lumière mourant peu à peu, avait quelque chose de grandiose.

Les ombres grandissaient avec une rapidité extraordinaire, gagnant d'abord les maisons basses, puis les vignes, puis les oliviers, puis les sommets incultes.

Henri et Cécile restaient là, le regard béant, pétrifiés d'une même admiration.

— Nous aurons du vent demain matin, murmura le marin, en se retournant sur son banc.

— Du vent? est-ce qu'il y aura danger? interrogea vivement Henri.

— Oh, je ne pense pas! fit l'homme, insouciant du reste comme tous les gens de mer.

— Veux-tu que nous abordions tout de suite à l'un de ces villages? demanda Mélinot se tournant vers Cécile.

Mais celle-ci s'y opposa énergiquement; du moment qu'il n'était plus temps de retourner à Monte-Carlo, elle se garderait bien de regagner la terre et de se priver d'une sensation qui la ravissait.

Ils dînèrent des restes de leur déjeuner, très gaiement, à côté du marin et de ses deux fils auxquels ils offrirent une bouteille de leur vin de la Turbie.

Puis Henri conseilla à sa femme de s'étendre sur le matelas et de bien s'envelopper dans son manteau.

Cécile s'y refusa. La nuit était si douce d'ailleurs, et la jouissance si âpre à se sentir perdus dans cette grande ombre sans fin, tandis que l'existence des autres hommes ne se révélait que par l'éclat de quelques petits groupes de lu-

mières, a peine visibles là-bas, au bout des
vagues, révélant la présence des villages ou des
villes qu'on dépassait.

Plusieurs fois encore Henri proposa de toucher
la côte et de débarquer, mais Cécile ne voulait
pas en entendre parler.

Au reste elle se prêchait, pour se décider à
confesser à son mari le grand secret.

Un moment, la tête penchée sur la poitrine du
jeune homme, le bras autour de sa taille, elle
ouvrit la bouche prête à le lui murmurer à l'o-
reille. Mais, par malheur, le vieux pêcheur fit un
mouvement, elle se rappela qu'ils n'étaient pas
seuls et elle éprouva une grande frayeur de son
commencement de hardiesse.

Elle craignait qu'Henri ne lui répondît sévèrement, durement peut être, devant des étrangers.

Au reste, une certaine inquiétude semblait se
manifester depuis un moment dans les mouvements du petit équipage. On avait un peu mo-
difié la position de la voile latine, et légèrement
viré de bord ; la mer clapotait maintenant d'une
étrange façon, et le père et les deux fils échangeaient depuis un moment quelques paroles

brèves et très expressives dans leur patois incompréhensible.

Vers une heure du matin, Cécile, trop ballotée sur le pont, était descendue et s'était allongée entre le matelas et la toile à voile, n'ayant pas voulu que l'on détachât le ballot qui contenait les manteaux. Quant à Henri, un peu inquiet, il n'avait pas quitté le cabestan, auquel, maintenant, il devait se tenir solidement.

— Je savais bien qu'il y aurait du gâchis, dit le pêcheur ; nous allons essuyer un grain, le voilà qui arrive, avec ce coquin de vent qui chasse tout le temps à la côte !

— Nous pouvons aborder ? fit Henri.

— Oh ! impossible, il y a trop de rochers à la côte ; du reste la *Thérèse* est solide, et en a vu bien d'autres.

En ce moment, une bourrasque furieuse fit presque coucher le petit bâtiment sur le flanc.

— Henri, viens à côté de moi ! supplia Cécile.

— Ce sera plus prudent, en effet, déclara le patron de la barque.

Et il donna, toujours en patois, quelques instructions à ses fils.

Henri s'étendit sous la grosse toile, à côté de Cécile.

— Je m'en veux de t'avoir entraînée dans cette folle équipée, lui dit-il en lui serrant les deux mains avec tendresse.

— Pourquoi cela, mon cher Henri? répondit-elle, en lui rendant son étreinte. Ne suis-je pas avec toi; que pourrais-je souhaiter de plus? Au reste, rien n'est imposant comme la mer en furie. Pour un peu, je me ferais attacher après le petit mât, et je la défierais!

Les lames commençaient à secouer violemment l'embarcation, et l'eau se brisait contre les planches, rejaillissait furieuse, et venait tomber, en pluie, jusque sur Henri et Cécile.

— Passe ta langue sur tes lèvres, c'est salé! disait-elle avec son sourire, éprouvant le besoin de montrer à son mari qu'elle était courageuse à l'occasion.

Pendant une heure et demie, le vent fit rage et la *Thérèse* tourbillonnait sous la vague avec des craquements sinistres.

Le pont était lavé d'un bout à l'autre par la mer, et les pêcheurs furent obligés de jeter à fond de cale tous les cordages qui l'encombraient, sous peine de les voir emportés.

Au petit jour seulement, tout d'un coup, ça se calma.

Henri et Cécile étaient trempés jusqu'à la peau, et la jeune femme faisait des efforts surhumains pour ne pas grelotter entre les bras de son mari.

— Maintenant c'est fini, déclara le pêcheur, et il y en a pour un bout de temps avant que ça revienne ! Nous pouvons donc aller jusqu'à Livourne, pour peu que le cœur vous en dise.

— Abordez au contraire le plus vite que vous pourrez ! commanda Henri.

— Mais nous ne sommes pas encore à Gênes, la tempête nous a pris à une heure en face de Savone, et nous n'avons pas fait beaucoup de chemin depuis.

— N'importe, prenons terre au premier village venu, vous m'entendez ?

Cécile, à présent, n'opposait plus de résistance ; l'épreuve avait été dure, et elle avait besoin de repos.

Une demi-heure après, la barque touchait à Cogoletto, sur le sable, et comme il n'y avait pas de port, le fils aîné du pêcheur sautait jambes nues à l'eau, et transportait tour à tour à terre, sur son dos, M. et Mᵐᵉ Mélinot.

Henri glissa deux billets de cent francs dans la main du patron qui le remercia avec effusion, et remonta presqu'aussitôt en barque, avec ses fils ; puis, profitant du vent, qui, depuis un quart d'heure environ, avait tourné au sud-est, il mit le cap dans la direction de Savone.

CHAPITRE XVIII

LE DOUANIER

Le Plancher des vaches. — baïonnette en avant! — Un Brigadier
qui passe sa culotte. — Andar! — Un poste... peu diploma-
tique. — Rencontre inattendue. — Double méprise. — Futurs
beaux-frères. — Un consul gracieux. — Marches et contre marches. — La maison de Christophe Colomb. — Un valet maladroit. — Paris à l'horizon.

— Eh bien! mon ami, à vous parler franc, j'ai
fait la brave quand j'étais sur le bateau, mais je
préfère de beaucoup, comme on dit vulgairement,
le plancher des vaches! s'écria Cécile en prenant
le bras de son mari.

— Et moi donc! riposta Henri, surtout pour
toi, pauvre chérie!... Tu claques des dents; je
suis sûr que tu as la fièvre? Oh! comme je m'en
veux de cette bête d'excursion!

— Eh bien! moi, fit Cécile, j'en suis ravie, au

contraire, ça va me faire des aventures à raconter à notre retour à Paris !

— Viens vite, tu dois être gelée ! dit Mélinot en l'entraînant du côté des maisons.

Comme ils passaient le long de la coque d'un petit brick qu'on radoubait, une sentinelle se ficha devant eux, tenant son fusil à la main pour leur barrer le passage, et leur adressant quelques mots italiens.

— Qu'est-ce qu'il veut, celui-là ? demanda Cécile.

Il s'apprêtaient à passer outre, mais la sentinelle leur présenta la pointe de sa baïonnette avec une attitude tellement hostile que Henri crut prudent de retenir sa jeune femme.

— C'est un douanier, dit-il à l'oreille de Cécile. Je ne sais pas l'italien, mais je vais lui parler un langage compréhensible dans toutes les langues.

Il tira une pièce de cent sous, et la présenta au jeune soldat.

Celui-ci la jeta à terre, avec des mines indignées, en prononçant quelques jurons, qui ne scandalisèrent nullement Cécile et Henri, par la bonne raison qu'ils ne les comprirent pas.

— Est-ce qu'il serait incorruptible ? murmura

Henri, en examinant la figure béatement lourde
du douanier.

Mais celui-ci regardait, avec une singulière
insistance le paquet, dans lequel, avant son départ de Monaco, Mélinot avait enveloppé les manteaux et les quelques bibelots indispensables au
voyage.

Il faisait maintenant grand jour.

Une quinzaine d'Italiens du pays, patrons de
barque ou armateurs, entouraient le couple et
s'efforçaient de persuader à l'entêté militaire que
le monsieur et la dame n'avaient rien de commun
avec les contrebandiers, et qu'il pouvait les re-
lâcher sans se compromettre.

Mais celui-ci, opiniâtre comme une sentinelle
allemande, montrait, avec des airs soupçonneux,
la barque qui fuyait au loin sous le vent.

Henri consultait son indicateur, qui signalait,
à 5 heures 57 minutes, le passage d'un train, et
il était 6 heures moins 20 minutes, ou bien dé-
chirait avec rage le papier qui entourait ses
vêtements, montrant ostensiblement au stupide
douanier qu'il ne renfermait rien d'illicite.

Mais le têtu personnage, convaincu d'être sur
une bonne piste, persistait à tenir sa capture en
arrêt.

20

Enfin, Henri crut comprendre, aux signes d'un des habitants, que l'on était allé quérir le brigadier, et qu'il allait faire son apparition d'un instant à l'autre.

Un gamin, envoyé en éclaireur, vint même annoncer que ledit brigadier passait sa culotte, sa culotte d'uniforme.

La population, du reste, était très divisée.

La plus grande partie trouvait excessivement louche cet abordage presque nocturne, dans un pays peu coutumier du fait, tandis que l'autre riait à gorge déployée de la mésaventure des pauvres touristes.

Tout à coup, regardant à sa montre, Henri constata avec désespoir qu'il était six heures moins un quart.

Alors la colère le prit.

— Viens Cécile! s'écria-t-il. S'il croit qu'il va me faire manquer le train, cet imbécile, il se trompe!

Et il fit un pas en avant, en bousculant la sentinelle.

Il n'en fit pas deux. Le douanier, très vigoureux, l'empoigna brutalement par le collet, lui passa son ceinturon autour des bras et de la taille, et serrant de toutes ses forces :

— Andar ! cria-t-il, en le poussant vers le village.

Cécile essaya de protester, mais d'un revers de bras le douanier la repoussa, et emmena Henri, maintenu par les amis de l'ordre de l'endroit.

Cécile, que la violence du coup avait renversée, fut relevée par quelques âmes charitables, qui essayèrent de la calmer, ou plutôt de la consoler en cherchant à lui faire comprendre que son mari avait eu tort de se livrer à des actes de violence.

Comme Henri, poussé par le douanier, disparaissait derrière le mur du poste de la douane, un habitant de Cogoletto, qui savait quelques mots de français, expliqua tant bien que mal à Cécile que son mari s'était mis dans un cas considéré comme très grave en Italie, et que le seul moyen qu'elle eût désormais d'obtenir sa liberté était de réclamer pour lui la protection du consul de France à Gênes.

Cécile voulut néanmoins tenter une démarche auprès du brigadier qui commandait le corps de garde, mais celui-ci déclara ne rien vouloir entendre ; ce lui fut d'autant plus aisé qu'il ne connaissait pas un mot de français, et ne s'exprimait que par gestes.

Déjà la fumée de la locomotive du train venant

de Vintimille s'apercevait à quelque distance entre les rochers, et Cécile savait que Gênes n'était qu'à une heure et demie à peine de Cogoletto.

— Attends-moi, mon Henri ! s'écria-t-elle, de toute la force de ses poumons. Avant midi, je serai de retour de Gênes, avec l'ordre de ta mise en liberté !

Elle s'achemina vers la gare, et, trois minutes après, encore toute trempée d'eau de mer, elle s'installait dans un compartiment de première classe.

A peine fut-elle assise sur l'une des banquettes, que deux cris de surprise, poussés par deux voyageurs occupant déjà le compartiment, lui firent lever la tête.

— Eux ! murmura-t-elle, en reconnaissant, en ses compagnons de voyage, Marescou et Cadillan.

La joie était peinte sur la physionomie des deux voyageurs.

— Enfin, nous vous trouvons donc seule, sans cet homme ! s'écrièrent-ils ensemble. Ah ! créature délicieuse, vous avez deviné notre amour, et c'est vous qui venez à nous !

Pour toute réponse, la jeune femme fondit en

larmes, la poitrine heurtée de soubresauts saccadés, violents à faire craquer son corsage.

— Ah ! mon Dieu, mon Dieu ! murmurat-elle, qui donc me protégera en ce moment, si c'est vous qui m'insultez !

Les jeunes gens, décontenancés par cette exclamation empreinte d'une réelle douleur, gardèrent un instant le silence.

— Vous souffrez donc beaucoup ? demanda Cadillan avec intérêt.

— Ah ! si vous saviez, Monsieur !... ne put s'empêcher de murmurer la jeune femme en sanglotant.

— Ingrate ! murmura Marescou, comprenant qu'elle pleurait l'odieux Mélinot. Qui oserez-vous accuser de votre malheur, sinon vous, vous seule ?

— Parjure ! ajouta Cadillan.

En ce moment la pauvre Cécile eut un mouvement plein de dignité, et rejetant en arrière ses cheveux que la tempête de la nuit avait dénoués et fait flotter sur ses épaules :

— Ah ! c'est lâche, Messieurs, s'écria-t-elle, les yeux pleins de flammes, d'accabler une femme sans défense !

— Pourquoi nous avez-vous trompés ? s'écrièrent ensemble les deux jeunes gens.

— Mais, fous, aveugles que vous êtes, regardez-moi donc en face ! Suis-je donc si semblable à mes sœurs, pour que vous me preniez, vous, Monsieur Cadillan, pour ma sœur Berthe Bartholin, et vous, Monsieur Marescou, pour mon autre sœur Alice ?

— Vous n'êtes donc pas la mademoiselle Bartholin du couvent ? interrogea Cadillan.

— Eh ! non, c'est ma jeune sœur Berthe qui me ressemble beaucoup en effet, avec cette différence qu'elle est plus jolie et plus jeune que moi !

— Inutile de vouloir nous donner le change ! Vous êtes bien la délicieuse jeune fille dont j'ai fait la connaissance à Marseille, chez Mme Tripanon, dit Marescou très troublé.

— Celle que vous avez rencontrée chez notre chère marraine, c'est ma sœur Alice, la plus séduisante enfant, le cœur le plus noble qui soit au monde !

— Est-ce possible ? murmurèrent ensemble les deux amis.

Ils restèrent tous deux un instant ébahis, ne pouvant articuler une parole.

— Mais pourquoi ne nous avoir pas prévenus plus tôt? Nous n'eussions pas compromis votre bonheur par nos insistances déplacées! fit tout à coup Marescou.

— Le pouvais-je! répliqua vivement Cécile. Mon mari n'était-il pas là, toujours présent entre nous?

— Vous n'en deviez que plus tôt faire cesser notre méprise! déclara Cadillan.

— Hélas! depuis mon mariage, — un mois à peine! — par je ne sais quelle fatalité, Henri éprouve comme une antipathie invincible pour ma mère et pour mes sœurs! Quel est leur crime? Je l'ignore, et bien que je ne vécusse pas depuis que je me suis aperçue de cette répulsion, je vous l'avoue, je n'ai osé lui en demander la cause! Il me semblait, je ne sais pourquoi, qu'au moindre mot prononcé sur ce sujet, mon bonheur allait s'écrouler comme par enchantement! Et pourtant, cette nuit encore... sous cet orage... peut-être eussé-je posé la redoutable question et confié la vérité sur vous et sur mes sœurs!...

— Ses sœurs! murmurèrent Marescou et Cadillan.

Il se fit un nouveau silence de quelques minutes, pendant lequel on eût pu entendre les battements de ces trois cœurs, soulagés d'un si énorme poids.

— Je puis compter sur votre aide, n'est-ce pas ? Vous êtes mes seuls protecteurs à présent.

Et elle leur conta, tout au long, la mésaventure arrivée à son mari.

— Si nous vous aiderons, s'écrièrent ensemble les deux jeunes gens, si nous vous aiderons à tirer des mains de ces idiots de douaniers un homme qui est presque notre parent, un homme qui a droit de vous aimer, sans nous causer un préjudice, et que nous amènerons au contraire à favoriser nos projets et à être l'artisan de nôtre bonheur, un homme enfin à qui nous devons la vie !... Mais nous serions les derniers des misérables, si nous ne consacrions pas tous nos efforts à le tirer d'embarras !

Le train venait d'entrer en gare de Gênes.

— Nous allons vous conduire à l'hôtel pour que vous puissiez changer de linge et de vêtements, dit Cadillan.

— Il faudra vous réchauffer pendant quelques heures, sous de bonnes couvertures ! ajouta Marescou. Quant à nous, de ce pas, nous nous rendons chez le consul et, coûte que coûte, nous

obtiendrons la liberté de l'ami Mélinot ! Et dire
que, il y a deux heures, nous n'avions qu'une
idée en tête : nous couper la gorge avec lui !

Cinq minutes plus tard, après avoir installé la
jeune femme à l'hôtel Isotta, et l'avoir recommandée aux bons soins des gens de la maison,
Marescou et Cadillan se présentaient chez le
consul. Ils lui expliquèrent l'affaire à tour de rôle.

— En effet, dit le consul, ils ne sont pas com-
modes les douaniers italiens !

Puis il ajouta, après avoir rédigé quelques
mots qu'il mit sous enveloppe :

— Mais le mal va bientôt être réparé.

Il sonna et remit la lettre qu'il venait d'écrire
à un domestique.

Elle était adressée au directeur des douanes.

Un quart d'heure après, l'homme revenait por-
teur d'un ordre de mise en liberté immédiate.

Les deux jeunes gens remercièrent le consul,
et tandis que Cadillan courait rassurer la pauvre
Cécile, Marescou se faisait conduire à la gare du
chemin de fer, où il sautait dans le train de Vintimille, prêt à partir.

Arrivé à Cagoletto, il se précipita sur le quai,
son ordre de mise en liberté à la main, puis,
sortant de la gare à pas précipités, il se dirigea

vers le corps de garde des douaniers, sur lequel flottait le drapeau italien. A peine le brigadier eut-il jeté les yeux sur le papier rédigé en italien, qu'il salua profondément Marescou, et s'efforça de lui faire comprendre que le prisonnier avait été relâché, et que, selon toute probabilité, il devait être en ce moment à Gênes, sain et sauf d'ailleurs.

Marescou ne put retenir un geste d'impatience. Avoir fait inutilement ces trente kilomètres dans un moment où tant de raisons majeures l'eussent attaché aux côtés de Mme Mélinot!

Le train ne partait que deux heures après. Il se promena fièvreusement sur la plage, passa inconscient devant la maison, où, dit-on, naquit Christophe Colomb, et lut, sans y faire attention, l'inscription commémorative qu'elle portait :

« Hospes, siste gradum. Fuit hic lux prima Columbo ; orbe viro majori heu nimis arcta domus! Unus erat mundus. « Duo » sunt, ait ille. Fuere ! »

Il entra dans le petit café dont l'enseigne surmontait cette légende, se fit servir une *frescha*, et se rendit à la gare, où il attendit encore plus d'une heure.

En arrivant à Gênes, à l'hôtel Isotta, il trouva la pauvre Cécile si bouleversée, que Cadillan ne pouvait réussir à la consoler.

— Qu'y a-t-il encore? demanda Cadillan.

— Il y a, s'écria Mᵐᵉ Mélinot, que mon cher Henri s'est présenté à cet hôtel, demandant si, dans la matinée, une femme seule, sa femme, moi enfin, y était descendue, et que les maladroits ont soutenu qu'ils ne m'avaient pas vue! Et cela, parce que c'est vous qui m'avez conduite ici... Ah! tenez, je ne sais si je dois féliciter le hasard ou le maudire de m'avoir fait vous rencontrer!

— Vous êtes injuste, chère Madame, envers nous et le hasard, intervint Cadillan; est-ce notre faute, si notre bonne volonté a eu ce déplorable résultat? Et puis le dommage n'est pas bien grand, puisque votre mari a donné l'ordre de vous prévenir qu'il repartait aujourd'hui même pour Paris.

— Oui, sans moi! dit Cécile avec une nouvelle explosion de larmes. Il va s'imaginer que je n'ai rien fait pour l'arracher à ses geôliers, moi qui l'aime tant!

Les deux amis ne savaient que répondre, en présence de cette douleur vraie.

— Enfin, reprit Cécile se dressant subitement, ne m'avez-vous pas dit que le train partait à deux heures quarante-cinq pour Turin? Je ne veux pas le manquer, c'est la route de Paris!

— Mais vous êtes à peine réchauffée! Un repos de vingt-quatre heures vous serait indispensable! observa Marescou.

— Ah! vous ne me connaissez pas! répliqua-t-elle. Mais, avant de quitter cet hôtel, je vais y laisser une lettre, pour plus de précaution.

Elle s'assit devant une table et écrivit quelques lignes bien tendres à son mari, en lui annonçant qu'elle se dirigeait sans retard sur Paris, et qu'elle espérait, ou l'y retrouver à son arrivée, ou avoir de lui une dépêche, qui annoncerait son retour immédiat. Elle apposa sa signature en déposant avec ses lèvres sur le nom d'Henri toute son âme.

Elle ne jugea pas à propos de dire un seul mot de la rencontre qu'elle avait faite; elle gardait, pour l'arrivée à Paris, ces explications qui auraient été trop longues à donner dans une lettre.

— Maintenant adieu! dit-elle en donnant la main aux deux amis.

— Ah ça, pensez-vous que nous vous laisse-

rons aller seule? Jamais! Nous serons là tous les
deux pour veiller sur vous, et nous ne vous
quitterons qu'à la porte de votre domicile, à
Paris!

— Soit! fit-elle en leur serrant affectueusement les mains.

CHAPITRE XIX

LE MARI DE CÉCILE

Le parti de la délivrance. — Une signature nécessaire. — Un garçon d'écurie bavard. — Les palais de Gênes. — La chasse aux hôtels. — Une nuit longue à passer. — La surprise de l'arrivée.

Le premier mouvement du brigadier de la douane de Cogoleto avait été de prêter main-forte à son subordonné, et, après lui avoir donné raison, de l'aider à enfermer M. Mélinot, dans une chambre fort peu confortable, munie d'une porte solide et de verroux qui eussent avantageusement figuré sur les poternes de la Bastille.

Mais à peine l'étranger avait-il été coffré, et Cécile partie dans la direction du chemin de fer, que, dans la foule de Cogoletiens, s'était subitement formé un parti nombreux en faveur de la victime.

Les gens du pays, en chemises de couleur et en gilets rayés, mêlés aux femmes en jupons verts ou jaunes et à marmotes rouges éclatantes, s'égosillaient à persuader au brigadier qu'il avait commis une grande sottise en emprisonnant un signor qui jouissait, peut-être, d'une grande influence dans son pays ; la séquestration d'un tel personnage pouvait fort bien amener la guerre entre la France et l'Italie.

On ne parlait de rien moins que d'enfoncer la porte du poste, et d'en arracher le prisonnier, de vive force.

Le brigadier, qui n'eût jamais cédé à la violence, se décida pourtant à se laisser convaincre par la persuasion. Il alla lui-même extraire Henri de son cachot, et, pour le remettre en liberté, n'exigea de lui que sa signature et la déclaration écrite de sa main qu'il était venu de Monaco à Cogoleto, en simple touriste, sans intention aucune de frustrer le gouvernement du roi Humbert. Henri, pressé de rejoindre Cécile, signa sans même lire, ce qu'on lui présentait ; on y eut substitué une condamnation à la peine capitale qu'il eût, des deux mains, apposé son nom au bas du papier.

En sortant de prison, son premier souci fut de s'enquérir de la gare du chemin de fer : malheureusement le train venait de quitter Cogoleto, entraînant avec lui Cécile et ses deux compagnons de voyage.

Alors il essaya de faire comprendre, en très mauvais italien, qu'il donnerait une forte somme à qui lui procurerait une voiture pour Gênes.

Il savait que, par la route, il n'y avait pas plus de cinq ou six lieues à franchir ; il n'avait pas la prétention d'arriver en même temps que le train, mais il comptait bien n'avoir que très peu de retard.

L'hôtelier du cru, après l'avoir fait asseoir et consommer presque de force, lui amena une manière de cabriolet à un cheval, mettant à sa disposition le valet d'écurie pour le mener jusqu'à Gênes.

— *Quanto?* demanda Henri, sans hésiter.

— *Vinti lire!* déclara l'aubergiste.

Henri donna un beau louis d'or, qui fit écarquiller d'aise les yeux du bonhomme que sa clientèle ne payait guère qu'en petit papier monnaie, le plus souvent crasseux.

Malheureusement pour l'impatience de M. Mélinot, le garçon d'écurie, assailli de tous les
côtés, sous prétexte qu'il allait à la ville, fut quelque temps à prendre note des commissions dont
on le chargeait.

Henri finit par s'impatienter; ce que voyant,
le commissionnaire envoya promener tout le
monde, sauta sur le siège et fouetta le cheval
à tour de bras. Celui-ci assez robuste partit au
grand trot, dans la direction de Voltri.

Cependant le valet d'écurie très bavard avait
entamé une grande conversation avec Henri, qui,
absorbé dans ses réflexions, n'avait guère l'esprit à remarquer les curiosités de la route.

Il se contentait de lâcher de temps en temps,
un :

— *Si* ! distrait.

Son imagination suivait Cécile à Gênes, la
pauvre Cécile, qui, dans son affolement, était bien
capable d'avoir filé directement sur Paris, pour
demander aide et protection au gouvernement de
son pays.

A Pagli, il commençait à s'apercevoir, à l'animation des rues, et aux nombreuses fabriques
des quartiers ouvriers, de l'approche de la grande
ville.

De Sessi Ponente, du reste, l'on distinguait, à peu de distance, le phare de la jetée du port de Gênes.

Sitôt arrivé devant la gare du chemin de fer, derrière l'immense palais des Doria, Henri mit pied à terre, fatigué de son immobilité, éprouvant un impérieux besoin de marcher pour calmer ses nerfs.

Son projet était bien arrêté : visiter, l'un après l'autre, les nombreux hôtels de Gênes, et savoir, de chacun des propriétaires de ces hôtels, si, quelques instants auparavant, une jeune femme seule n'était pas descendue chez eux.

Il débuta par l'hôtel de la Gare, puis, s'engagea dans la via Balbi jusqu'à la via Nuovissima, qui le conduisit à l'entrée de la via Nuova, ces trois artères, uniques peut-être au monde, par leur bordure presque ininterrompue de palais de marbre des anciennes familles gênoises.

Mais il passa, insensible, devant le palazzo Reale, devant le palazzo Rosso et ses superbes collections, devant celui del Municipio, et bien d'autres ; il n'eut même pas la pensée de risquer un regard par les grandes portes ouvertes, pour admirer les fresques encore si vives des plafonds des vestibules, ou les escaliers de marbre grandioses menant aux riches colonnades.

Place Carlo Félice, il ne fut pas plus heureux dans ses recherches à l'hôtel Trombetta, qu'à celui de la Gare.

Très nerveux, déjà inquiet, il poursuivit sa perquisition, s'adressant successivement à l'hôtel Isotta, à l'hôtel de France, à l'hôtel de l'Europe...

Il faillit vingt fois se perdre au milieu de ce dédale de petites rues tortueuses des environs du port, qui sont comme pavoisées par les linges de toutes couleurs, séchant sur des cordes de crin tendues d'une maison à l'autre. Il avait beau expliquer, photographier, pour ainsi dire, les traits et la manière d'être de sa femme, nulle part on ne pouvait lui donner trace du passage de sa chère Cécile.

Alors, il se mit à parcourir le port et les grandes rues, comme un homme ivre, regardant vaguement à quelques pas devant lui d'un œil hagard, et ne s'arrêtant pas plus que le Juif Errant.

Éreinté, il finit par se laisser tomber sur la chaise d'un café, au coin de la rue de Rome, en face de la Poste, où il était allé s'assurer, par excès de précaution, que Cécile ne lui avait rien laissé au bureau restant.

Pour se débarrasser des insistances du garçon, il pria qu'on lui servît un potage. On lui apporta un énorme plat de macaroni auquel il toucha du bout des lèvres ; il paya et se leva.

Avant que le jour ne fût tombé complétement et ne l'empêchât de passer en revue les visages qu'il croisait dans les rues, il prit une voiture, décidé à recommencer en sens inverse la tournée d'hôtels qu'il avait entreprise dans la matinée. Il était impossible que Cécile ne se fût pas arrêtée à Gênes.

Ce ne fut que chez Isotta qu'on lui remit enfin, vers dix ou onze heures du soir, une lettre de sa femme. Il la baisa avec frénésie.

— Enfin, il sortait donc de sa cruelle incertitude, il savait à présent où était l'être qu'il chérissait le plus au monde ; il connaissait ses intentions !

Comme il était trop tard pour se mettre en route, ce soir là, le dernier train à destination de Turin venant de partir, il se décida à passer la nuit, une nuit qui allait lui paraître bien longue, dans l'hôtel de la Gare à portée du chemin de fer, résolu à s'esquiver au petit jour.

D'ailleurs il ne se coucha qu'après avoir envoyé à Paris, rue de Labruyère, au domicile conjugal,

21.

lettre et télégramme, de façon à prévenir Cécile de sa mise en liberté, ainsi que de son retour imminent.

Le surlendemain matin, il descendait à la gare de Lyon où il arrivait trois heures plus tôt qu'il ne l'avait annoncé par télégramme à Cécile, ayant confondu l'ordre des trains, en consultant un indicateur.

Il sauta en voiture, et, une demi-heure après, muni de la clef de son appartement qui ne l'avait pas quitté, il ouvrait sa porte, entrait chez lui, et courait à la chambre de sa femme.

Cécile debout, toute souriante, et ayant chacune de ses mains dans celles de Marescou et de Cadillan, était en train de recevoir une double accolade des deux jeunes gens.

— Cécile... toi... s'écria Henri, la voix étranglée, avec ces misérables!... Elle, elle que j'aimais tant!

Il chancelait et dut se retenir à un chiffonnier pour ne pas rouler à terre.

CHAPITRE XX

LES EAUX D'AULUS

A la première lecture de la lettre que lui avait adressée son gendre, Mme Bartholin n'avait voulu croire tout d'abord qu'à une plaisanterie.

La plaisanterie, certes, ne pouvait émaner de M. Mélinot qu'elle savait un homme trop sérieux pour se livrer à pareils enfantillages, mais, sans doute, de quelque ami en humeur de facéties.

Puis, en réfléchissant, elle fut bientôt obligée de reconnaître qu'une telle supposition n'était pas admissible.

Dans quel but l'eût-on mystifiée? Qui eût osé se jouer d'elle à ce point? Du reste, il n'y avait pas à s'y méprendre, l'écriture du billet était bien celle de Mélinot, et, encore une fois, Mélinot était incapable de commettre une aussi mauvaise farce.

Alors, ce n'était que trop certain, Mme Bartholin avait été desservie près de lui, quelqu'un l'avait diffamée, accusée d'infamies qu'elle ne pouvait soupçonner, et le jeune homme avait ajouté foi à la calomnie ! Il était si convaincu de l'indignité de sa belle-mère, qu'il avait interdit à sa femme tout rapport avec elle.

La pauvre mère avait écrit à Cécile, la suppliant de lui expliquer les raisons qui l'avaient fait ainsi démériter de son gendre, et Cécile, obéissant sans aucun doute à des ordres formels, n'avait même pas répondu !

Et, depuis un mois, Mme Bartholin était sans nouvelles de sa fille, qui, peut-être, abusée elle aussi, en était venue à mépriser sa mère !

Cette pensée, qu'elle avait pu déchoir dans l'esprit de sa fille, l'affolait et devint son idée fixe ; ce lui fut un supplice de tous les jours, de toutes les nuits, de toutes les heures, qui la torturait sans relâche, et, à la longue, finit par altérer sa santé.

Comme presque toujours, le moral avait réagi sur le physique ; le corps souffrait des douleurs de l'âme. Une affection du foie, que certains prodromes faisaient prévoir depuis longtemps, se déclara et mit bientôt en danger la vie de Mme Bartholin.

Le médecin, consulté, ordonna le départ immédiat pour les eaux d'Aulus. « A Paris, se prononça-t-il, c'est la mort, à Aulus, c'est le salut; à vous de choisir. »

Mme Bartholin hésita d'autant moins à suivre les prescriptions du docteur, que ses deux filles dépérissaient, elles aussi, minées par une chloro-anémie, qu'avait provoquée également un violent chagrin dont elles se refusaient à avouer la cause.

Aulus est un charmant pays situé dans le département de l'Ariège, au pied même des Pyrénées. Il y a une vingtaine d'années, ce n'était qu'un misérable village; aujourd'hui c'est presque une ville, où les maisons, les hôtels, se sont élevés comme par enchantement. Les sources découvertes presque par hasard par le lieutenant Darmagnac, sont devenues célèbres et de tous les points de la France et de l'étranger, les baigneurs arrivent, tous d'un avis unanime sur ce charmant pays où l'on trouve la beauté de paysage, les belles promenades dans la montagne et de l'eau bienfaisante qui rend la santé. Mme Bar-

tholin descendit à l'hôtel du Parc, et, chaque jour,
avec ses filles, elle allait, selon les conseils du
médecin des eaux, boire à la source Bacque. Tous
les matins, avant son déjeuner, c'était une longüe
promenade dans l'avenue qui conduit aux sources
où elle rencontrait la meilleure compagnie et où
elle retrouva même plusieurs de ses amies de
Paris. Le temps lui semblait court, d'autant plus
qu'Aulus possédant une source ferrugineuse,
elle put en faire boire à ses filles et voir la santé
des chères enfants se rétablir de jour en jour.
Leur appétit, surexcité par l'eau minérale, était
excellent, la table de l'hôtel valait celle des meilleurs restaurants, et, chaque soir, elles allaient
au casino, où des artistes choisis chantaient les
meilleurs opéras et opéras-comiques. D'autres
fois, elles assistaient, dans les salons, en simples spectatrices, aux jeux et aux fêtes organi-
sées par les soins de M. Dupressoir, le célèbre directeur des anciens jeux de Bade. Les vingt et un
jours de saison furent vite passés, rien n'aidant à
la guérison comme la distraction et les plaisirs
de toute espèce. Mme Bartholin, en quittant Aulus, put admirer le paysage, ce qu'elle n'avait su
faire en s'y rendant, à cause de son état de souf-
france. Les vallées d'Erée et d'Oun, la rivière

de Gochet qui dégénère quelquefois en torrent, la grotte de Carcabasse, elle ne se lassait pas de contempler ces merveilles de la nature et se promettait de remercier son bon docteur de Paris qui lui avait conseillé ce voyage.

CHAPITRE XXI

AMOUR EN PARTIE DOUBLE

Un petit sourire, s. v. p. — Les sœurs Lyonnet. — Bal de nuit, et nuit de bal. — Deux oreilles de jeunes filles qui tintent bien fort! — La rue de Labruyère. — Baisers de mère et baisers de sœurs. — Impatiences de fillettes. — Curiosité de jeunes gens. — Baisers d'épouse. — Explication. — Une poignée de mains significative.

— Maintenant, il va falloir sécher ces larmes-là, et bien vite! dit Cadillan à Cécile quand le train de Gênes se fut ébranlé dans la direction de Paris.

— Sans doute, opina Marescou, puisqu'à présent vous savez qu'il a été relâché et que, par conséquent, il arrivera à Paris presque en même temps que nous.

Cécile essaya d'étouffer quelques derniers sanglots : de fait, ce n'était plus pour elle

qu'une question d'une trentaine d'heures à
passer loin d'Henri.

—Allons un petit sourire, s. v. p., à deux men-
diants, histoire de leur faire attendre Alice et
Berthe, sans trop qu'ils s'impatientent.

Cette fois, le beau visage de Mme Mélinot s'é-
claira, comme une matinée d'avril.

— Enfin, dit-elle, il faudrait pourtant me
donner quelques éclaircissements ! Car, si vous,
Messieurs, vous ignoriez que je n'étais ni Alice
ni Berthe, je vous avoue que je ne me doute
absolument pas par quelles machiavéliques machinations vous êtes parvenus à me reconnaître
dans Paris.

— Eh bien ! et votre souper chez Durand, vous
ne vous en souvenez donc déjà plus ?

— Si fait, mais nous étions, Henri et moi, dans
un cabinet particulier, et j'étais si bien envelop-
pée dans ma pelisse, en montant et en descendant, que personne n'a pu me voir !

Alors ces messieurs lui expliquèrent comment,
frappés par le son de sa voix, ils s'étaient mis,
en vrais gamins, à l'espionner, à travers les fentes
des portes et les trous des serrures, et l'avaient
tous deux prise pour la demoiselle Bartholin de
leurs rêves.

L'erreur était bien permise, puisque Mme Mélinot convenait que sa mère elle-même avait quelquefois confondu ses filles, tant elles se ressemblaient.

Ils firent, du reste, leur confession tout au long, et donnèrent en détail le récit des différents duels ébauchés entre eux, depuis Paris.

Ils ne purent s'empêcher de rire tous les trois de la triste mine qu'ils devaient faire au moment où Mélinot les tirait de l'eau, et ils applaudirent fort la ruse d'Henri qui n'avait accepté leurs six mille francs, à Monaco, que pour fuir plus sûrement par mer avec Cécile.

Mais bientôt cette conversation, où il n'était question que d'eux, et d'eux seuls, leur parut importune. Il y avait, à leur avis, deux personnes infiniment plus intéressantes, et c'étaient d'elles qu'il fallait s'entretenir tout d'abord, car Marescou et Cadillan avaient beaucoup plus à apprendre sur le compte d'Alice et de Berthe que Mme Mélinot sur le compte de Marescou et de Cadillan.

Cécile dut s'exécuter.

Toute la vie des deux jeunes filles y passa. Et comme cette longue biographie ne suffisait pas encore à l'insatiable curiosité des deux jeunes gens, Cécile dut raconter, par le menu, les faits et gestes, et jusqu'aux moindres pensées de ces demoiselles, depuis le départ de Marseille, de l'une, et la sortie du couvent, de l'autre.

Elle n'osa pas déclarer ouvertement que ses sœurs aimaient Marescou et Cadillan, bien qu'elle sût parfaitement à quoi s'en tenir, d'après les confidences de ses deux cadettes, mais elle en dit assez pour que ces messieurs, très prompts à s'enflammer, fussent en droit de croire qu'il avait été souvent question d'eux entre les trois jeunes filles, avant le mariage de l'aînée.

D'où venait alors l'espèce de refroidissement qui s'était produit entre les membres si unis de cette famille, et pourquoi Cécile avait-elle si longtemps caché à son mari le véritable bu des poursuites des deux jeunes gens?

Voilà justement ce que Cécile ne pouvait leur expliquer, attendu que son mari avait seul la clef de l'énigme, et qu'elle n'avait jamais trouvé en elle la force de l'interroger à ce sujet.

C'était là l'unique point noir de sa nouvelle existence, et elle eût tout donné au monde pour voir son mari rendre justice à Mme Bartholin, sa digne et sainte mère! Car enfin, quel pouvait être le crime de cette pauvre femme à laquelle on s'accordait à ne reconnaître que des vertus?

A l'église, comme à la mairie, le jour de la noce, tout s'était passé au milieu de la plus franche cordialité, et la soirée s'était écoulée très calme, au sein de la famille, dans la petite maison de Neuilly, où le jardin, éclairé par la lune en son plein, avait servi de salle de bal à ciel ouvert à tous les intimes.

Henri et elle avaient voulu prendre leur part, jusqu'au bout, de la joie générale.

Ils avaient bravement dit adieu à toute la noce, et étaient restés les derniers, seuls, dans le jardin, assis sur le banc de pierre, silencieux, tout d'abord, mais l'un près de l'autre, la main dans la main, parlant ce langage muet du cœur auquel il suffit d'une étreinte pour exprimer tout un poème d'amour.

Là-bas, dans l'habitation, de l'autre côté de la pelouse, les dernières lumières s'éteignaient peu à peu; Mme Bartholin, Alice et Berthe, se mettaient au lit, après avoir adressé à Dieu leur prière la plus sincère pour le bonheur des deux jeunes mariés, quand tout à coup, Henri s'était levé comme en proie à une forte émotion, avait quitté Cécile, en la priant de l'atttendre quelques secondes, et avait marché à pas précipités du côté de la maison.

Quand il était revenu, très pâle, très nerveux, il avait prononcé ces seules paroles :

— Ma chère Cécile, quelque chose vient de se passer, qui change forcément tous nos projets ! Ne me demandez jamais de vous apprendre ce que je viens de découvrir, et suivez-moi ! Nous allons sortir par la porte du jardin ; votre place n'est plus ici, et je ne veux pas qu'il soit dit, qu'après votre mariage, vous y avez demeuré, même une heure !

En même temps il l'avait entraînée avec les plus délicates précautions, l'entourant de son manteau, la portant presque à son bras, pour lui éviter la fatigue de la marche.

— Eh bien ! et ma mère, que dira-t-elle demain, en ne nous voyant plus ? avait-elle demandé, tout anxieuse, au moment où Henri refermait sur elle la porte de sortie du jardin.

— Je viens de lui laisser une lettre, où je la mets au courant de ma décision, et j'y ai joint les motifs à l'appui ! avait-il répondu. Elle comprendra.

Et il l'avait suppliée, avec un tel accent de colère contenue, de ne plus jamais lui parler de sa mère, qu'elle n'avait pas osé depuis prononcer même le nom de la sainte femme qu'elle chérissait et vénérait.

Ils étaient montés en voiture, Henri avait donné au cocher l'adresse du Grand-Hôtel, et, le lendemain, ils étaient partis pour le Havre, pendant qu'on préparait leur appartement de Paris. Depuis un mois environ, elle était donc sans nouvelles de son excellente mère et de ses chères sœurs, car si Henri en avait reçu, il ne les lui avait pas communiquées.

Marescou et Cadillan se creusaient inutilement la tête pour chercher à deviner la cause d'une pareille décision, ou mieux d'une pareille fantaisie de la part de Mélinot, mais sans y parvenir ni l'un ni l'autre.

Et cependant, maintenant qu'ils n'avaient plus de raisons de lui disputer sa femme, Henri leur semblait être le plus méritant, le plus noble des hommes.

Ils n'avaient pas de désir plus ardent que de lui serrer franchement, loyalement, la main.

En attendant, ils suppliaient Cécile de prendre enfin sur elle de provoquer une explication avec son mari, sitôt qu'il serait de retour à Paris, car

il devait y avoir, sous ce mystère, un simple mal-
entendu.

Cécile, dans l'intérêt de ses sœurs, s'y engagea.

Au reste les oreilles de mesdemoiselles Alice
et Berthe durent plus d'une fois leur tinter, car,
à chaque instant, pendant le voyage, la conversation roulait sur elles ; le sujet était fort agréable
aux trois personnages, aucun d'eux n'avait de
raisons de l'éviter, et ils le reprenaient à tout
propos.

Marescou et Cadillan avaient, pour Cécile, des
soins de beaux-frères déjà en exercice.

Ils disposaient les coussins de la banquette en
espèce de lit pour qu'elle y fût bien à l'aise et
essayât d'y dormir.

Ils la couvraient des pieds à la tête de leurs
manteaux, afin qu'elle n'eût pas froid, surtout à
l'approche du petit jour.

De temps en temps, ils allaient faire des provisions dans les buffets, et en rapportaient une
copieuse collation, s'efforçant, par leur bonne
humeur et par mille attentions spirituelles, de
ramener le sourire sur les traits empreints d'inquiétude de la jeune femme.

Enfin, le coup de sifflet d'arrivée à la gare de
Paris retentit.

Les trois amis sautèrent sur le quai de débar-quement.

Marescou courut à la recherche d'un fiacre, pendant que Cadillan demeurait auprès de Mme Mélinot, et qu'ils fouillaient tous deux, du regard, la foule, dans l'espérance d'y apercevoir Henri.

Marescou revint, tenant à la main le numéro d'une voiture à quatre places, dans laquelle ils montèrent avec Cécile, après avoir donné leurs ordres à Floche très déconfit, et à Beaulardon tout exubérant de la joie du retour.

Rue de Labruyère, les jeunes gens, par dis-crétion, ne montèrent pas, mais, en prenant congé de Cécile, ils la supplièrent de voir ses sœurs le plus tôt possible.

Il était cinq heures du soir ; ils la menacèrent en riant, d'être là, dès le lendemain matin, au petit jour.

Quant à Cécile, les écoutant à peine, elle avait franchi la porte cochère, et, le cœur battant à se briser, elle avait escaladé l'escalier quatre à quatre, comme si elle eût espéré trouver Henri installé chez lui.

L'appartement était vide.

Elle était aussitôt redescendue et était entrée

dans la loge de la concierge, qui lui avait remis la dépêche envoyée de Gênes par Henri.

Une idée lui vint aussitôt : puisqu'elle allait passer toute seule cette longue soirée, pourquoi ne courrait-elle pas embrasser sa mère et ses sœurs ?

Oh ! elle ne cacherait certainement pas cette démarche à son mari ! Mais, vraiment, un mois sans les voir, ç'avait été trop long, il lui fallait les serrer sur son cœur !

— Enfin toi, toi ! murmura Mme Bartholin les yeux pleins de larmes, en ouvrant ses deux bras tout grands pour y recevoir sa fille.

— Tu ne pensais donc plus à nous, ma chérie ? dirent les deux sœurs en prenant à leur tour leur part des baisers de Cécile.

— Ah ! certes oui, je pensais à vous ! répéta Cécile.

Elle jeta un regard sur sa mère, qui lui parut avoir beaucoup changé pendant ce long mois. Ce n'était plus ce visage heureusement épanoui de la femme de trente-neuf ans conservée dans toute sa grâce, capable encore, si elle n'eût pas songé qu'à ses chers enfants, d'inspirer une sérieuse passion ; c'était le commencement du

déclin, avec quelques fils blancs sur les tempes,
avant-coureurs des neiges d'hiver.

— Oh ! tu as dû bien m'en vouloir, n'est-ce
pas, mère adorée ? reprit Cécile dans un nouvel
assaut de baisers.

Mme Bartholin ne voulut pas en laisser dire
plus long à sa fille devant Alice et Berthe, mais
l'entraînant dans un coin de la chambre :

— Penses-tu donc que je t'accuse, toi ? Ton
mari m'a écrit, et je lui ai répondu.

Elle poussa un soupir, puis d'une voix presque
gaie :

— Mais est-tu heureuse au moins, toi ?

— J'adore Henri, et n'était certain nuage
noir...

— Il passera, ma pauvre Cécile ! dit la mère,
en serrant encore une fois sa fille sur son cœur.

— Je m'en fais fort, déclara Cécile, et c'est
moi qui me charge de le dissiper, et avant peu !

Puis s'approchant de Berthe et d'Alice :

— A qui pensez-vous, quand vous êtes seules,
mesdemoiselles ? leur demanda-t-elle d'un ton
moitié léger, moitié solennel.

— Mais à toi... ingrate !

— A moi peut-être, mais à d'autres aussi, à
coup sûr !

Les deux jeunes filles rougirent jusqu'au blanc des yeux.

— Quel est donc ce grand mystère? demanda à son tour Mme Bartholin.

— Figure-toi, maman, reprit Cécile, ne perdant pas de vue ses deux sœurs, qu'en voyage, nous avons fait la connaissance de deux messieurs charmants, oh mais là, tout à fait charmants, M. Marescou et M. Cadillan!

— Tu l'as vu? dirent ensemble les jeunes filles, en se précipitant vers Cécile, et presqu'aussitôt :

— Est-ce qu'il t'a parlé de moi?

Il fallut mettre au courant Mme Bartholin, qui, comme de juste, était la dernière informée.

Cécile, tout en glissant sur la méprise qui avait attaché ces messieurs à ses pas, se fit la traductrice servile des sentiments des deux jeunes gens à l'égard des deux jeunes filles.

En quelques mots du reste, elle expliqua à sa mère que la position de fortune de ces messieurs était superbe, et qu'ils étaient vraiment, l'un et l'autre, des partis inespérés pour Alice et pour Berthe.

— Mais alors, murmura la pauvre femme, dont les yeux se remplirent de larmes, je ne vais plus avoir d'enfants!

— Tu en retrouveras trois, au contraire, trois, dévouées, aimantes, comme toujours, et dont l'affection se dédoublera sans s'amoindrir! déclara Cécile.

Mme Bartholin hocha la tête.

— Tu doutes? Eh bien! attends seulement deux jours, et tu verras! reprit la jeune femme.

Elle se sentait forte à présent et capable de remporter une victoire, même sur Henri!

Cécile s'endormit, ce soir-là, bercée par les rêves les plus délicieux, et entrevoyant, dans son sommeil, le genre humain tout entier confondu dans un même baiser de paix.

Le lendemain matin, vers dix heures, Mariette, que Mme Bartholin avait tenu à lui prêter jusqu'au retour d'Henri, vint annoncer à Mme Mélinot que deux jeunes gens étaient là dans le salon, insistant pour lui parler.

Cécile passa aussitôt un peignoir, et courut rejoindre les visiteurs.

— Et Alice? cria Marescou, avant même de souhaiter le bonjour à Cécile.

— Et Berthe? fit Cadillan, oubliant la même formalité.

— Je les ai vues! répondit Mme Mélinot.

Et elle leur rapporta fidèlement toutes les

22.

questions qui lui avaient été posées par ses jeunes sœurs, à leur sujet.

Aussitôt, Marescou se mit à chanter, en lançant son chapeau en l'air, avec sa vivacité de méridional, tandis que Cadillan, la figure toute rayonnante, regardait Cécile avec des yeux humides de remerciements.

— Oui, mais quand les verrons-nous ? demandèrent ensemble les jeunes gens.

— Oh ! les impatients amoureux que vous êtes ! Ils pensent tout d'abord à eux, les égoïstes, et ne songent même pas à me demander si celui que j'aime a reparu !

— C'est vrai, pardon, Madame ! murmurèrent les deux amis, un peu honteux. Et chacun d'eux, lui saisissant une de ses mains, y déposa un baiser plein d'une respectueuse tendresse.

En ce moment, la porte du salon s'ouvrit et livra passage à Henri, encore tout essoufflé par l'ascension de l'escalier.

C'est alors, que ne comprenant pas tout d'abord, et devenant subitement livide sous l'impression des souvenirs de Marseille et de Monaco, il n'avait pu s'empêcher de jeter à sa femme le sanglant reproche de trahison. Cécile bouleversée quitta à l'instant les mains de Marescou et de

Cadillan, et se précipitant au cou de son mari :

— Henri ! mon amour ! enfin te voilà... Ah ! ne m'accuse pas, entends-moi d'abord ! Par notre amour passé, par tout ce que j'ai de plus sacré, je te jure que je t'aime ! Sache-le donc enfin, ce n'est pas de moi, mais de mes sœurs que ces messieurs sont épris !

Elle entraîna Henri sur une causeuse, pendant que les deux jeunes gens se retiraient, par discrétion à l'autre extrémité de la pièce, dans l'embrasure d'une fenêtre, en proie, eux aussi, à une vive émotion. Cécile alors raconta à son mari tout ce qui concernait ses sœurs : et elle commença par lui révéler leur amour partagé par les jeunes gens, depuis le couvent et depuis le séjour chez la marraine de Marseille, sans omettre un seul des détails qu'elle connaissait.

Elle lui dit le hasard étrange qui l'avait fait monter, sans s'en douter, à Cogoleto, dans le compartiment de Marescou et de Cadillan, leurs tendres précautions pendant la route, et leur impatience à lui demander des nouvelles de ses sœurs.

Elle conserva pour la fin l'aveu de sa visite à Neuilly, mais elle était lancée et voulait ne rien garder sur le cœur.

Quand elle eut fini, elle avait su mettre tant de franche naïveté, tant de chaleur persuasive dans son récit, qu'Henri ne conservait plus l'ombre d'un doute dans l'esprit.

Une seule fois, ses sourcils s'étaient légèrement froncés, au moment où Cécile avait avoué son entrevue avec sa mère, mais ce n'avait été qu'un mécontentement passager. Il se leva, radieux, et après avoir embrassé Cécile toute rougissante de bonheur, il se dirigea vers Marescou et Cadillan :

— Eh bien ! Messieurs, mes amis, dit-il en leur tendant les deux mains, franchement, je suis fort aise qu'il en soit ainsi.

— Et nous donc ! répliquèrent les deux amis en lui rendant sa cordiale étreinte.

Le lendemain, Henri surprit à l'office Beaulardon et Mariette, s'appliquant de sonores et réciproques accolades sur leurs joues respectives.

A son apparition inattendue, ils s'éloignèrent l'un de l'autre, prestement, d'un même bond, tout confus, le visage cramoisi, et bredouillant, en duo, des excuses inintelligibles. Ce fut Mariette qui, la première, recouvra l'usage de la parole.

— Eh bien ! oui, là, dit-elle, ayant repris toute

son assurance, nous avons un caprice l'un pour l'autre, mais en tout bien tout honneur ! Nous sommes fiancés. Ah ! dame, il n'était que temps !

Et, appliquant une tape amicale sur la face écarlate du domestique :

— Le gars m'avait compromise. Il s'introduisait chez moi par la fenêtre, au risque de me faire chasser par ma maîtresse dont la chambre était située sur la même terrasse que la mienne. Mais bast ! toutes ces bêtises, on n'en parlera plus, puisqu'il me rend l'honneur en m'épousant !

— Et c'est moi qui paierai les frais de la noce ! répliqua joyeusement Mélinot, heureux d'être ainsi convaincu de l'innocence de Mme Bartholin, et riant tout bas de la méprise qui lui avait fait prendre Beaulardon pour l'amant de sa vertueuse belle-mère.

CHAPITRE XXII

CONCOURS DE GARÇONS D'HONNEUR

Le Bar-Anglais. — Un enterrement gai. — Le clos-vougeot et
le château - margaux. — Les douceurs du farniente. — En
route pour Villers. — Un casino hors ligne. — La foire aux
garçons d'honneur. — Un hôtel projeté. — La Manche for
ever ! — Les falaises du Havre. — Un premier prix très
disputé.

A trois ou quatre mois de là, environ, une
animation extraordinaire régnait dans le London-
bar de Trouville.

Et, ce n'étaient pas seulement les Anglais qui
consommaient ou buvaient debout devant le large
et confortable comptoir de marbre, ou les baigneurs de la plage, les uns attablés dans la grande
salle du rez-de-chaussée devant leur déjeuner quo-
tidien, et les autres, groupés autour du billard
anglais, qui causaient tout ce remue-ménage

dans l'élégant établissement de la rue des Dunes !

Les garçons tenant des piles d'assiettes, ou portant des hors-d'œuvre, des poissons ou des volailles dressés avec un goût d'artiste, gravissaient l'escalier qui mène au premier étage et entraient les uns après les autres dans un des coquets salons de réception, tandis que le chef de la maison allait de la cuisine aux consommateurs, du comptoir aux cabinets de société, et promenait partout son œil intelligent pour que le service ne laissât rien à désirer.

C'est que ce jour-là, MM. Cadillan et Marescou, faisant leurs adieux à la vie de garçon, avaient convié tous leurs amis de Trouville à un joyeux repas d'enterrement.

Depuis un mois environ, le Parisien et le Marseillais étaient venus rejoindre, à Caen, leur future belle-mère, Mme Bartholin, qui avait définitivement quitté Neuilly, à son retour d'Aulus, pour établir désormais sa résidence à Caen.

C'était là que les deux jeunes gens avaient fait leur cour, et que l'on avait fixé la date du double mariage, date qui était à présent très rapprochée. Cadillan et Marescou avaient profité du peu de distance qui séparait Caen de la mer, pour se rendre, tantôt à Trouville, tantôt à Villers, et ils n'avaient jamais passé un jour à Trouville sans prendre au moins un de leur repas au London-Bar, qu'ils connaissaient et appréciaient de longue date.

Aussi, quand il fut question de faire ses adieux à la folle jeunesse de Trouville, Marescou avait tout de suite pensé au restaurant de la rue des Dunes.

— Qu'en dis-tu ? demanda-t-il à Cadillan, nous savons par expérience, combien les vins y sont bons ; notre palais et notre estomac sont encore tout pleins de reconnaissance pour l'excellent clos-vougeot, et le délicieux barsac qu'on y déguste ; nous sommes certains à l'avance que le menu sera composé de telle façon que feu Brillat-Savarin ne dédaignerait pas de le signer. Le patron a été maître d'hôtel dans les grands cercles de Paris ; c'est dire que le service sera irréprochable ! Où pourrions-nous trouver meilleure table pour nos amis ?

— Nulle part ! répliqua Cadillan, à qui la même idée était venue, et, si tu m'en crois, nous allons sur-le-champ nous entendre avec notre ami le propriétaire.

Un long conciliabule s'en était suivi, dans lequel le Vatel de Trouville avait énuméré à ses clients

les merveilles de sa cave garnie de vins des meilleurs crus, en même temps qu'il dressait une liste
de plats, dont les noms seuls, et la description
qu'il en donnait, eussent rendu l'appétit aux plus
rassasiés — le tout à des prix absolument raison-
nables, étant donnée la qualité des mets et des
liquides. Au surplus les amis, là-haut, n'avaient
pas l'air de bouder devant la succession de plats
qui leur était offerte, et la gaîté la plus franche, et
même la plus bruyante, accueillait chaque nouveau service ou chaque nouveau départ du bou-
chon de quelque bouteille poudreuse.

Un philosophe épicurien a dû prétendre que
la bonne nourriture vous invite à la gaîté. Eh bien !
si l'on en jugeait sur les apparences, les convives
du Bar-Anglais devaient avoir l'estomac dans un
état de contentement parfait.

Ils se levèrent de table pour descendre dans
le jardin de l'établissement où ils fumèrent, dans
un far-niente plein de douceur, quelques-uns des
havanes supérieurs que le patron de la maison
conservait et faisait sécher pour les vrais
amateurs.

Étendus sur leurs chaises d'osier et sur leurs
fauteuils à bascule, les yeux vaguement occupés
à suivre les nuages capricieux que décrivait la

fumée de leur cigare, ils rappelaient, chacun à leur tour, les bonnes histoires de jeunesse, les liaisons ébauchées, les amours heureux et malheureux, les espoirs et les déceptions, les voyages, l'imprévu, les accidents, tout ce qui avait remué plus ou moins vivement les fibres de leurs cœurs, dans cette période de vingt à trente ans, où l'homme riche semble créé tout exprès pour goûter à toutes les jouissances humaines.

Il fallut toute l'énergie de Cadillan et Marescou pour les arracher à ce repos délicieux, arrosé de vieux cognac de trente ans, leur contemporain, et pour les entraîner vers le port, où ils arrêtèrent cinq ou six victorias, qui les conduisirent à Villers.

Les amis ne comprenaient pas trop pourquoi on se dirigeait ainsi subitement du côté de Villers, mais les deux futurs mariés, qui avaient peut-être moins fêté le clos-vougeot et le cognac du Bar-Anglais, avaient de sérieuses raisons d'agir ainsi.

Le paysage, tout d'abord, était infiniment plus coquet, du côté de Villers et d'Houlgate, qu'à Trouville et à Deauville, et puis qu'était-ce qu'un paysage, dont la femme était absente?

Or, à Villers, les deux jeunes gens espéraient bien que la nature, déjà si séduisante par elle-même, serait encore embellie par la présence de deux jeunes filles, qui ne leur étaient pas tout à fait indifférentes.

Aussi, pendant toute la route, poussèrent-ils les chevaux au galop, et traversèrent-ils comme le vent la rue de la Mer pour se rendre directement au casino.

Quand ils descendirent de voiture et qu'ils gravirent le petit chemin en pente douce qui aboutit à l'établissement, leur cœur battait bien fort.

Mais pourvu que Mme Bartholin eût consenti à accompagner ses deux filles à Villers, comme il avait été convenu avec les jeunes gens!

Sans doute Alice avait bien promis la veille, de décider sa mère à les y mener prendre leur bain plutôt qu'à Cabourg, certaine de la convaincre que la plage de Villers était infiniment plus agréable que celles de Cabourg, Trouville et autres localités de la côte.

Berthe s'était aussi engagée à insister et à remporter la victoire, si elle était douteuse, après les lances rompues par sa sœur en faveur de Villers.

Mais, les jeunes filles avaient tant de petits préparatifs à achever, en vue des deux noces imminentes, que Mme Bartholin répondrait peut-être, avec raison, hélas ! que Villers était pour le moment un peu trop éloigné de Caen.

A vrai dire, le chemin de fer allait à la Délivrande, d'où des voitures vous transportaient sur tous les points de la côte.

Marescou et Cadillan pénétrèrent avec anxiété dans le casino, fouillant du regard la masse des abonnés répandus, qui dans le café, qui autour des tablles de whist, qui dans la bibliothèque et le salon de lecture, qui sur la terrasse, d'où l'on découvrait un large ruban de la Manche d'une limpidité de ton merveilleuse.

Il y avait là, comme toujours, foule, et foule très choisie, car loin de présenter, comme le casino de Trouville, un mélange malsain de tous les mondes, le casino de Villers se faisait remarquer par la correction de tenue de ses habitués.

Beaucoup de familles y venaient passer tous les jours quelques heures, depuis le grand père, jusqu'aux petits-enfants, et tout ce monde honnête y trouvait les distractions appropriées à son âge.

La bourgeoise aisée y côtoyait l'élégante et la mondaine, sans humiliation, sans malaise pour aucune des deux, et le gentleman des grands cercles de Paris, y était sur le même pied que le commerçant, le médecin et l'avocat.

On taillait parfois un bac, mais personne, et cela, à juste titre, ne s'y défiait de son voisin, pas plus que du croupier ; la probité la plus scrupuleuse présidait à la partie.

On n'avait pas à redouter, à l'écarté, d'avoir à se défendre contre un obstiné tourneur de rois, ou de voir se produire, à la fin de chaque série de cinq points, des réclamations sur les mises de chacun.

Jamais enfin, l'administration du casino n'avait, en relevant les cartes, rémarqué qu'une seule d'entre elles fût marquée. Les jeux, comptés scrupuleusement, avaient toujours été trouvés au complet, après comme avant leur passage dans les mains des joueurs.

D'ailleurs, tout le monde, ou presque tout le monde, se connaissait, sinon, l'on nouait si vite connaissance, qu'il n'y avait, pour ainsi dire, pas d'étrangers.

Quant ils eurent fait le tour du casino sans y rencontrer la famille Bartholin, Marescou et Cadillan, tout déconcertés, s'assirent au bord de la belle terrasse qui domine la mer sur une largeur de plus de cent mètres, et opposèrent le silence le plus absolu aux innocents quolibets de leurs compagnons de déjeuner, qui ne les avaient pas quittés.

— Elles vous oublient ! disait l'un.

— Ce n'est pas le dernier repas d'enterrement qu'ils célèbreront ! ajoutait un autre.

— Pourvu que les suivants vaillent le premier ! ajoutait un troisième.

— Les jeunes filles c'est si volage ! affirmait un quatrième ; au reste nous en avons tant connu de ces jolis papillons dans notre carrière de jeunes gens, que nos amis sont vraiment bien naïfs de se mettre martel en tête !

Seul, Mélinot qui s'était, pour la première fois depuis le mariage, séparé de Cécile, afin d'assister au grand déjeuner, gardait le silence, fixant des yeux, tantôt les jeunes gens, avec lesquels il échangeait des regards d'intelligence, tantôt la plage où quelques baigneurs et baigneuses se laissaient doucement bercer par la vague. Tout à coup, les deux amoureux bondirent de leurs sièges, et coururent au devant d'une vieille dame suivie de trois jeunes, qui remontaient, à petites enjambées, l'escalier à double rampe faisant communiquer les cabinets de la plage avec le casino.

— Enfin vous ! vous ! s'écrièrent-ils en se précipitant sur les mains de Berthe et d'Alice, qu'ils tinrent pendant quelques instants appliquées contre leurs lèvres.

— Voici nos garçons d'honneur ! dit Marescou en désignant ses amis. Ils ont sollicité la gloire de remplir ces fonctions auprès des jeunes amies que vous leur désignerez. Donc vous n'aurez que l'embarras du choix !...

— En ce cas, dit Berthe, qu'ils fassent la cour à maman ; c'est elle qui sera chargée des promotions.

Aussitôt les amis de Marescou et de Cadillan s'éloignèrent, entourant et emmenant Mme Bartholin, auprès de laquelle ils commencèrent une cour assidue. Berthe et Alice restèrent seules avec leurs fiancés, car ce n'était pas Cécile qui les gênait, ni avait envie de les gêner, elle qui, avec son mari, en était encore aux bouquets de fleurs et aux serrements de mains furtifs.

Pendant que leur grande sœur faisait à Mélinot une scène terrible, entremêlée de sourires et de tendres étreintes, pour le réprimander d'avoir assisté à un déjeuner qu'elle traitait de « sabbat infernal », les deux jeunes filles, au bras de leurs fiancés, parcouraient lentement la longue terrasse du casino.

De là, on apercevait à droite les belles falaises des Roches-Noires, puis les pentes verdoyantes de la campagne de Villers, dont les vieilles maisons s'étageaient en amphithéâtre avec une perspective délicieuse.

L'opposition de ces plaines sablonneuses, côtoyant l'Océan, avec les vertes collines qui s'élèvent en gradins derrière le village, donnaient au paysage un aspect inattendu et bizarre, digne du rêve d'un artiste ou d'un poète.

On se rendait bien compte que Villers, jadis gros bourg de la contrée, avait vu peu à peu sa plage dévorée par la mer, et ses maisons se reculer et s'entasser autour de l'église.

Très intéressante également, cette église, reconstruite sur les débris d'une vieille bicoque normande, et flanquée d'une tour carrée que l'on dirait surmontée d'une pyramide.

Et plus loin, le château de Villers, jadis la propriété de M. le marquis de Brunoy si célèbre, sous Louis XV, par ses excentricités sans nombre, élevait sa façade pittoresque et monumentale à quelques kilomètres en arrière du village.

Enfin, les bâtiments du casino et la mer d'un

23.

beau vert, que l'on apercevait à cinq ou six
lieues au large, dorée par les derniers rayons du
soleil couchant.

— Ah! que voilà bien le pays où je voudrais
vivre! s'écria Berthe en entraînant Cadillan vers
le jardin du casino, où elle venait de voir s'engager sa mère, toujours escortée de son pensionnat de célibataires.

— N'est-ce que cela? Il sera facile de vous
contenter, chère Berthe, répondit le jeune
homme, d'autant plus facile, que l'année pro-
chaine, le nouveau propriétaire du casino doit
faire élever ici même un hôtel superbe avec
chambres et appartements confortables à souhait,
et que rien ne nous empêchera de venir, pendant
la saison, continuer notre éternelle lune de miel,
en vue de la pleine mer et de la grande nature!

— On ne peut rien désirer, que vous ne vous
engagiez immédiatement à nous en faire hom-
mage! dit Alice avec un doux regard.

A l'entrée du jardin, les deux couples rejoignirent Mme Bartholin.

— Vous savez ce qui est convenu, s'écria l'excellente femme : ce soir, il y a bal au casino, et
nous y assistons.

— Nous allons danser? dirent ensemble les jeunes filles. Mais nos toilettes?

—Quelques fleurs dans les cheveux, et un peu de gaieté pour animer vos joues roses, suffiront à vous rendre aussi charmantes que les autres, répondit Mme Bartholin. Du reste, les costumes d'été ne sont-ils pas tous plus ou moins costumes de bal? Au demeurant, vous êtes du jury! Il est entendu que les meilleurs valseurs d'entre ces Messieurs seront choisis comme garçons d'honneur. C'est vous qui proclamerez les lauréats!

CHAPITRE XXIII

LES TROIS NOCES

La grande tour de Saint-Pierre de Caen. — Badauds normands.
— A l'hôtel de la place Royale. — Une maison de premier
ordre. — Poignées de mains et accolades. — Bonheur parfait.
—Un dîner de noces. — M. Beaulardon et son épouse. — Les
fugitifs. — Le vrai voyage de noces au pays du soleil!

Il y avait une semaine, jour pour jour, qu'a-
vait eu lieu le déjeuner d'adieux de Marescou et
de Cadillan, quand la grande tour de Saint-
Pierre de Caen fut ébranlée par les sonneries
répétées annonçant le double mariage de Berthe
et d'Alice. Les tintements métalliques de la
cloche semblaient se répercuter en une joyeuse
fanfare, publiant et colportant, de par le monde,
le bonheur parfait qui allait mettre le comble
aux vœux de quatre êtres humains. Et de fait,
jamais couples de mariés agenouillés aux pieds

des autels et demandant à Dieu sa sainte bénédiction, n'avaient paru aussi assortis.

Quand ils sortirent de l'église, se donnant le bras, pour se diriger vers les voitures qui devaient les mener au grand hôtel de la place Royale, où allait avoir lieu le repas de noces, ce fut comme un éblouissement parmi le populaire qui se pressait aux portes du temple.

La haie de badauds normands s'étendait jusqu'à la place Royale, groupée en masse plus compacte encore devant l'hôtel.

Tout le monde connaissait, en effet, à Caen, cet établissement de premier ordre, le mieux situé de la ville, au centre des promenades et des affaires, en face de l'hôtel de ville.

Tout le monde savait également les sacrifices qu'avait faits M. Langlois, le propriétaire de l'établissement, aidé de son fils, pour agrandir, transformer et meubler à neuf cet hôtel de vieille réputation.

Bien des curieux avaient visité ces riches appartements mis à la portée des familles, à des prix modiques, ces quatre-vingts chambres confortables, la salle de conversation, les cuisines et les offices remarquablement aménagés pour ce pays de gourmands qu'on appelle la Normandie,

Et chacun supputait à l'avance ce que pourrait bien être le dîner de noces.

Le soin avec lequel M. Langlois avait l'habitude d'organiser les repas de corps était de notoriété publique.

L'omnibus de l'hôtel, qui se rendait à l'arrivée et au départ de chaque train, avait déjà fait deux ou trois voyages à la gare, et il arrivait toujours du monde ; les voitures particulières venant de Caen, de Trouville, de Villers, et autres pays, déposaient devant la porte de l'hôtel des jeunes gens en habit et des dames en costume de gala.

Tous ces nouveaux venus escaladaient un ou deux étages suivant que leur chambre se trouvait au premier ou au second, — car Cadillan et Marescou avaient tenu à ce que chacun de leurs invités eût son logement particulier à l'hôtel, — et ils étaient conduits, avec une extrême obligeance, au seuil de leur porte, par le fils même du patron, qui se multipliait.

Tout se passait d'ailleurs avec un ordre parfait, et les invités descendaient au fur et à mesure dans l'un des grands salons, où les deux jeunes filles, adorablement jolies dans leurs costumes de mariées, recevaient, un peu intimidées, les com-

pliments que l'on était unanime à leur adresser
sur l'heureuse issue de leur double roman.

Chose curieuse, il semblait que cette modestie,
qui rayonnait si doucement sur leurs visages,
eût chassé de tout leur entourage l'ombre même
d'une envie, car pas une critique n'était formu-
lée, dans tous ces groupes, où elles seules ali-
mentaient les conversations.

Quant à Marescou et à Cadillan, tous deux
exubérants de joie, ils échangeaient force poignées de main, donnaient nombre d'accolades et
promenaient de groupe en groupe, au milieu de
la sympathie générale, leur bruyant bonheur
qu'ils avaient longtemps cru si compromis. Ce
fut Mélinot qui fut chargé de placer à table toute
la compagnie. Heureusement la salle consacrée,
par le propriétaire de l'hôtel de la place Royale,
au repas de noces, était de taille à contenir de
nombreux invités.

Quand tout le monde eût été installé, de joyeux
accords arrivèrent de la place.

C'était la musique militaire qui commençait
son concert habituel, comme si elle eût été commandée tout exprès pour la solennité, et qui
entonnait un pot-pourri alerte sur les *Noces de
Jeannette*.

Le couvert était dressé avec un soin, on peut même dire un art merveilleux; M. Langlois savait combien une table habilement disposée peut entraîner d'appétits indécis !

Au reste, les convives, en voyant se succéder les délicieux plats de poissons, de volailles froides ou chaudes, de gibiers et de rôtis avec ou sans sauces, purent se persuader qu'à l'hôtel de la place Royale le fond répondait à la surface. Peut-être les mariés furent-ils insensibles à tous ces chefs-d'œuvre de l'art culinaire, mais plus d'un invité, en revanche, ne commença à sincèrement apprécier toute la joie de ce double mariage, qu'au premier ou au second service.

On resta d'ailleurs fort longtemps à table; on était en si bonne compagnie auprès du délicieux maderer et de non moins exquises bouteilles de vieux cognac et de kümmel.

Et puis les jeunes gens semblaient avoir pris à tâche de faire vibrer la salle, sans interruption, d'un franc éclat de rire, tant leur conversation était vive et spirituelle, toute semée de réparties impayables qui rebondissaient d'une extrémité à l'autre de la table, avec un brio incomparable.

Ce qui mit surtout l'hilarité à son comble, ce

fut l'entrée dans la salle à manger de Beaulardon,
superbe sous son costume de marié normand,
et de sa payse Mariette, très accorte sous sa petite jupe blanche, car, elle aussi, avait été enfin
unie à l'homme de ses rêves, à l'église Saint-
Pierre, en même temps que ses maîtres. La figure
du brave garçon était illuminée d'un tel contentement, et les yeux de Mariette témoignaient
d'un si ardent désir de s'enfuir avec le mari
qu'elle venait de conquérir légalement, qu'on ne
laissa pas le temps à Beaulardon de prononcer
le discours qu'il avait préparé pour remercier
Cadillan, mais qu'on le renvoya à ses amours
après avoir topé à la ronde son verre de champagne. Les époux Beaulardon s'enfuirent sans
demander leur reste, peut-être pas aussi loin
qu'on le crût, mais assez bien cachés pour qu'on
ne les revît pas de trois ou quatre jours.

Vers minuit, quand on se décida enfin à se
lever de table, on chercha vainement les quatre
mariés qui avaient disparu, ainsi, du reste, que
Mélinot et sa jeune femme.

Au même moment, un domestique remettait à
Mme Bartholin, cette lettre qu'elle lut à haute
voix :

« Bonne mère,

« Nous voilà en route pour le pays du soleil !
« Cette fois, nous entreprenons le voyage à
« six !

« Laissez-nous vagabonder pendant un mois,
« après quoi nous reviendrons déposer sur vos
« joues tous les baisers que nous aurons cueillis
« là-bas.

« Vos enfants qui vous adorent et qui sont
« bien heureux. »

La lettre avait été écrite par Cécile, mais au
bas de la page, les trois couples avaient tracé
leurs paraphes amoureusement enlacés par
groupes de deux.

FIN.

TABLE DES MATIÈRES

TABLE DES MATIÈRES

—

IMPRIMERIE DE CH. HÉRISSEY, A ÉVREUX.

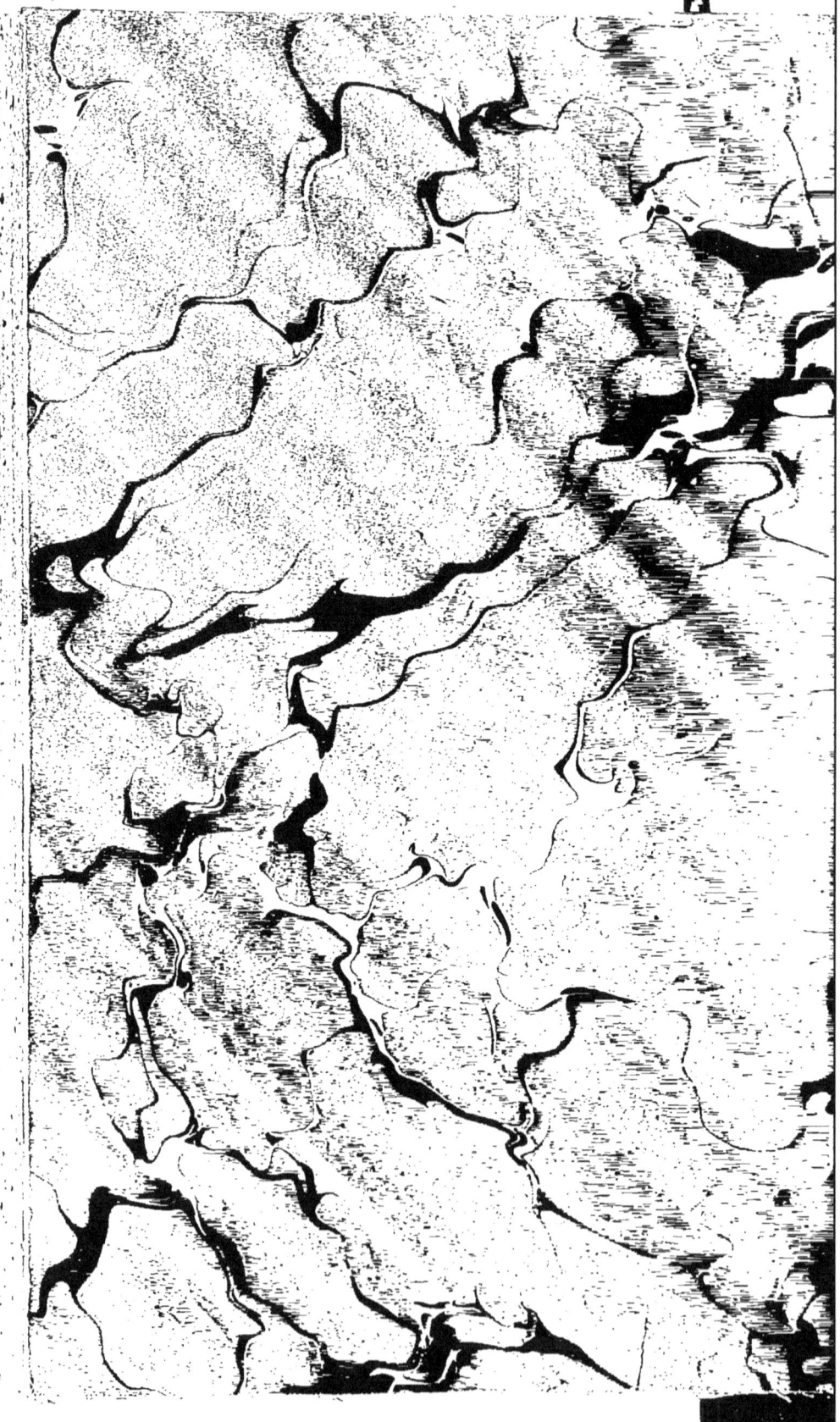